MW00938703

JOSÉ MAURO DE VASCONCELOS

Vamos a calentar el sol

JOSÉ MAURO DE VASCONCELOS

Vamos a calentar el sol

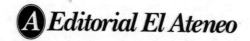

A *Editorial El Ateneo*

869.0-93 (81)   Vasconcelos, José Mauro de
VAS   Vamos a calentar el sol -25a. ed.
                Buenos Aires: El Ateneo, 2003.
                206 p.; 20 x 14 cm

                Traducción: Haydeé M. Jofre Barroso

                ISBN 978-950-02-8539-1

                1. Título - 1. Literatura Infantil y Juvenil Brasileña

Título original: Vamos Aquecer el sol
Traducción: Haydeé M. Jofre Barroso

© 1968 Companhia Melhoramentos de Sâo Paulo, Brasil.

Derechos exclusivos de edición en castellano para todo el mundo
© 2003, Grupo ILHSA S.A. para su sello Editorial El Ateneo
  Patagones 2463 - (C1282ACA) Buenos Aires - Argentina
  Tel.: (54 11) 4943 8200 - Fax: (54 11) 4308 4199
  E-mail: editorial@elateneo.com

1ª edición: julio de 1975
25ª edición, 6ª reimpresión: junio de 2007

ISBN 978-950-02-8539-1

Diseño de cubierta e interiores: Departamento de Arte de Editorial El Ateneo

Impreso en Verlap S.A.
Comandante Spurr 653, Avellaneda,
provincia de Buenos Aires,
en el mes de junio de 2007.

Queda hecho el depósito que establece la ley 11.723
Libro de edición argentina

"Ce ne sont pas seulement les liens du sang qui forment la parenté, mais ceux du coeur et de l'intelligence."

Montesquieu

Para

D. Antonietta Rudge
Ciccilio Matarazzo
Luizinho Bezerra
y
Wagner Felipe de Souza Weidebach, el "amigazo",
y, aún, Joaquim Carlos de Mello

INDICE

PRIMERA PARTE

Maurice y yo

Capítulo Primero

LA METAMORFOSIS

De repente, ya no existía nada más oscuro en mis ojos. Mi corazón de once años se agitó en el pecho asustado.

—¡Mi San Jesús del carnerito en las espaldas, ayúdame!

La luz crecía más. Y más. Y cuanto más crecía, el miedo aumentaba hasta tal punto que si yo hubiera querido gritar no habría podido hacerlo.

Todo el mundo dormía tranquilamente. Todas las habitaciones cerradas respiraban el silencio.

Me senté en la cama y apoyé mis espaldas en la pared. Mis ojos parecían querer salirse de las órbitas.

Deseaba rezar, invocar a todos mis santos protectores, pero ni siquiera el nombre de Nuestra Señora de Lourdes salía de mis labios. Debía de ser el diablo. El diablo con el que tanto me asustaban. Pero si era él, la luz no tendría el color de la lámpara, y sí el del fuego y la sangre, y por cierto que habría olor a azufre. Ni siquiera podría llamar en mi auxilio al Hermano Feliciano, el querido Fayolle. En ese momento debía de encontrarse en el tercer sueño, roncando bondad y paz, allá en el colegio Marista.

Sonó una voz suave y humilde.

—No te asustes, hijo mío. Solo vine para ayudarte.

El corazón ahora latía contra la pared, y la voz salió fina y asustada como el primer canto de un gallito.

—¿Quién es usted? ¿Un alma del otro mundo?

—No, tontito.

Y una risa bondadosa resonó en la habitación.

—Voy a encender la luz, pero no te asustes porque no te sucederá nada malo.

Dije que sí, indeciso, pero cerré los ojos.

—Así no vale, amigo. Puedes abrirlos.

Arriesgué abrir primero uno, después el otro. La habitación había adquirido una luz blanca tan linda que pensé que estaba muerto y me encontraba en el paraíso. Pero eso era imposible. Todos en casa decían que el cielo no era para mi pico. La gente como yo iba derechito a las calderas del infierno, para asarse allí.

—Mírame. Soy feo, pero mis ojos solo inspiran confianza y bondad.

—¿Dónde está?

—Aquí, al pie de la cama.

Me fui aproximando a la orilla y cobré coraje para mirar. Lo que vi me llenó de pánico. Quedé tan horrorizado que el frío me traspasó toda el alma como si fuese un trozo de hielo. Temblando volví a la posición anterior.

—Así no, hijo. Sé que soy muy feo, pero si me tienes tanto miedo me voy ahora mismo, sin ayudarte...

Su voz se había trasformado tanto en una súplica que resolví contenerme. Pero me arrastré a su lado muy lentamente.

—¿Por qué ese miedo?

—Pero ¿usted es un sapo?

—Y ¿qué hay con eso? Sí, lo soy.

— Pero ¿no podría ser otra cosa?

—¿Una víbora? ¿Un yacaré?

—Lo preferiría, porque las víboras son muy lindas y lisitas. ¡Y los yacarés nadan tan elegantemente!

—Discúlpame, pero no paso de ser un pobre y amistoso "sapo-cururu"*. Bien, si eso te hace daño, me voy en seguida. Paciencia. Sin embargo, repito que es una pena.

Me sentía tan triste y emocionado que estaba a punto de llorar. Aquello me conmovió, porque yo era tan débil que, cuando veía que una persona lloraba o sufría, en seguida se me llenaban los ojos de lágrimas.

—Está bien. Pero déjeme respirar más hondo, que después hasta me podré sentar; ya comienzo a acostumbrarme a usted.

Realmente las cosas empezaban a cambiar. Quizá por el brillo manso de sus ojos y por la actitud quieta de su cuerpo grotesco.

* Especie de sapo, el "bufo daqua". (*N. de la T.*)

2

Arriesgué una frase de simpatía. Una frase que me salió medio tartamudeada. Algo me aconsejaba tratarlo de usted.

—El señor, ¿cómo se llama?

El sonrió. Estaba claro que le admiraba ese tratamiento. Pero no ocurría a diario encontrar un sapo parlante. Y eso obligaba a cierto respeto de mi parte.

Se rascó la cabeza y respondió:

—Adán.

—¿Adán qué?

—Adán, simplemente. No tengo apellido.

Su suavidad me golpeó por dentro nuevamente. ¿Por qué diablos tendría que emocionarme hasta con un sapo?

—¿No quiere usar el mío? A mí no me importaría. Mire qué lindo queda: Adán de Vasconcelos.

—Gracias, amiguito. En cierta medida, voy a vivir tanto contigo que, indirectamente, estaré participando de tu nombre.

¿Había yo entendido bien lo que decía? ¿Vivir conmigo? ¡Dios del cielo, Nuestra Señora de las Mangabas! Si mi madre adoptiva lo llegaba a ver en mi habitación daría un grito tan grande que resonaría hasta en la playa de Punta Negra. Después llamaría a Isaura para que trajera una escoba y arrojara a Adán escaleras abajo. Y como si todo eso no bastara, Isaura aún tendría que tomar a Adán por sus patitas y arrojarlo por la balaustrada de Petrópolis.

—Adivino todo lo que estás pensando. Pero no existe ese peligro.

—¡Menos mal! —yo respiré aliviado.

—Y a ti, ¿cómo deberé llamarte? ¿Zezé?

—Por favor... Zezé ya no existe. Era un niño tonto, hace mucho tiempo. Era un nombre de muchachito de la calle... Hoy he cambiado mucho. Soy un niño educado, bien arreglado...

—Y triste. Muy triste. Eres, quizás, uno de los niños más tristes del mundo, ¿no?

— Así es.

— ¿Te gustaría volver a ser Zezé?

—Nada retorna en la vida. Aunque, de alguna manera, me gustaría. De otra, no. Eso de recibir tantas palizas y de pasar hambre...

Retornaba aquel viejo dolor que siempre me quería perseguir. Volver a ser Zezé... a tener una planta de naranja-lima... perder nuevamente a Portuga...

—Confiesa la verdad. ¿No te gustaría, de verdad? En aquel tiempo tenías algo que no sientes desde hace mucho tiempo. Una cosa pequeña y muy linda: ternura.

3

Confirmé con la cabeza, desalentado.

—No todo está perdido. Todavía tienes la ternura de las cosas; de no ser así, no estarías conversando conmigo.

Hizo una pausa y comentó muy seriamente.

—Mira, Zezé, yo estoy aquí para eso. Vine a ayudarte. A ayudarte a defenderte en la vida. Y no vas a sufrir tanto por ser un niño muy solitario... y estudiar piano.

¿Cómo había descubierto Adán que yo estudiaba piano? ¿Y que ése era uno de los mayores martirios de mi vida?

—Lo sé todo, Zezé. Por eso vine. Voy a vivir en tu corazón y protegerlo. ¿No me crees?

—Sí, lo creo. Una vez tuve un pajarito dentro del pecho, que cantaba conmigo las cosas más lindas del mundo, de la vida.

—¿Y qué fue de él?

—Voló. Se fue.

—Entonces, eso significa que tienes una vacante para abrigarme.

No sabía qué pensar. No podía garantizar si soñaba o si vivía una locura. Era flaquito y tenía el pecho achatado allí donde las costillas se combaban. ¿Cómo iba a caber dentro un sapo tan gordo? Nuevamente él adivinó mis pensamientos.

—En tu corazón me volveré tan pequeñito que ni siquiera me vas a sentir.

Viendo mis dudas, explicó mejor.

—Mira, Zezé, si me aceptas, todo va a ser más fácil. Quiero enseñarte una vida nueva, a defenderte de todo lo que es malo y a barrer pronto esa tela de tristeza que siempre te persigue. Descubrirás que, aun estando solo, no sufrirás tanto.

—Eso ¿es tan necesario?

—Lo necesitas para no ser en la vida un hombre solitario. Viviendo en tu corazón, un nuevo horizonte se abrirá ante ti. En seguida notarás una metamorfosis en tu vida.

—¿Qué es una metamorfosis?

—Un cambio. Una trasformación.

—¡Ah!

La verdad es que yo sabía también que había perdido todo miedo y repugnancia al sapo-cururu. Parecía como si fuéramos amigos desde hacía doscientos años.

—¿Y si acepto?

—Es que vas a aceptar.

—Y ¿qué deberé hacer?

—Tú, nada. Yo, sí. Sólo necesitarás tener mucho coraje y decisión para permitir que yo penetre en tu pecho.

Me eché a temblar como si una corriente eléctrica me raspase los pies.

—¿Por la boca?

—No, tonto. No podría pasar.

—Entonces. ¿Cómo?

—Tú cerrarás los ojos y yo me acostaré en tu pecho para ir penetrando lentamente...

—¿No duele?

—¡Nada! Descenderé sobre tus ojos como una gran somnolencia.

Luchaba contra mi miedo. Llegaba a sentir sobre mi piel el frío helado de su vientre viscoso. Adán volvió a leer mis pensamientos.

—Dame la mano.

Obedecí, con frío sudor.

—Vas a sentir que también la mía es suave.

Había ocurrido un milagro. La pata del sapo había crecido hasta tener el tamaño de mi mano, y poseía un calor amigable y tierno.

—¿Has visto?

Con mis dedos recorrí toda su palma. Me sentía perplejo.

—¿Usted también estudia piano?

Rió gozosamente.

—¿Por qué?

—Porque no tiene ni siquiera un callo en la mano. Yo tampoco; no puedo subir a un árbol, golpearme los dedos, ni siquiera hacer sonar las articulaciones. Todo está prohibido, para que no se arruinen mis estudios de piano.

Suspiré, desalentado.

—¿Estás viendo? Necesitas de mí.

—¿Y algún día podré dejar de estudiar piano?

—¿Tanto detestas la música?

—No es que no me guste, no. Lo que no me agrada es pasarme la vida encima de las teclas. En un sinfín de ejercicios, de escalas que no acaban nunca.

Entonces recordé una cosa.

—¿Sabe, señor Adán? Lo que sí me gusta es tocar la escala cromática.

—Ya lo sé, señor Zezé.

Ahora descubría que nuestra intimidad prohibía que yo lo tratara de usted.

Los dos reímos al mismo tiempo.

—¿Será cierto que me vas a ayudar a dejar de estudiar el piano?

—Bueno, mira, Zezé... eso no te lo puedo asegurar. Pero tal vez haga alguna cosa para que no continúes sufriendo mucho.

—Ya es algo.

El me miraba desde abajo, con cierta insistencia. Miró el reloj de pulsera, como recordándome que las horas pasaban.

Ya no titubearía. Solamente el hecho de no tener que mortificarme más con el piano me hacía anticipar la decisión.

—¿Qué debo hacer?

—Desabróchate el saco del pijama y no tengas miedo.

—No lo tendré.

—Ahora debes ayudarme. Tira al suelo la punta de la sábana y colócame encima.

Hecho. Ahora Adán se encontraba bien cerca de mí. Con la proximidad de la luz, sus ojos adquirían un azul de cielo, cuando el cielo se pone bien azul. Ya no lo encontraba tan feo y desagradable.

—Solamente quiero que me digas la verdad. ¿Va a doler?

—¡Nada de nada!

—Pero, ¿no vas a comerte mi corazón?

—Voy. Pero va a ser tan dulce como si masticase una nube.

—¿Y si un día mi padre me aplica los rayos X?

—Nadie lo descubrirá. Porque con el tiempo yo voy a trasformarme en un corazón igual al que tenías anteriormente.

—Quiero verlo todo.

—¿No prefieres dormir?

—No. Voy a recostarme en la pared y a quedarme medio reclinado, para poder ver mejor.

—Entonces, voy a hacer que tus oídos escuchen una música muy linda.

—¿Puedo elegir?

—Sí que puedes.

—Quisiera oír la "Serenata" de Schubert; o "Rêverie", de Schumann.

—¿En el piano?

—Sí.

Adán pasó las manos por mis cabellos y sonrió.

—¡Zezé! ¡Zezé! Confiesa que no odias tanto al piano.

—A veces hasta me parece lindo.

—¿Vamos?

—Bueno.

6

La música comenzó a sonar, bellamente. Adán se acostó sobre mi pecho y todo era suave como una brisa.

—Hasta luego.

Vi que él apoyaba la boca en mi pecho y comenzaba a penetrar. No había mentido. No dolía nada y todo sucedía rápidamente. A poco, sólo quedaban sus patitas desapareciendo en mi carne. Pasé la mano sobre el lugar y todo había quedado lisito. Sin embargo, mi corazón latía ansiosamente. Quedé esperando un poco y no resistí más.

—Adán, ¿estás ahí?

La voz venía ahora desde más abajo.

—Sí, Zezé.

—¿Ya comiste mi corazón?

—Lo estoy comiendo. Pero no puedo hablar con la boca llena. Espera un poco.

Obedecí, contando con los dedos. Iba a ser formidable. Nadie podría adivinar que yo no tenía un corazón común, sino un sapo muy amigo.

—¿Ya está?

—¡Listo! Estaba sabroso. Ahora necesitas dormir y mañana será un nuevo día.

Me desperecé todo lleno de felicidad. Estiré la frazada para calentar mi pecho y mi sapo amigo, que latía acompasadamente y sin miedo alguno.

De pronto, una cosa me hizo sentar de sopetón en la cama.

—¿Qué pasa ahora, Zezé?

—Es que te olvidaste de apagar la luz. Esta es diferente.

—Ya te enseño. Hincha bien los carrillos y sopla.

Obedecí, y todo volvió a ser oscuro en mi cuarto. El sueño llegaba cerrando mis párpados pesadamente. Yo sonreía.

—Adán, ¿ya te dormiste?

—No, ¿por qué?

—Gracias por todo. Puedes llamarme Zezé a cada momento. Aunque algún día sea un hombre. Puedes hacerlo porque me gusta, ¿está bien?

La respuesta venía de lejos, lejos... casi ni se escuchaba.

—Duerme, hijo, duerme. Duerme, que la infancia es muy linda.

Capítulo Segundo

PAUL LOUIS FAYOLLE

Dadada había golpeado a la puerta de mi cuarto y, como no respondí, metió los dedos callosos en la puerta y la abrió. Primero se asustó de mi gemido, pero no lo tomó en serio.

—Arriba, jovencito. Es la hora del colegio. No va a quedarse durmiendo todo el tiempo.

Al continuar mis gemidos, ella se acercó a la cama y se extrañó de mi debilidad. Nunca había sido uno de esos niños perezosos. Si tenía que levantarme, ¡listo!, me levantaba.

Dadada se aproximó más a la cama y se asustó al ver congestionados mis ojos. Inmediatamente pasó la mano por mi frente y rezongó, preocupada.

—¡Mi San Francisco de Canindé, este niño está ardiendo de fiebre!

Abotonó el saco de mi pijama y empujó las ropas de la cama sobre mi pecho. Después salió rápidamente, en busca de socorro.

La somnolencia se apoderaba de mis ojos, nuevamente. La debilidad era tan grande que ni siquiera sentía mis brazos.

Mi madre venía protestando desde la sala.

—Debe de estar preparando una de las suyas. Está buscando motivo para faltar al colegio y no estudiar el piano hoy.

Sin embargo, cuando pasó su mano por mi frente cambió de opinión. Y en seguida fue echándole la culpa a todo. Que eran las amígdalas. Que por dormir con la ventana entreabierta, el frío de la madrugada me había engripado. ¡Era lo único que faltaba!

Dadada estaba muy nerviosa. Y tomaba mi partido.

—¡Pobrecito! El bichito está enfermo. Siempre tan quietito, tan calladito. Vamos a esperar a que el doctor regrese de la misa.

Cuando mi padre volvió de la iglesia ni siquiera titubeó.

—Neumonía... y de las buenas.

Ahí fue un corre-corre de todos los diablos. Farmacia. Inyecciones. Comprimidos...

—Si no mejora tendremos que aplicar ventosas...

Respondí, medio fatigado:

—No es preciso. Esto pasa.

—¿Cómo sabes que esto pasa? Claro que tiene que pasar.

—Pero no es neumonía.

Mi padre se pasó las manos por la cabeza.

—¡Ahora eso! Uno se pasa la vida encima de los libros y viene un bobo de éstos a enseñar el padrenuestro al cura.

Yo estaba asustadísimo con eso de la ventosa.

—¿Qué es una ventosa?

—Una cosa muy simple para hacer expectorar. Algo que va a revolver tu sangre. ¡Caramba! No puedes entender esto.

—¿Cómo se hace?

—Haciéndola. Y no preguntes tanto, que te subirá la fiebre.

Después tuvo lástima de mí y explicó con más calma:

—Es simple. Se coloca sobre el pecho y sobre la espalda. Se puede hacer con un pocillo de café. Y no tengas miedo, porque no duele.

Algo me golpeó por dentro. Aquello ¿no lastimaría al sapo? Adán debía de estar escuchándolo todo, y por cierto que temblaría de miedo.

—¿Y esa jeringa? ¿Tarda horas en hervir?

Fue a reclamarla y la jeringa apareció rápidamente, con el remedio dentro; la orden vino de inmediato.

—¡A ver, la cola para arriba!

Me di vuelta. Otra protesta.

—¡Este bandido ni carnes tiene!

Mi madre le recriminó.

—Déjate de historias, hombre. ¡Acabas de regresar de oír misa y comulgar!

Tuve deseos de reír. Porque él era así. Se acaloraba por cualquier cosa, y en seguida se le pasaba todo. Pero en vez de reír lancé un alarido que fue a rebotar en los cocoteros de la vecindad.

—Listo, ya pasó. Eso duele un poco. Pero si te decía que iba a doler era peor.

El olor del éter con que me masajeaba las nalgas me producía más mareo. Mi padre se sentó en la orilla de la cama y se quedó mirándome. ¡Era tan raro que él me prestara atención! ¡Tan raro observar su piel rojiza, la barba dejando rastros y ofreciendo una tonalidad casi azul! Tan raro ver sus ojos pequeños y casi negros...

Tomé su mano y, para mi sorpresa, no la retiró.

—No es neumonía.

—Entonces ¿qué es?

—Fue el sapo que comió mi corazón, y yo quedé así.

El abrió los ojos y pasó de nuevo la mano sobre mi frente.

—Está delirando de nuevo.

Una voz muy delgadita y baja me secreteó. Era Adán...

—Tonto, ¿no ves que la gente grande no comprende nada? Aunque digas la mayor verdad del mundo, eso no servirá de nada.

—Discúlpame, Adán.

Mi padre se sorprendió:

—¿Disculpar qué?

—No es nada; de verdad, nada. Debo de estar soñando.

—Lo que estás es loquito. Te pones a hablar de un sapo que te comió el corazón y que se llama Adán.

Iba a levantarse. Sujeté, casi con fuerza, su mano contra la sábana.

—¿Voy a morir?

—¡Qué tontería! Esto pasa rápido. Al mediodía, si no mejoras, entonces sí que te aplico las ventosas.

—¿Y el colegio?

—Nada de movimientos. Lo que tienes que hacer es quedarte quietito. Nada de clases ni de piano, hasta curarte. Por lo menos durante una semana.

Salió y me quedé solo. Es decir, solo no, porque Adán dio muestras de su presencia.

—Zezé, Zezé, has de tener más cuidado; no puedes contarle a nadie nuestro secreto.

—Y no lo cuento. Sólo intenté hacerlo ahora por miedo a las ventosas, a que te hicieran daño.

—Está bien. Pero todo cuidado es poco.

Estaba dándome sueño nuevamente. Me habían traído café con leche, pero yo lo había tomado con muchas náuseas. Mejor era quedarse quieto como si nada existiera.

—¡Adán!

—¿Qué pasa? No me llames porque sí. Ya oíste a tu padre. Tienes que descansar. No olvides que cuando te mejores vamos a comenzar una nueva vida juntos.

—Solo quiero decirte una cosa. Hay una persona a la que necesito contárselo. Te va a gustar mucho. Es el Hermano Feliciano, del colegio. ¡El es tan bueno, tan amigo!

—¿Y él va a comprender?

—Sin duda. El entiende todo lo que hago.

—Ya veremos. Ahora cállate.

—Solo una cosa más. ¿No podríamos arreglárnoslas para hablar sin hablar?

—¿En el pensamiento?

—Sí. Así uno no se cansaba, y además nadie nos descubriría.

—Es una solución. Piensa algo para ver si da resultado.

Pensé: "Voy a pasar una semana sin estudiar piano y sin ir al colegio."

Adán rió alegremente, hasta balancearme el pecho. Me respondió de inmediato.

—¡Bandido! Ahora a ver si te duermes.

Cerré los ojos, satisfecho. Había dado resultado. Nadie más podría descubrir nuestro secreto. Todo iba de bien para mejor en nuestra amistad. Había encontrado un amigo, tendría una semana de vacaciones y ansiaba saber en qué forma mejoraría mi vida.

*   *   *

Entré en el colegio y subí la escalera con resolución. Nada quedaba de la enfermedad. Quería mostrar a Adán todos los rincones en los que trascurría mi vida.

—¿Viste, Adán? En seguida vas a conocer al Hermano Feliciano.

Entré en la sala de la dirección cargando mi cartera con libros, que por otra parte era bastante pesada para mi tamaño y mi delgadez.

Detrás del alto escritorio vi el pelo rojizo del Hermano Feliciano. Seguramente estaba con la cabeza baja y escribiendo, escribiendo siempre, porque como secretario del director se pasaba la vida escribiendo.

Me acerqué, esperando a que él notara mi presencia. Y como demoraba, no resistí más:

—Paul Louis Fayolle.

Soltó todo, como movido por una corriente eléctrica. Lanzó bruscamente los anteojos sobre la mesa. Su rostro se iluminó como un enorme sol.

—¡Chuch!

Sentía nostalgias de la forma en que él me trataba. Chuch. No

11

sabía lo que quería decir y nunca le había preguntado qué significaba. Era un nombre, una invención, algo lleno de ternura que el Hermano Feliciano había creado para mí. Solamente él me trataba así. Se quedó unos segundos mirándome contento y, después, abrió los brazos para estrecharme entre ellos. Aun después que me senté en la silla, a su lado, el continuó mirándome, analizándome todo.

—Entonces, ¿volviste, Chuch?

—Volví, sí. Ya no soportaba más quedarme en casa.

Me sentía feliz, cerca de alguien que nunca me haría mal ni dejaría que me maltrataran. El había sido el primer Hermano que descubriera la soledad de mi alma, la tristeza del niño incomprendido cuyos ojos solo reflejaban tristeza y ausencia. Sabía de mi lucha de once años, la historia de un niño pobre, entregado para que lo criara un padrino rico y sin hijos varones. La repentina mudanza de un chico de la calle, dueño del sol, de la libertad y de las pillerías, preso al vínculo de una familia nueva, irremediablemente perdido, ignorado y olvidado. ¡Cuántas veces Fayolle se había interesado por mis menores problemas! ¡Cuántas veces había enjugado mis lágrimas y me consoló, mostrándome que era imposible retornar a mi callecita tan lejana, a mi suburbio distante! El, sí, había sido el primero en descubrirme y protegerme. Solamente los otros hermanos maristas sabían que se llamaba Paul Louis Fayolle. Yo había descubierto el secreto. Podía llamarlo Fayolle y tutearlo cuando estábamos a solas. Frente a los otros niños, él volvía a ser el Hermano Feliciano, y era tratado de usted por mí.

—Cuéntamelo todo. Estás más delgadito, Chuch.

Sonrió y, antes de que yo comenzara, recordó una cosa.

—Telefoneé siempre a tu casa para saber de tu salud. ¿Estabas enterado?

Confirmé con la cabeza.

—Estuve preocupado, hijo. Pero ahora todo pasó y ya di orden en la sala de refección de los Hermanos: en el recreo de las dos, después de la clase de religión, vas a comer un pedazo de torta que te dejaré todos los días. Solo tienes que hablar con Manuel, que ya está avisado.

—Muchas gracias.

Miró el reloj de pulsera y vio que todavía disponía de tiempo.

—Sí, Fayolle, aún tengo tiempo. Vine más temprano en el automóvil de mi padre. El iba al Hospicio.

—Entonces cuenta.

No sentía deseos de hablar de mi enfermedad. El dolor había pasado, y aquello ya no tenía interés. El punto culminante era el de la existencia de Adán. Pero no sabía cómo empezar.

—Prométeme que no vas a reírte de mí, ni a pensar que estoy loco.

Fayolle adoptó un aire muy serio de espera. Le conté todo y quedé mirando bien adentro de sus ojos. Temía descubrir alguna sombra de duda o de burla. Pero no había nada de eso en sus ojos castaños, de mirada bondadosa. Me quedé más tranquilo.

—Entonces, Chuch, ¿tienes un sapo en forma de corazón?

Quedé un poco aturdido. No había pensado hasta aquel momento si el corazón tenía forma de sapo o si era lo contrario.

—Debo tenerlo. Y eso es bueno. El me va a ayudar mucho.

Pero resolví no contarle, por el momento, que el sapo se llamaba Adán. Podía ser que a Adán no le gustara...

—Entonces, ¿tú me crees, Fayolle?

—Claro que te creo. En la vida uno cree en tantas cosas... Siempre es bueno que el corazón espere un momento feliz.

Sentía que Fayolle estaba medio confundido y no quería decepcionarme, y de repente me vino uno de esos razonamientos locos que se me ocurrían continuamente.

—Yo no pienso que sea nada raro creer que alguien tiene un sapo en el corazón. Por lo menos, yo vi lo que sucedió conmigo. ¿Acaso la gente no cree que en la hostia está el cuerpo de Nuestro Señor Jesucristo?

Fayolle me miró con la mayor dulzura y sonrió.

—Pues entonces, Chuch, no dudo de nada de lo que dijiste. Tú mismo me contaste una vez que cuando eras pequeñito tenías un pajarito que cantaba dentro de tu pecho.

—Es cierto.

—Por eso, lo único que yo espero es que tu sapo te enseñe todo lo que es bueno, y que conserve tu corazón siempre honesto.

Guardó silencio y quedó sonriendo y mirándome largamente. Después miró el reloj de pulsera y me volvió a la realidad.

—Ya es casi la hora, Chuch. Dentro de poco va a sonar el timbre.

Me levanté. Fayolle todavía comentó.

—Después conversaremos más.

Fui caminando hacia la puerta. Me volví para hacerle una señal de despedida y vi que estaba haciendo girar sus anteojos entre los dedos, en espera de que yo desapareciera por el corredor.

Pensé en Adán.

—¿Qué tal? ¿Te gustó?

—Mucho. Ese se ve que es amigo hasta debajo del agua.

El sol iluminaba todo el corredor, y el cielo azul parecía recortarse contra las paredes. Adán ¿no sentiría la falta de la libertad antigua, del sol, de la lluvia, del canto de las cigarras, del ruido de los chicos soltando barriletes, del barullo de los trompos saltando en las calles?

—Ni siquiera un poco.

Me quedé admirado y comenté.

—¡Eres un caso único! Pero quiero ver si eres capaz de aguantar ocho horas de clase aquí. Y tres de piano allá en casa.

—Zezé querido, cada persona tiene su destino en el mundo. Yo cuando vine ya sabía de todo.

Capítulo Tercero

MAURICE

—Eh, Joãozinho, ¡se acabó la pereza! Vamos a la lucha.

Ni precisaba presentar a Joãozinho a mi sapo-cururu. Quizá fuese lo más conocido para él.

Descorrí la cortina de la sala para que la luz del día, para que el sol maravilloso entrara a llenar de vida todos los rincones. Como siempre, surgía aquel desaliento de comenzar. Después entraba en calor y seguía adelante. Antes de abrir la tapa del piano miré la cabeza de la negra. Una negra de terracota que a mi abuela le regalaron en París, al cumplir los quince años. Según mi padre, aquella figura de turbante blanco y ojos tristes sería un día mi herencia. La trataba con mucho respeto y decía que a la negra Bárbara hasta le gustaban mis músicas cuando todo salía bien. Pero esa vez recomendé:

—Es mejor, doña Bárbara, que se baje el turbante hasta los oídos, porque estoy sin estudiar hace una semana y tengo endurecidos los dedos.

Entonces abrí la tapa de Joãozinho y quité con calma el paño verde bordado con una pauta llena de notas amarillas. Joãozinho mostró todos sus dientes blanquísimos. Todo su mundo de notas, de sostenidos y bemoles. Yo no comprendía nunca por qué había que tener sostenido y bemol. Bastaba uno. Un sostenido o un bemol. Si un la sostenido era un si bemol, ¿para qué tanta complicación? En realidad, el sostenido era mucho más simpático porque parecía una bandada de pajaritos suspendida en el aire. Me gustaba el olor siempre nuevo que mi piano guardaba en su alma. Nunca en la vida podría olvidar aquel olor. Ya me preparaba para colocar los dedos en el piano cuando un ancho rayo de sol vino a bailar caprichosamente sobre el rostro de la negra Bárbara. ¡Qué lindo se ponía el sol cuando la gente tenía salud! A esa hora, mucho más lejos, Totoca estaría yendo para la escuela Martins Junior. Toda la chiquilinada. Las cigarras deberían de estar cantando al verano, entre las plantas. Godóia estaría barriendo la sala, arreglando el dormitorio, preparando la cocina. Y yo allí, encerrado en una sala, viendo solamente un hilo de sol. Los ojos ya se me estaban llenando de lágrimas cuando escuché la voz de Adán.

—Olvida, Zezé, no ganas nada con recordar. Dentro de poco, tú mismo irás olvidando, olvidando, y, cuando recuerdes, todo te parecerá tan distante que ni siquiera vas a sufrir.

Volví a la realidad. Primero pasé los dedos suavemente por sobre las teclas. Me gustaba Joãozinho. El no tenía la culpa de nada. Nunca me amonestaba si llegaba a equivocarme. Siempre me obedecía. Si él fallaba, la culpa era mía.

Un golpe de pie en el techo significaba que mi madre estaba extrañada por mi demora. Dos, era para que lo recomenzara todo. Tres, la alarma general. Si no me concentraba, ella descendía para averiguar la causa. Pocas veces, al comienzo, habían sonado los tres golpes. Me convencí de que era mejor hacerlo todo bien, porque así pasaba más pronto el tiempo y no había "tormenta".

Aquélla era la vida. Antes del desayuno, media hora de piano. Después, otros veinte minutos hasta el momento de salir para el colegio. A la hora del almuerzo, cuarenta minutos hasta almorzar y volver al colegio. Casi siempre preparaba mis lecciones en la clase de repaso y regresaba a casa a las cinco y media. Un baño, ropa limpia y algo más de piano mientras esperaba la hora de la cena. Comía y disponía de media hora para jugar. Pero ¿jugar con quién? No tenía amigos. A nadie le gustaba, allá en casa, que yo apareciera con algún amigo. Hasta me ponía nervioso y con miedo de que eso sucediera. Le hacía fiestas al perrito Tulu, que estaba casi inválido por haber sido atropellado. El animal me adoraba. Generalmente me sentaba en un escalón de la escalera de los fondos que daba a la Capitanía de los Puertos. Podíamos ver el río Potengi, antes de que anocheciera.

Los barcos se deslizaban lentamente, con los restos del sol iluminando de oro las velas blancas. Ahora todo sería mucho mejor, porque éramos tres los que soñábamos. Tulu, Adán y yo.

—Un día vamos a huir en un barco hacia alta mar, ¿no es cierto, Adán?

— ¡Vaya si huiremos!

Tulu, escuchando mi voz, movía la cola.

—Yo te llevaré, Tulu. Podremos llevar al pobrecito, ¿no es cierto, Adán?

—Ni se habla de eso. Por supuesto.

Aquélla era la media hora más rápida del mundo. Pronto llegaba la voz de mi madre.

—Bueno, ya jugaste demasiado. Ya es la hora.

Entraba, me lavaba las manos mirando mis dedos afilados como si los odiara. Luego me dirigía hacia la sala y abría la tapa de Joãozinho. Todas las veces releía su marca. Era un piano Ronish. Las primeras notas golpeaban con irritación y quedaban rezongando: Ronish-Ronish-Ronish. Después me perdía en el mundo de Coupé Czerny, y vengan escalas y escalas hasta la hora de dormir.

Los domingos, para aprovechar el tiempo que no iba a las clases estudiaba casi toda la mañana. Primero las lecciones, después un poco de piano para variar. Eran raros los domingos que mi padre resolvía ir a la playa. ¡Ese sí que era un mundo de encantamiento! Ya nadaba como un pez, y hasta en eso aparecía mi condena.

—No niega que tiene sangre de indio. No puede negar que es "Pinagé".

Ya no hacía caso: tenía que disfrutar los veinte minutos del baño de mar. Porque la playa era un mundo de observaciones: "Cuidado con el sol." "No demoren mucho por causa de su garganta." "Si viene con dolor de garganta va a estudiar el piano aunque tenga cien grados de fiebre."

Después del almuerzo me pedían mi libreta de notas. Todo se encontraba en orden: Buenas notas. Venía el examen mayor: "¿Has confesado y comulgado?" Sí. Rememoraban los días de la semana para ver si yo estaba en deuda, si había hecho alguna travesura. Después de aquello podía ir.

Me ponía todo lindo para la sección de las dos. A la salida venían las órdenes: "Ponte el sombrero de cuero. Tienes quince minutos para salir del cine y llegar aquí." Si demoraba cinco minutos, ya había gente en el portón, esperándome. "Ve al cine Carlos Gomes. Están dando una película de Jackie Cooper: *Las aventuras de Skippy*. Después me contarás el argumento."

Salí sin rumbo. Tenía tiempo de pasar por el cine Royal para ver los cuadros. Felizmente habían desistido de la idea del "buen día". Yo había perdido dos días de cine porque me negaba a dar el "buen día" y las "buenas noches". Claro que tenía mis razones. Ellos no eran mis padres. Yo había sido llevado allí siendo aún más pequeño y sin poder elegir. Todo era motivo para castigarme. Siempre me hacían sentir que no era hijo de ellos. Y, para empeorar las cosas, yo lo justificaba todo amargamente: "Se portan así conmigo porque no soy su hijo." Querían hacerme perfecto, pero no sé para qué.

Caminaba casi sin darse cuenta.

—¿Sabes, Adán, lo que él me hizo? No, tú aún no vivías conmigo ni pensabas en mí. Pues bien, ya viste que soy el más pequeño y el mejor alumno de mi grupo, ¿no es cierto?

Adán asentía y escuchaba con mucha atención.

—Cuando comenzó el año e ingresé en el primer año del bachillerato me puse todo contento y orgulloso. Me dieron una lista de libros y cuadernos que no se acababa nunca. Todo aquello sumaba veinticinco mil reis. Fui corriendo al consultorio de mi padre para mostrarle la lista y pedir dinero. ¿Sabías que el primer año del bachillerato es el que tiene más materias?

—Mira, Zezé, en cuestión de estudios no entiendo nada. Lo único que tengo es práctica de la vida.

—Discúlpame.

—No es nada, continúa.

—Subí la escalera del consultorio y me quedé sentadito, esperando que él se desocupara y abriera la puerta. No demoró mucho, pero yo estaba tan nervioso que me pareció una semana. El abrió y me hizo señal de que esperara. Fue a atender el teléfono y anotar alguna consulta. Me llamó. Me hizo sentar y abrió la nota de los libros. Sumó todo con lentitud, se quitó los anteojos y me miró secamente.

—No vales el precio de estos libros. Está bien, en casa te doy el dinero.

Adán se impacientó. Quería saber el final. Pero yo me había detenido, porque tontamente me encontraba con los ojos humedecidos, en plena calle.

—¿Y qué hiciste, Zezé?

Continuaba tragando mi emoción en pedazos...

—Habla, Zezé, no te quedes así. Estoy aquí para ayudarte. ¿Qué fue lo que sucedió, Zezé?

—Bien. Creí morir. Salí de allí con la lista en la mano, como si todos los libros me pesaran como monedas enormes. Entonces me vino ese pensamiento: "Si fuese su hijo, no me hablaría así."

—No te atormentes, Zezé. Vamos a olvidarlo todo. Vamos al cine. Tienes dos horas de libertad.

Me detuve a mirar los carteles. "Una lección de amor" Maurice Chevalier y Helen Twuelve. Una tentación. Nunca había visto a aquel artista del sombrero de paja. El precio era el mismo. Aquella otra película de Skippy... La había visto mi compañero de clase, Tarcisio Medeiros, en una sesión nocturna. Hasta me había contado la historia, y yo podría repetirla en casa. Por lo tanto... La indecisión paralizaba mis piernas. Pero Adán acudió en mi ayuda.

—Entra, Zezé.

—Pero ¿y si lo descubren?

—¿Por qué habrían de descubrirlo?

No me decidía. Mandaba el buen sentido, lo contrario de lo que Adán me aconsejaba. Posiblemente estaba irritado por la historia que le contara y quería darme una compensación.

Compré mi entrada con toda naturalidad. A nadie le importaba si la película era apta para criaturas o no. Si no lo era, no deberían pasarla en la *matinée*. Fui a un lugar bien escondido y me quité la gorra, esperando que la sesión comenzara. Felizmente no había ningún conocido.

* * *

De noche, en la cena, contra la costumbre, nadie preguntó nada del cine. Creían a pie juntillas que yo no había desobedecido, que no me arriesgaría a perder un mes de cine, contrariando las órdenes recibidas.

Aquella noche, antes de dormir, fui hacia Joãozinho sin que nadie me dijera nada. Estudié con el mayor placer. Tocaba con los dedos del sueño. Estaba tan magnetizado que mi madre se extrañó.

—Ya te pasaste de la hora, ¿qué te sucede hoy? Vamos, basta. Mañana continuarás.

Sentía que ella estaba muy satisfecha, pero no tanto como yo. Me puse el pijama y fui a limpiarme los dientes. Resolví ahorrarme algunas oraciones y, en vez del acostumbrado rosario, recé solamente las tres avemarías. Una noche sola, no importaba, ¡uno rezaba tanto en el colegio que hasta se le formaban callos en la boca! Lo que yo quería era conversar con Adán. Conversar con él y con mi almohada, que también era la cómplice de mis sueños.

—¿Tú crees que el diablo se me va a aparecer porque no recé el rosario completo?

—Tonterías, Zezé. No existe el diablo. Nunca existió. Las personas malas inventan esas historias para asustar a los otros.

—Es a lo único que tengo miedo.

—Pero ¿por qué? Estando yo contigo no debes temer a nada. Ni a almas, ni a brujas, ni a ninguna tontería de ésas.

—Eso porque tú eres valiente. Yo no puedo olvidar las clases de religión. Ponen al diablo en todo. Sólo Fayolle habla de otra manera.

—¿Y entonces? Cree en él, será lo mejor.

De pronto recordé una cosa.

—¿Viste al Padre Monte?

—¿Ese delgadito, de anteojos?

—Sí. El confesor del colegio. No sabes qué bueno es confesarse con él. Parece que ni escucha lo que le dices. Apenas da tres avemarías de penitencia y lo perdona todo. Es un santo.

Hice una pausa.

—¿Y...?

—Que una vez que me fui a confesar y no sabía que el Padre Monte se había ido a Recife, él se quedó dos semanas por allá. Cuando entré en el confesionario noté la diferencia. Era un sacerdote grandote, con la nariz grasosa y las orejas en abanico. El maldito me preguntó cada cosa que me quedé helado. Ni me gusta recordarlo. Hizo cara de pocos amigos y me impuso tres rosarios de penitencia.

—Pero ¿qué pecado tan grande podía cometer una criatura como tú?

—Bueno, Adán... pecado, pecado... el que todo niño comete. Sólo que uno tenía que acordarse de cuántas veces lo hiciera. Me puse tan nervioso que ni siquiera me acordé. Todo eso habría estado muy bien si a la semana siguiente no hubiera tenido que ir de nuevo a confesarme. ¿Y sabes lo que él me dijo?

—No.

—Me preguntó con su voz gangosa: "Entonces, ¿esta vez sí las contó?" Perdí hasta el habla. Porque en el catecismo habían garantizado que cuando el sacerdote sale del confesionario lo olvida todo. Estaba asombrado. Casi salgo corriendo de la iglesia sin acabar la confesión. Pero aguanté firme. Tenía que comulgar el domingo para no perder la oportunidad de ir a la playa o al cine. Cobré fuerzas, recuperé la voz y lo conté todo. Al final el cura estaba furioso, diciéndome que ni siquiera había intentado mejorar, que un niño así estaba condenado al infierno. ¿Y si me alcanzaba un tiro y moría en pecado mortal? Iría directamente al infierno. Satanás me estaría esperando con un tenedor gigantesco para pincharme y arrojarme en las brasas eternas. Quedé atontado, asustadísimo. Y, por fin, me impuso como castigo tres rosarios de penitencia. ¿Sabes lo que es eso, Adán? La tercera parte de una novena. Y yo tendría que rezarla en un solo día para poder comulgar al día siguiente.

—¿Y después?

—Felizmente volvió el Padre Monte y todo quedó como antes: pagando baratitos los pecados. Pero lo cierto es que pasé noches horribles. Me quedaba durmiendo con la luz encendida y, ante cualquier ruido que oía, temblaba de la cabeza a los pies, pensando que Satanás revolvía su tridente.

—De hoy en adelante eso no sucederá. Ahora estoy aquí.

—Así es.

Coloqué los brazos sobre la almohada y suspiré.

—Y ahora ¿qué pasó, Zezé?

—Nada. Estaba loco por venir a dormir y conversar de otra cosa, y acabamos perdiendo un tiempo enorme, sin tratar de lo que interesaba. Y ya tengo que dormir para levantarme a las seis.

—Entonces, si es un asunto muy largo, vamos a dejarlo para mañana. ¿De acuerdo?

—Sí.

Bostecé largamente.

—¡Adán!

—Dime.

—Desde que viniste a vivir conmigo estoy encontrando mejor la vida.

—¿Y no es bueno eso?

—Sí que lo es. Pero muchas veces me quedo pensando.

—¿En qué?

—Tú no vas a morir, ¿no?

—No. Yo no muero, no muero nunca.

Mis ojos comenzaban a cerrarse.

—¿Te irás algún día?

—Puede ser. Pero solamente cuando sepa que ya no me necesitas. ¿Vamos a dormir?

—Sólo una preguntita más. ¿Te gustó?

—¿Qué cosa? ¿La historia del Padre?

—No, estoy hablando del cine. De él.

—¿El artista? ¿Ese Maurice Chevalier?

—Claro. Solo que se pronuncia Morice, y no se dice la erre del final de Chevalier.

—Ya sabes que no entiendo nada de estudios, y menos aún de francés.

—Eso no importa. Solo estaba enseñándote. ¿Sabes una cosa, Adán?

—¿De qué se trata, ahora?

—Descubrí algo maravilloso. No me atrevo a hablar de ello, porque sería demasiada felicidad.

—No importa, cuenta.

—¿El podría trasformarse en mi padre?

Adán dio un salto dentro de mi pecho y arrojó lejos al sueño.

—¿Tu padre?

—Sí, mi padre.

No podía hablar de tan asustado que estaba y, cuando lo consiguió, su voz estaba llena de prudencia.

—Mira, Zezé. Tú ya tuviste un padre. Después, según me contaste, encontraste otro que era un portugués. Luego te entregaron a este padre adoptivo. ¿Qué más quieres?

—De todos ésos, solamente el portugués parecía mi padre. Pero murió muy temprano, cuando yo no tenía ni seis años. Ahora querría un padre bien elegante, así como Maurice. Un padre alegre, que parece que todo en la vida es lindo para él.

—En resumen, un padre de ensueño.

—¿Me ayudas?

—¿Ayudarte, en qué?

—¿No dijiste que me querías ver feliz, que viniste a vivir conmigo para crear un mundo de esperanzas y otras cosas? ¡Pues bien, ahí está! Este es el momento de ayudarme. Ayudarme a tener un padre de sueños. ¿Entendiste?

—Entiendo lo que me dices, pero esta historia es demasiado rara para un sapo.

—¿Nunca tuviste un padre?

—Como tener, tuve. Pero un sapo es algo diferente. Se nace de una porción de huevecitos juntados por un hilo. Cuando llega el tiempo, uno se convierte en un pececito negro con un rabo. Y se pasa la vida nadando de aquí para allá, en bandadas. Después se va creciendo y el rabo se cae. Uno sale del agua y cada cual va a su rincón, hasta volverse grande y vivir comiendo mosquitos y bichitos. U obedecer, de pronto, una orden superior, como sucedió cuando mi llegada hasta ti.

A esa altura del diálogo mi propio sueño se había evaporado.

—¿Nunca encontraste un hermano?

—Sí, pero sólo de paso. Se iba a vivir a las selvas de Goiás. Quería vivir cerca de un río grande. Si no me engaño, un gran río llamado Araguaia. Parecíamos extraños. Le deseé buen viaje y él partió. Pero vamos a dormir. Apaga la luz. Si no, dentro de poco, alguien vendrá a ver qué pasa. Y la reprimenda va a ser grande.

—Está bien.

Apagué la luz y arreglé la almohada. Dije lo último de aquella noche:

—Pero me vas a ayudar, ¿no, Adán?

—Duerme, Zezé. Tienes cada cosa...

Capítulo Cuarto
RISA DE GALLINA

Venía agitado, casi corriendo ladera arriba, en la Junqueira Aires. Necesitaba encontrar a Tarcisio Medeiros, el único amigo que yo tenía. Nos sentábamos juntos en el mismo banco. Tarcisio nunca me había perdonado una cosa que hice. Una burrada, según él. Su modo de ser era siempre calmoso y hablaba pausadamente. Un día, en la clase de religión, el Hermano había llegado con las manos llenas de estampitas, para premiar a quienes se habían comportado mejor. Miró a la clase entera, observándonos bien. Después preguntó con cierta insistencia:

—¿Quién asistió a todas las clases sin conversar?

Primero se levantaron los que realmente se habían portado bien. Después, los dudosos, los que tanto podían haber hablado como no. Y ¿no sucede que el bobo de Tarcisio se levanta y, con la mayor seriedad del mundo, va a recibir su estampa? Vino todo ancho, con el santito en la mano, y me sonrió victorioso.

El diablo se revolvió dentro de mí. Adán me instigó: "Ve, Zezé." Me levanté, ¡y ahí estalló la carcajada de toda la clase! Sabían que yo hablaba mucho y vivía inventando travesuras. Pero no me importó. Caminé, ruborizado, hasta la mesa y extendí la mano. El santo se quedó balanceándose en el espacio, obedeciendo a la indecisión del Hermano.

Me encaró, curioso. Su voz casi era una sentencia.

—¿Tú nunca hablaste, Vasconcelos?

Confirmé con la cabeza.

—¿Estás diciendo la verdad?

—Sí, señor.

—¡Mira que no puedo creerlo!

Llegó la inspiración:

—¿Acaso Tarcisio, que es mi vecino, no ganó su estampita? ¿Por qué yo no? Si él no habló, ¿con quién iba a hacerlo yo?

La risa fue general. Hasta el Hermano disimuló la suya, con la mano en la boca. El santo descendió hasta mí y volví más colorado que nunca a mi rincón, consciente de mi deshonestidad y de mi ingenio.

Tarcisio estuvo disgustado dos días seguidos, pero luego trajo una fruta, una "carambola" de la plantación de su casa, y la colocó en mi valija sin que yo lo viera. En el recreo nos hablamos como si no hubiese sucedido nada.

Ahora yo venía como loco, con el corazón afligido. Hasta Adán estaba preocupado. "Estás viendo, Zezé, deberás darte por muy feliz si todo termina sin que lo sepan en tu casa." Y pensé: "¿Qué quieres que haga, si todo se descubrió, si todo se vino abajo?"

En el lugar marcado me esperaba Tarcisio. Me senté bufando y me abaniqué con la mano. Mi rostro parecía un pimentón. Ni nos saludamos. En seguida, Tarcisio comenzó a decirme.

—Oí decir que el Hermano Manuel te va a tomar hoy por su cuenta.

—Ya lo sé.

—Pero ¿fuiste tú el que inventó lo de la "risa de gallina"?

—No sé.

—¿Cómo no sabes? Tienes que saberlo.

—En cierto modo, fui yo.

Callamos y en mis oídos parecía resonar, ahora que el miedo aumentaba, un coro de voces imitando la "risa de gallina". Aquello se había extendido por todo el colegio. Ante cualquier equivocación, estallaba esa risa. Confieso que al comienzo fue divertido. Pero después tomó tal proporción que se volvió una catástrofe. Se repetía en el refectorio o en el recreo. Hasta el día en que João Baleia, al ir a arrodillarse durante la misa, quebró el banco y resonó la risa. ¡Dios del Cielo! ¡Dentro de la iglesia y en pleno mes de mayo! Aparecía en cualquier rincón. Hasta en los dormitorios, donde el silencio era ley. Si una cama rechinaba, ¡allá venía la risa!, con un tono de falsete que todo lo desconcertaba. Los sacerdotes se reunieron para tomar alguna medida. Aquello no estaba bien en un colegio fino, de alumnos de buena familia. Y comenzaron la búsqueda para descubrir al autor de la invención. No demoraron gran cosa. "¡Fue Vasconcelos!" Muchos Padres se admiraron: les costaba creer que yo, el menor de la clase, un niño delgadito, débil... Tenía miedo hasta de hablar con el Hermano Feliciano, que seguramente nada podría hacer por mí.

Di un salto y me puse en pie.

—¿Sabes una cosa, Tarcisio? No me voy a preocupar por eso.

A él le asustó mi actitud. Generalmente, ¡yo era tan cuerdo y asustadizo!

—¿Qué es eso? No te reconozco.

—Así es. Mi vida ahora va a cambiar. Dentro de poco voy a proclamar mi *independencia o muerte**.

Sus ojos se agrandaron aún más.

—Tan es así que no voy a hablar más de eso, y resolví decirte ahora mismo que ayer fui a ver esa película, *Una lección de amor,* a escondidas.

—¡Estás loco!

—¡Qué esperanza! La película no tiene nada de malo. Solamente muchos besos y abrazos. Nada más.

—¿En tu casa te lo permitieron?

—Ni me dejaron ni lo supieron. De ahora en adelante voy a cambiar.

—Pero ¿quién es el que te anda metiendo cosas en la cabeza, Zezé?

Casi se me escapó el secreto, pero Adán me cuchicheó por dentro que callara. Y me contuve.

—Nadie. Ahora vamos al colegio. Lo que tenga que suceder, sucederá quieras que no.

Entramos, resueltos. Todo el mundo me miraba con curiosidad. La noticia se había esparcido con rapidez. Ni bien caminé diez pasos, una voz me detuvo:

—¡Vasconcelos!

Levanté los ojos hacia Arquímedes, el alumno más adelantado, el que más mandaba en el colegio después de los Hermanos. Era el brazo derecho, toda una garantía.

Había hasta cierta pena en los ojos de Arquímedes. El, en general tan autoritario, me hablaba blandamente. Formábamos un cuadro bíblico: David y Goliat.

—Sígueme.

Obedecí. En ese momento Tarcisio había desaparecido del mundo. Fui escoltado hasta una sala vacía.

—Siéntese.

Obedecí. Arquímedes se apoyó en un banco, se cruzó de brazos y me miró largamente. No parecía creer mucho en mi culpa.

—¿Entonces, Vasconcelos?

* El grito de Ipiranga, que selló la separación del Imperio del Brasil de la corona portuguesa. (*N. de la T.*)

26

—No sé nada.

—Está bien.

Callamos los dos y él se puso a hacer rodar entre los dedos la cadena de su reloj de bolsillo. Esperamos en silencio más de diez minutos. Si todo hubiera sido como antiguamente, yo habría estado temblando, con deseos de vomitar. Pero ahora era distinto. Adán se hallaba conmigo e iba a apoyarme.

La campana grande ordenó silencio total, y poco después solo se escuchaba el chirrido de las botinas raspando el cemento, en dirección a las aulas. Y a continuación, el murmullo de las oraciones.

—Ahora, vamos.

Me tomó del brazo para que no huyera.

—¡Por favor, Arquímedes, suéltame!

—¿Puedo confiar en ti, Vasconcelos?

—Te doy mi palabra de honor.

Me soltó, pero se me aproximó más. Sabía adónde me llevaba. A la clase de segundo año, la mayor y más numerosa. Entramos. La clase estaba apiñada. Otros alumnos permanecían de pie en los corredores.

Mientras Arquímedes y yo caminábamos entre las dos hileras de bancos, una salva de aplausos sonó estremecedora. En la tarima, detrás de su mesa, el Hermano Manuel me aguardaba. Nunca me pareció tan amenazador su rostro, de barba muy negra. Jamás sus ojos negros centellearon tanto. Arquímedes me dejó frente al Hermano y se retiró. Un silencio de muerte había helado el ambiente.

—Cruce los brazos.

Obedecí sin prisa.

—Suba aquí, a la tarima.

Obedecí, pero descrucé los brazos en seguida.

La voz llegó, más violenta.

—Ya le dije que cruzara los brazos.

Obedecí, encarándolo orgullosamente.

—Baje los ojos.

Me puse a mirar la punta de mis botinas y mis pantalones mal hechos, de tela rústica.

Entonces él comenzó a hablar, y fue rápido, gracias a Dios. Comentó el tema de las risas. Habló de sus efectos "maléficos". Y ordenó, con una voz que hasta Satanás con su tridente obedecería:

—Quien sea visto soltando la "risa de gallina" será expulsado del colegio.

27

Todo el grupo estuvo de acuerdo, porque con el Hermano Manuel no se jugaba. El hacía aún más de lo que prometía.

Se volvió hacia mí.

—Y para celebrar tan gran reunión, para terminar de una vez con esa "risa de gallina", convoco a los señores a que, en coro, celebren lo más alto posible la despedida de esa cosa horrible. La mayor y la última "risa de gallina" para el autor. Después que yo cuente hasta tres.

Contó, y solo entonces pude medir todo el alcance de la monstruosidad representada por esa risa en falsete. La cosa duró tres minutos.

El Hermano Manuel pidió silencio, y todavía recomendó al retirarse:

—No quiero oír nunca más ni un pío, y menos aún una "risa de gallina". En cuanto al señor...

Su enorme dedo crecía ante mí.

—...Va a estar una semana de castigo con los brazos cruzados, durante todo el turno de la tarde. Puede retirarse.

Salí sin sentir los pies. Pero me sostenía mi orgullo. Adán estaba admirado de mi coraje.

Tarcisio, que apareció, tomaba mi partido.

—Zé, yo guardé tu valija. Toma.

Caminábamos hacia nuestra clase. Yo iba cabizbajo, como calculando el calor del cemento. Tarcisio hablaba en voz queda.

—Cuando te diste vuelta, el Hermano Manuel se sonrió. No sé si eso le estaba pareciendo gracioso, o si se arrepentía de haberlo hecho.

Pero lo cierto es que en el colegio nunca más se oyó hablar de la "risa de gallina".

—Te llevo la cartera hasta el banco.

No podía ni dar las gracias. Me fui caminando hacia el lado de la tarima, subí, crucé los brazos y quedé como petrificado.

* * *

Cuando con el sonido del timbre acabó el castigo, me senté en el suelo, tan grande era mi cansancio. Hasta mi vista estaba turbia. Podría desmayarme en esa posición, pero no arrojaría la toalla.

Tarcisio abrió mi cartera y sacó mi vaso. Fue hasta la fuente y me trajo agua. Yo había pasado todo el tiempo sin ir al recreo y sin beber.

Después, él me secreteó:

—Cuando suene la señal de la clase de repaso, el Hermano Feliciano quiere hablar contigo. Te espera en el refectorio de los Hermanos. Ahora me voy. ¿Se enterarán en tu casa?

Me encogí de hombros, con gesto de indiferencia.

—Mañana temprano nos encontramos en la plaza del Palacio.

Dije que sí con la cabeza.

Después de haber sonado el timbre, y nuevamente cabizbajo, fui a buscar a Fayolle. El estaba pálido y preocupado.

—¡Pobre Chuch! Siéntate. Debes de estar muriéndote de cansancio, ¿no?

Me senté, pero no tenía el coraje de levantar los ojos hacia él. Fayolle intentaba aventar mi humillación, llevarla bien lejos.

—Te guardé un poco de este postre. Sé que te gusta. Es "rocambole".

—Gracias, pero no quiero.

—¿Estás enojado conmigo?

—¡Nunca!

Pero continuaba con los ojos bajos. El hizo algo que me sobrecogió. Con las puntas de los dedos levantó mi barbilla. Hacía exactamente como mi portugués, Manuel Valadares.

—Si no estás enojado come un pedazo y bebe un poquito de "guaraná"*.

Obedecía de mala gana y muy despacito.

—¿Sabes, Chuch?, yo no podía hacer nada por ti.

—Nadie podía hacer nada.

—Pero necesito conversar seriamente contigo. ¿Tienes confianza en mí?

—Claro, Fayolle.

—Tú no inventaste esa "risa de gallina", ¿no?

—Sí y no.

—No creo que fueses capaz de hacerlo. Dime quién te echó la culpa. Cuéntame la verdad. Así yo podré hablar al Hermano Manuel y disminuir tu castigo.

—Puedes dudarlo, Fayolle, pero fui el culpable de la cosa. Te contaré todo. Eso era una broma que los niños de la escuela pública hacían allá en Bangú, en Río. No fui yo quien la inventó, pero conversando con un grupo cometí la tontería de contarlo. No esperaba que tuviese el final que tuvo. Me pidieron que repitiera la risa y lo hice varias veces. Les pareció gracioso, y tú sabes cómo somos los chicos. Lo bautizaron "risa de gallina", y la cosa creció, se corrió por todas partes en seguida. Después, todo el colegio...

— ¡Oh, Chuch! No tienes la culpa. De cualquier manera hablaré

---

* Bebida refrescante hecha con la fruta del guaraná. (*N. de la T.*)

con el Hermano Manuel. Por lo menos creo que la cosa quedará solo en una semana, y voy a reducir tu castigo a una hora. Mañana te diré.

Me levanté y tomé mi cartera.

—Apenas pellizcaste algo. No has comido nada.

—Después de todo lo que pasó no tengo ganas de comer.

—¿Adónde vas?

—Tengo que ir a la clase de repaso, para hacer los deberes hasta las cinco.

—¿Tienes deseos de ir?

—Me muero de vergüenza y humillación.

—Entonces vamos a conversar un poco más. Te justifico la falta de la hora de estudios. ¿Quieres?

—Bueno. Pero primero necesito ir al baño. Tengo la vejiga llena.

El me indicó la puerta.

—Ve al baño de los Hermanos. Es más limpio.

Quedó esperando mi regreso, pero al llegar noté que su gran aprensión se había disipado.

Me hizo sentar frente a él.

—Entonces, ¿qué tal te fue el domingo, o ayer?

—Como siempre. Vine a misa. Comulgué. Hice los estudios, y también los de piano, para variar.

La conversación resultaba forzada, dificultosa. Una tristeza resbaladiza, que no acababa nunca, me dolía en el pecho.

—Chuch, estuve meditando mucho sobre una conversación que tuvimos.

—¿Cuál de ellas? Tuvimos tantas...

—Aquella en la que me contaste lo del sapo que tienes en el corazón. Como amigo tuyo te pediría que no la contaras a nadie más.

—¿Tienes miedo de que me lleven al manicomio?

El rió.

—No, no es por eso. Hablo de esa comparación que hiciste con la hostia, ¿comprendes?

—Entiendo.

—De la manera que hablaste, mucha gente puede pensar que es una herejía o una blasfemia.

Quedé sorprendido.

—¿Tú también piensas así, Fayolle?

—No, porque te conozco bien y sé que no hay maldad en tu corazón. Por eso pensé mucho en el asunto. Me gustaría que modificaras tus ideas.

—No entiendo bien.

—Es fácil. Cristo es la mayor esperanza de los hombres, ¿no es así?

—Por cierto que sí.

—Tú nunca dudaste de la hostia consagrada, ¿verdad?

—¡Dios me perdone! En casa hasta está prohibido jurar por la hostia consagrada.

—Entonces debes hacer lo siguiente. Piensa que Cristo es la esperanza de los hombres y que tu sapo también es una esperanza. Algo que Cristo te dio como una gracia.

Pensé un segundo sobre aquello que parecía tan difícil, pero que no lo era. Si Fayolle hablaba así habría de tener razón.

—Está bien. No voy a hablar más de aquello. Y tampoco voy a hablar a nadie de Adán. Solo a ti.

—¡Perfecto! ¡Perfecto! Ahora come otro trozo de torta.

Una idea nueva, la de contar a Fayolle otro de mis planes, me estaba arañando el alma.

El descubrió que una nube de alegría comenzaba a barrer mi tristeza hacia los lados de Macaíba.

—¿No me estás escondiendo nada, Chuch?

—¿Cómo adivinaste?

—Mirando tus ojos. ¿Qué es?

Le supliqué, emocionado.

—¿Vas a creer en mí?

—Siempre creí.

—Bueno, ¿te gusta Maurice?

El frunció la frente, interrogándose antes de preguntar:

—¿Qué Maurice?

—Maurice Chevalier.

—¡Ah!, ¿el artista francés?

—El mismo. Yo desobedecí. Adán estaba de acuerdo, y en vez de ir a ver una película para niños fui a ver una de él, *Una lección de amor.*

—¡Caramba, Chuch! No debías haber hecho eso.

—¿Por qué? ¿Quién es Maurice Chevalier? Cuéntame todo lo que sepas sobre él.

—No sé mucho. Solo que es un artista. Un *chansonnier.* Un artista de *vaudeville.*

—¿Qué quiere decir todo eso?

—Un *chansonnier* es un cantor; viene de c*hanson,* ya lo sabes. Y *vaudeville* es el teatro con música y baile.

—Pero la película no tenía mucha música ni mucho baile. Hasta me parece que él cantó poco, para mi gusto. Pero no tengas miedo que no escandalizó nada, como dicen allá en casa.

—Aun así no es una película para tu edad. ¿Te vio alguien en el cine?

—Estuve escondido en un rincón oscuro.

Quedamos callados un momento. El se rascaba su cabeza pelirroja, de pelo muy recortado. Dio un silbido sin música, como hacía siempre que se sentía confundido.

—Finalmente, Chuch, ¿por qué tanto interés en ese artista?

—¿Lo viste trabajar? No, ya sé. ¡Pero es tan humano! ¡Tiene una sonrisa tan buena! Y es gracioso. Solo viste ropas muy prolijas. Decidí con Adán que él va a ser mi padre.

—¡Caramba, muchacho! Ya vienes con una de tus fantasías.

Pero viendo mi semblante serio y los ojos casi llenos de lágrimas modificó dulcemente sus expresiones. Fayolle volvía a descubrir en mí al niño solo de siempre.

—No te quedes así, Chuch. Cuenta más.

—No hay más que eso, eso solamente.

El tomó mis manos y me preguntó muy seriamente.

—Pero ¿por qué quieres tener tantos padres? El tuyo es un hombre bueno, que solo desea tu felicidad, Chuch...

—Tal vez. Pero quisiera un padre que me vea como persona. Que cuando me dé un regalo no diga que no lo merezco. Que olvide que soy hijo de una india. Que...

Solté sus manos y apoyé la cabeza en la mesa, escondiéndola entre mis brazos. Me puse a sollozar. Y continuaba hablando.

—Quisiera un padre que vaya a mi dormitorio para darme las buenas noches. Que me acaricie la cabeza. Que entre en mi cuarto y cuando yo esté destapado me cubra, despacito. Que me bese el rostro o la frente, deseando que duerma bien.

Fayolle acarició mis brazos y esperó que la crisis pasara.

—Entiendo, Chuch. Entiendo...

Tomó un pañuelo de cuadros blancos y negros, para limpiar mis lágrimas. Lo peor de todo era que aquel pañuelo se parecía al de Manuel Valadares.

—Vamos, vamos, límpiate los ojos. Suénate la nariz. Has tenido un día muy malo. Todo ayudó para que sufrieras mucho. Mañana será un nuevo día.

Se levantó, como quien ha tenido una buena idea.

—Mira, Chuch. Espérame quince minutos. ¿Me prometes que no saldrás de aquí?

Me soné y dije que sí.

Salió y después del cuarto de hora prometido volvió muy contento.

—¡Lo conseguí! Hablé con el Hermano Manuel. Te espera en el corredor y va a perdonarte el castigo. Ve, Chuch. ¡Y con coraje!

Caminé por el corredor y allí, al final, el Hermano Manuel me esperaba haciendo girar las borlas del cinturón. Mis pies comenzaron a pesarme como plomo. Pero tenía que ir. En esa ocasión, Adán probó una vez más que era mi amigo.

—Ve, Zezé. Y nada de comportarte mal.

El Hermano Manuel había crecido como doscientos metros y ahora estaba a menos de cinco pasos, con los brazos cruzados. Comencé a caminar todo tembloroso. No conseguía levantar mi vista del suelo.

—¡Vasconcelos!

La voz se había trasformado. No debía de ser el mismo hombre. Y ahí comencé a temblar más. Temblaba tanto que las lágrimas saltaban de mis ojos. Viendo que me había apoyado en una ventana para no caer, él vino en dirección a mí. Se arrodilló cerca de donde yo estaba y tomó mi rostro.

—¿Qué es eso, señor llorón?

Introdujo la mano en el bolsillo de la sotana, sacó un pañuelo, también de cuadros blancos y negros, y limpió mis ojos sin preguntar nada. Solo entonces me hizo esta confesión:

—Yo tenía que hacer aquello, hijo. ¿Piensas que me gustaba? ¿Crees que no es duro decir todo eso, y decirlo a una criaturita como tú?

Se puso en pie y me alzó en sus brazos.

—Ahora, basta. No se habla más de eso. El Hermano Feliciano me lo contó todo y tú no tienes ninguna culpa. ¿De acuerdo?

Me dejó en el suelo y sonrió, con el rostro oscurecido por la negra barba.

—¿Todo está bien?

Me extendió la mano para que se la estrechara, y obedecí.

—Ahora ve a olvidarlo todo.

El mismo sujetó mis hombros e hizo girar mi cuerpo. Me dio una palmada, empujándome.

—¡Loquito!...

Capítulo Quinto

SOÑAR

En casa ya nadie se extrañaba de lo que yo hacía. Mi hermana era elogiada por todas las visitas que llegaban allá. En cambio, yo detestaba todo aquello. Bastaba que me enterara de que iba a venir alguna visita para que yo desapareciera. Y si por casualidad me encontraba fuera de casa, ya me las arreglaba para entrar por la ventana de mi cuarto sin que se notara. Odiaba tener que dar la mano, sonreír o murmurar alguna palabra amable a cualquier persona que no me fuera simpática. A nadie le importaba que cuando terminaba mis ejercicios de piano, aunque me concedieran media hora de libertad antes de ir a dormir, me encaminase hacia el mundo de mi cuarto.

Casi siempre encontraba ya a Maurice sentado en aquel sillón grande que nadie quería porque estaba medio deslucido y con los muelles flojos. Otras veces aparecía cuando ya estaba yo acostado y acababa de rezar. Siempre venía con su gesto simpático, abriendo la sonrisa ancha y mostrando el brillo de los ojos que variaban de color, desde el gris hasta el azul.

—¿Cómo está mi muchachito?

Se inclinaba para besar mi rostro y en seguida quería enterarse de cuanto hiciera, o de todo lo que había sucedido. Sus ropas eran muy elegantes. La raya del pantalón, impecable. Y siempre traía consigo un perfume fino que hacía bien a la nariz.

Pero esa noche estaba retrasándose mucho. Eso era muy malo, porque ya me había explicado que se levantaba muy temprano para ir a filmar a los estudios. Si llegaba tarde se quedaría muy poco tiempo conmigo.

—Estoy preocupado, Adán.

—Tonterías, Zezé. Espera un poco y deja de ponerte nervioso.

Le expliqué mis recelos.

—Quizá Maurice no tenga filmación mañana y se pueda quedar más tiempo contigo. ¿No sucedió eso una vez?

—Tres veces.

—Entonces...

Quedé callado y comencé a rezar a Nuestra Señora de Lourdes, a la que adoraba. Para mí, ella era la mayor de todas las "Nuestras Señoras"... Tenía tanto respeto por ella que llegaba a subestimar a las otras. Por ejemplo, siempre me parecía que Nuestra Señora de Fátima era una empleada de Nuestra Señora de Lourdes. Todo cuanto le pedía era atendido.

Y Maurice llegó de sorpresa, como siempre. Entraba por cualquier rincón, raramente por la puerta, para no hacer ruido ni llamar la atención de la gente de la casa. Era delicioso eso: Maurice penetraba en la habitación descendiendo por el techo. No encontraba dificultad alguna en atravesar la pared, ni siquiera la ventana, aunque ésta no estuviese abierta. ¡Y no había forma de que me enseñara aquella magia!

—Y ¿qué tal?

—Ya casi estaba pegando el sueño. Tardaste tanto, Maurice...

Apoyé mi rostro en su mano.

—La filmación acabó más tarde, y como mañana será mi día franco...

—¡Bien que Adán me había avisado!

—¡Así es, este Adán es un tipo muy despierto!

—¿Verdad que sí? ¿Por qué no viniste hoy con el sombrero de paja?

—Hacía frío allá. Tuve que ponerme una ropa más abrigada, y ella no combinaba con mi sombrero de paja.

Nunca explicaba bien dónde quedaba ese "allá", y me daba vergüenza preguntárselo. Una inquietud pasaba por mi rostro y eso llamó la atención de Maurice.

—Y ahora ¿qué ocurrió?

—He pensado mucho en estos días.

—Entonces hablemos de eso. ¿No habíamos convenido que entre nosotros no habría secretos?

—Pero es tonto preguntar...

Como él se había quedado interrogándome con los ojos, largué todo.

—Tengo miedo de que suceda algo contigo.

—Y eso ¿por qué?

Me sentí más afligido todavía y hablé atropelladamente.

—No te vas a morir, ¿no es cierto, Maurice?

Soltó una risa alegre.

—Pretendo que pase mucho tiempo antes de que eso suceda. Tengo muy buena salud y excelente ánimo.

Viendo que yo casi lloraba, cambió toda su expresión.

—¿Qué es eso? ¿Cómo te llama aquel sacerdote, en el colegio?

—Chuch.

—Entonces, Chuch, ¿qué es eso?

—Es que no me gusta querer a alguien. Y cuando eso sucede siento miedo de que las personas mueran.

—¿Murió mucha de la gente que quisiste?

—Mucha, no. Solamente un hombre que me enseñó que la vida sin cariño no vale nada.

Rápidamente le conté la historia de Manuel Valadares, mi buen "Portuga", al que un tren llamado "Mangaratiba" se había llevado.

Maurice me apretó la mano, muy conmovido.

—¿Qué edad tenías entonces, Chuch?

—Entre cinco y seis años.

—Sí, la vida tiene esas maldades. No debías haber sufrido una tristeza tan grande a esa edad.

—Te hablo de eso, Maurice, porque te quiero mucho. Y fue tan difícil para mí encontrar a alguien como tú en la vida, que no sé...

—Puedes quedarte tranquilo. Todo va a continuar bien. No voy a morir, así que no tendrás que ponerte triste.

—Me gustaría hacerte la misma pregunta que le hice a Adán. ¿Te irás algún día?

—¿Quién sabe? Me quedaré contigo hasta que no me necesites más. Hasta que sienta que ya eres un hombrecito que sabe tomar sus decisiones y asumirlas. ¿Está bien así?

—Sí, pero eso va a demorar bastante.

—No sé. Tú eres un niño muy maduro.

Quedé un poco más consolado. Sin embargo, a pesar de la presencia de Maurice, aún me dolía algo allá dentro.

—¿Puedo hablarte de una cosa más triste todavía?

—Bueno, pero solo una más, ¿eh?

—Es breve. ¿Sabes, Maurice?, nunca supe para dónde llevaron a mi "Portuga" muerto. También, ¿qué puede hacer una criatura de seis años? Poco después de su muerte nos mudamos, luego regresamos a Bangú, y por último me entregaron en manos de este padre adoptivo para que estudiara, me hiciera gente y ayudase a mi familia en su pobreza.

—Entonces debes olvidar las cosas que quedaron atrás y estudiar mucho para ayudar a los tuyos.

Sentí deseos de reír.

—¿Qué te pasa ahora?

—Me río porque muchas veces dices las mismas cosas que Adán. Hasta parece que se pusieran de acuerdo.

—Entonces nuestro amigo Adán es un muchacho juicioso. Todas las personas tienen, o van adquiriendo, una cosa que comienza a nacer en ti y que se llama buen sentido. Ahora me voy a quedar un ratito más, aunque ya es tarde. No por mí, sino por ti que has de despertarte temprano.

—¿Tú tomas el desayuno en la cama, como en la película?

—Siempre. Es muy agradable.

—Aquí en el Brasil la gente está muy atrasada, no se usa eso.

—No es muy necesario. Cuando hace falta voy a tomarlo en la mesa, como cualquier persona.

Maurice recordó algo, de pronto.

—Ayer ibas a contar no sé qué y te dormiste antes de hacerlo. Esa historia de la guerra del uniforme, ¿recuerdas?

—Fue una guerra dañina. Pero no interesa mucho. No tuvo un final tan horrible como la "risa de gallina".

—¿Fue alguna travesura tuya en el colegio?

—Sí, pero no hice más que esas dos. El año pasado, cuando entré en el colegio, el uniforme nuestro era abotonado hasta el cuello. No puedes imaginar lo incómodo que resultaba, sobre todo con el calor que hace durante el día. Y encerrado en aquellas salas calientes, con el sudor empapándole a uno hasta la nuez. Un día me fui a vestir a casa y, frente al espejo, abrí el uniforme y di vuelta el cuello. Puse la camisa para fuera, dejando el cuello abierto sobre el uniforme. Quedó lindísimo. De ahí en adelante, solo la usaría así en seguida que saliera de casa, con el cuello abierto y la camisa asomando. Pero no todo salió como yo pensaba. A la entrada del colegio me encontré con el director, el Hermano José. Maurice, él es francés, como tú. Solamente que tiene unas cejas tan gruesas y tan juntas que parecen la punta de Igapó. Cuando se enoja, esa masa negra se levanta sobre su frente, semejante a la figura de un puercoespín.

—¿Qué novedades son ésas, señor Vasconcelos?

La voz rugió:

—¡Arréglese!

Obedecí temblando y besé su mano peluda y sudada.

Cuando volvía a casa, me detuve en el banco del jardín de la Sé.

Arrojé mi cartera y entreabrí el uniforme. ¡Qué belleza! Mi amigo se extrañó de todo aquello.

—Haz la prueba, Tarcisio. ¡Es bueno como el diablo!

—No; si pasa un Hermano por aquí vamos a ser castigados.

—¡No pasa ninguno! A esta hora todos están rezando el rosario o algo parecido. Y además, nosotros estamos fuera del colegio.

Aun así, Tarcisio no se decidió.

—Voy a probar en mi cuarto, en casa.

El diablo me sugirió la idea.

—Hasta podíamos empezar una guerra: la guerra del uniforme.

—¿Y terminar por recibir uno de aquellos castigos como el que te impusieron con lo de la "risa de gallina"?

—Si no quieres hacerlo no lo hagas. Yo voy a comenzar y verás como los demás me siguen.

De hecho, en todos los momentos posibles yo trasformaba mi ropa en "uniforme revolucionario". El atrevimiento llegó a tal punto, que aparecía en los recreos con el uniforme entreabierto. Entraba en el aula, y ya venía la orden:

—Vasconcelos, compostura.

Obedecía, pero en la primera oportunidad volvía a insistir. Aquello fue cosa del propio diablo. Se trasformó en una jaculatoria: "Vasconcelos, compostura"; "Compostura, Vasconcelos"; "Vasconcelos, compostura."

Y la cosa crecía.

—Vasconcelos, castigo.

Me abotonaba el uniforme y quedaba contra la pared, con los brazos cruzados.

Vino la amenaza.

—Usted va a perder las buenas notas de su boletín, Vasconcelos.

Perdía la nota, llevaba reprimendas, hasta amenazaban con telefonear a mi casa. Eso sería lo peor, pero felizmente la amenaza no se concretó.

Luché tanto por mi guerra que ella dio sus frutos. Todo lo que está mal, en seguida encuentra imitadores, y los míos aparecieron bien pronto. Se desató una verdadera cacería contra los rebeldes. ¡Compostura! ¡Castigo! ¡Notas bajas! Y, ¡zas!, bastaba que el grupo saliera del colegio para que los uniformes comenzaran a ser abiertos.

Ahora estaba frente a Fayolle.

—Chuch, no hagas eso. Abróchate el uniforme.

Me daba pena de él y obedecía.

—Discúlpame, Fayolle.

—Ahora tienes que ir conmigo a la sala de reunión de los Hermanos. ¿Por qué hiciste eso, Chuch? Nunca vi a un pigmeo como tú inventar tantos dolores de cabeza.

Seguí lentamente los pasos de Fayolle. Penetramos en el amplio recinto. Todos los Hermanos del colegio estaban alrededor de una mesa, esperándome en silencio. Me ordenaron que me pusiera bien en frente, pero sin exigirme que cruzara los brazos. Era horrible ser observado en silencio por todas aquellas miradas austeras. El propio Fayolle se había sentado del otro lado. Si dejaba de mirar al Hermano Manuel daba en seguida con los ojos del Hermano Joaquín. Apenas el Hermano Flavio tenía una mirada simpática y disimulaba una sonrisa. Podría hasta pensarse que, a poco más, si lo encaraba riendo, él largaría una fuerte carcajada. ¿Quién iría a tomar la iniciativa de la acusación?

Una cosa era evidente: estaban pasándose en silencio la pelota del uno al otro. El Hermano Luis nunca tomaría esa iniciativa. El Hermano Onésimo no se envalentonaría, porque su portugués era muy enrevesado. En cuanto al Hermano Juan, ni quería mirar hacia mí; él había desarrollado mi gusto por el idioma y se enorgullecía de ello. Por su parte, el Hermano Esteban, conocido a espaldas suyas como "Frankestein", seguramente preferiría darme una palmada y dejar que las cosas siguieran como estaban, para ver si mejoraba todo. Pero la decisión partió del propio Hermano Director. Sus inmensas cejas se movieron lentamente.

—Señor Vasconcelos.

¡Listo! Ya estábamos en escena los dos. Mis cabellos rubios, casi blancos, se empapaban sobre mi frente traspirada. Lo que salió de mí garganta no fue una voz, sino un remedo.

—Presente, Hermano José.

Fayolle había hundido su mirada sobre la mesa y ya debía de haber contado todas las manchas allí existentes. Quizás hasta rezara por mí.

—Bien, señor Vasconcelos, nos va a dar el placer de mostrarnos cómo usa su uniforme, ¿no?

Quedé indeciso. Pero sus espesas cejas se levantaban y hacían que sus ojos negros y brillantes parecieran los de una lechuza enojada.

—¿Por qué esa demora? ¿Acaso usted no se envanece de usarlo así a todas horas, desobedeciendo la disciplina del colegio?

Mis dedos helados tardaban en acertar a entreabrir los broches del cuello. Temblaba de pies a cabeza. Sin embargo, urgía obedecer. Conseguí cumplir la orden y poco después el cuello de la camisa apareció libremente.

—¿Fue usted quien inventó esa moda?

La voz no me salía. El Hermano Manuel arriesgó un pálpito.

—No me va a decir ahora que no es el autor de ella. En cuanto a la "risa de la gallina", está bien, nosotros aceptamos la explicación. Pero ¿y ahora?

—Fui yo, Hermano Director. Yo solo.

—¿Y por qué?

¿Qué adelantaría con negarlo? Iba a afrontar la suerte y decir la verdad.

—Porque es un uniforme muy feo.

—¿Y qué más?

—Porque así no sentimos tanto calor ni que nos falta el aire.

—¿Alguna otra cosa?

—Queda más lindo así.

—¿Alguna otra explicación?

—Con el uniforme abierto, yo siempre tengo poco dolor de cabeza. Hay horas en la clase, cuando uno presta mucha atención y hace mucho calor, que mi cabeza parece querer reventar.

Enmudecí, con los ojos llenos de lágrimas.

La voz del Hermano José sonó tan débilmente que casi me asusté.

—¿Usted sabe lo que le espera?

—Seguramente voy a quedar castigado para toda la vida. Voy a tener que escribir mil veces que no debo usar el uniforme así. Y finalmente van a telefonear a mi casa, con lo que perderé todos mis días de cine y de playa.

Dicen que el corazón no duele, pero el mío dolía mucho. Primero comenzó un hilito de lágrimas. Después, cuando me desahogué, fue toda aquella inundación que me corría por el rostro.

—Y yo... yo prefiero morirme. Romper el vidrio del armario de Química y tomar un veneno. Así nadie más me va a mortificar.

—Está bien, está bien. Por esta vez no necesita morir. En cuanto al castigo es una cosa que estudiaremos. Ahora retírese y vaya a sentarse en la sala del Hermano Feliciano; después lo llamaremos.

Obedecí. Caminaba como si hubiera adelgazado mucho y no pesara nada. Me quedé sentado viendo el dibujo de los ladrillos, cortando las uniones y deseando desaparecer por el primer agujero que asomara. Perdí hasta la noción del tiempo. Solo volví en mí cuando sonó el gran timbre que ordenaba la reanudación de las clases.

Elevé la mirada y vi a Fayolle que venía caminando despacio hacia donde yo me encontraba. Sus ojos denotaban gran satisfacción. Llegó ante mí, y en esta ocasión no tuve ganas de jugar, como otras veces, tomándolo por las borlas de su cinto.

—¡Chuch!

No atendí su llamado. Ni siquiera sentía deseos de mirar en dirección a él.

—Mira, Chuch, tengo una gran novedad para ti.

Seguramente quería reducir mi pena. O quizá no irían a telefonear a mi familia.

—Te contaré la noticia solamente si me miras. No estés enojado conmigo, porque por nada de este mundo me gustaría que hubiese sucedido toda esta confusión.

Levanté mis ojos hacia él. Su rostro era nuevamente aquel sol iluminado de bondad. Con una mano sujetaba una regla de goma y se golpeaba con ella la palma de la otra.

—¿No crees en mí, Chuch?

—Siempre creo en ti. Si no lo hiciera, ¿en quién habría de creer, entonces?

—Bien, en ese caso ven aquí.

Obedecí y él tomó mi rostro con sus manos, suavemente.

—Sucedió un milagro, Chuch. Un milagro que ni yo mismo esperaba. ¿Sabes qué pasó? Ganaste la guerra.

—¿No me van a castigar, Fayolle?

—No, al contrario. Creció la admiración por ti, porque pensaron que eres muy inteligente. Discutieron mucho y llegaron a la conclusión de que la razón estaba de tu parte.

Si él no hubiera sido un religioso hasta le habría dado un beso en su bondadoso rostro, como hacía con mi "Portuga" antiguamente.

—Ahora te cuento el resto, lo que decidieron, si me respondes con toda honestidad a lo que quiero saber.

Hice una cruz sobre el pecho, jurando.

—¿Tú no dijiste la verdad sobre eso de que... eso del veneno que irías a robar de la sala de Química, no?

—Mentí, Fayolle.

El respiró fuerte, aliviado.

—Mentí, Fayolle, porque no necesitaba romper el vidrio del armario. Una vez, el Hermano Amadeo estaba quitando el polvo de los frascos y yo lo ayudaba. Cuando se distrajo robé un poco de veneno que siempre llevo conmigo. Porque muchas veces siento deseos de morir.

De nuevo los ojos intentaban traicionarme.

—Pero, Chuch, tú eres una criatura aún. No has llegado a cumplir los doce años. ¿Por qué pensar así?

41

—Porque soy una criatura desgraciada, muy desgraciada. Un niño desdichado, y todo el mundo vive diciéndome que no valgo ni siquiera la comida que como. Que soy indio, que soy un Pinagé. Que nací para sudar con la azada, solamente.

Y me largué a llorar.

—No hagas caso, son tonterías. Tú no eres nada de eso. Lo que pasa es que eres un niño muy estudioso, muy inteligente y muy vivo. ¿Acaso no dices que todo el mundo se admira de que siendo tan pequeñito estés tan adelantado? ¿Olvidas que vas a ser el único alumno que termina el bachillerato apenas a los quince años? ¿Entonces? Caramba, Chuch, no llores. Las cosas van a mejorar con el paso del tiempo. Sé que serás una criatura tan feliz como cualquier otra. ¿Acaso no soy tu amigo? Pues bien, mucha gente en el mundo no tiene ni siquiera un amigo. ¿Qué te parece?

Mi gran emoción era vencida por la bondad del Hermano Feliciano, que equilibraba mi buen sentido.

—¡Así, eso es! Ahora, toma...

Ya venía de nuevo el pañuelo de cuadros blancos y negros.

—¿Está mejor así?

—Sí.

—Si te pido una cosa, ¿la vas a hacer? ¡Pero una cosa entre amigos! ¿Me lo prometes?

—Sí, te lo prometo.

—Mira que me hiciste una promesa, ¿eh? Si la cumples haré comprar para ti caramelos con figuritas. Esos caramelos holandeses con figuritas que todos los chicos coleccionan en un álbum. ¿Tú no las coleccionas?

—No, nunca tengo dinero para comprarlos. Cuando me dan ganas de tomar un helado, que me hace mal a la garganta según dicen, gasto el dinero del tranvía y vuelvo a pie a casa.

Fayolle juntó las manos y las levantó.

—Un montón así.

Sonreí.

—No es necesario, Fayolle. Por ti hago cualquier cosa sin que tengas que darme ningún regalo. ¿Qué quieres?

La indecisión se manifestó en su rostro, como si temiera perder la partida.

—Déjame ver el veneno.

Ni contesté. Metí la mano en el bolsillo y repercutió el sonido de tres bolitas. Entre ellas se encontraba una pequeña piedra que era un poderoso veneno. La puse en la palma de mi mano y, al darle la luz, ella quedó más linda y azul.

—Puedes tomarla.

Fayolle la tomó entre sus dedos.

—¿Es linda, no?

—Bonita, pero muy triste. Y sobre todo peligrosa.

Me miró intensamente a los ojos, como nunca lo había hecho antes. Su voz me suplicó:

—¿Me quieres dar esta piedra, Chuch?

—¿Para qué la quieres, Fayolle? Tú eres feliz. Tienes a Dios en el corazón. ¿No se dice así?

—Cierto. Pero no quiero que mi pequeño Chuch muera, haga o piense tonterías. ¿Imaginaste lo preocupado que voy a estar si sé que siempre tienes esto en el bolsillo y pienso en el peligro que corres?

—Está bien, puedes quedarte con ella. Si quiero morir voy a buscar otro modo. No importa.

—Eso mismo, así me gusta. Tú tienes mucho que vivir, hijo mío, y eso de morir es algo que debe quedar en las manos de Dios.

Había ganado la partida.

—¿Y el resto, Fayolle?

—¿Qué resto, Chuch?

Con el interés de nuestra conversación se había olvidado de todo. Se golpeó la frente con fuerza.

—¡Qué cabeza ésta, Dios mío!

Rió, feliz.

—Pasa que sucedió un milagro, como te dije. No solo no van a castigarte sino que permitirán que usen el uniforme como quieran. Estamos a fines de julio, y cualquier alumno podrá usarlo como lo desee. Y para el año que viene ya quedó combinado que el nuevo uniforme va a ser de ese modelo. Venciste, Chuch. Y ahora vete. Puedes entrar tarde porque el Hermano Amadeo no dirá nada. Ya conversamos de eso.

Me puse de pie sin decidirme a salir, ante su felicidad.

—¿Viste, Chuch, como a veces la vida es linda?

—Es verdad.

Fui caminando de espaldas hacia la puerta, para no perder un solo momento de su alegría. Aún me detuve en la puerta para escuchar su comentario: *"Coeur d'or!"*

Me volví hacia Maurice, que me miraba cariñosamente.

—Hablé demasiado, ¿no es cierto, Maurice?

—No. Fue interesante.

—Me pareció que la conversación te iba a resultar aburrida.

—¡Ni un poquito siquiera! ¿Sabes, muchachito, que eres una de las sensibilidades más raras que encontré en mi vida?

Aquello, dicho por Maurice, me dejaba inflado de vanidad.

Miró su reloj de pulsera.

—¡Qué lindo! ¿Es de oro?

—Todo, hasta la pulsera.

—Nunca vi cosa más linda en el mundo. En verdad, no he visto muchos relojes en mi vida. Un día, cuando crezca, voy a tener uno.

—Ciertamente. Pero ¿sabes lo que el reloj está diciendo? Que es la hora de que una criatura cierre los ojos para dormir.

—¿Sueñas mucho, Maurice?

—Pocas veces. Cuando uno se vuelve hombre y va caminando por la vida las cosas se van modificando.

—Yo sueño muchísimo. Apenas pongo la cabeza en la almohada y aliso el corazón, como me enseñó Adán, ¡listo!

—Ojalá pudiera hacer igual, ¡ojalá! Bueno, vamos a ver cómo te preparas para soñar.

—Así.

Ablandé la almohada y coloqué la cabeza sobre ella. Maurice me cubrió el pecho con la sábana.

—Ahora, *Monpti,* voy a decirte una cosa para que no sufras mucho. ¿Está bien? Voy a pasar una semana sin poder venir, pero tan pronto como pueda estaré aquí. Por lo tanto, hasta el próximo jueves.

Tomé sus manos entre las mías y él las fue retirando lentamente. Pasó una de ellas por mis cabellos.

—Maurice ¿qué es *Monpti?*

—La abreviatura de *Mon petit,* que quiere decir mi pequeño.

—Ya sé.

Cerraba los ojos con fuerza para no verlo partir. Estaba llegando el momento en que él era más mi padre.

Maurice me besó en el rostro y susurró.

—Buenas noches, Chuch. Sueña, hijo mío.

La paz de la noche, la paz de la sombra se había hecho en mi cuarto.

El sueño venía llegando tan fuerte que apenas pude oír una vocecita desde muy lejos, muy amiga, muy amiga.

—Buenas noches, Zezé.

—Buenas noches, Adán.

Capítulo Sexto
VAMOS A CALENTAR EL SOL

—¡Basta, Zezé, para con eso, por amor de Dios! Basta. Pronto cumplirás doce años y tienes que cambiar. Es una lloradera que irrita a cualquier cristiano. ¡Basta ya!

—Lo sé, Adán, pero ya ves cómo suceden las cosas. Por más que yo no quiera, siempre se me llenan de lágrimas los ojos.

—¿Y qué? ¿Acaso no eres un hombre?

—Lo soy, pero tengo ganas de llorar, ¿qué hay?

Iba a quedarme de mal humor. Adán se dio cuenta y cambió de táctica.

—Mira por la ventana, Zezé. ¡El día está tan lindo, el cielo tan azul! Las nubes, como carneritos, y todo tan igual como el día en que soltaste el pájaro de tu pecho.

Comencé a pensar que Adán estaba en lo cierto.

—Sobre todo el Sol, Zezé. El Sol de Dios, la flor más linda de Dios. El Sol que calienta y hace germinar las semillas.

Recordé una poesía que habíamos leído en clase y que hablaba del Sol que hacía germinar las semillas. Aquel Adán era único.

—El Sol que todo lo madura. Que le pone su color al maíz y torna transparente las aguas del río. ¿No es lindo, Zezé?

—Sí. No me gustan los días que no tienen sol. Me parece bonita la lluvia que viene y en seguida se va. Cuando ella demora mucho uno se queda dolorido.

—Si ese Sol de Dios es tan lindo, imagínate el otro. Quedarías espantado.

—¿Que otro sol, Adán? No conozco más que éste, que por sí solo ya es bien grande.

—Hablo de otro mayor: el que nace en el corazón de cualquier hombre. El sol de nuestras esperanzas. El que calentamos en el pecho para entibiar también nuestros sueños.

Quedé maravillado.

—Adán, ¿también eres poeta?

—No; solo que me di cuenta antes que tú de la importancia de mi sol.

—¿Cómo de "mi sol"?

—El tuyo, Zezé, es un sol triste, cercado de lágrimas en vez de lluvias. Un sol que no descubrió todo su poder y toda su fuerza. Que todavía no embelleció todos tus momentos. Un sol débil, medio tonto.

—¿Qué debo hacer?

—Poca cosa. Solamente querer. Necesitas abrir las ventanas del alma y dejar entrar la música de las cosas. La poesía de los momentos de ternura.

—¿Una música como las que yo toco?

—No precisamente. Tú haces música de adentro para afuera. Es una música sin finalidad. Es preciso que ella vaya al interior de tu alma. Es necesario regarlo todo con música, y no hacer una música fría para los otros.

Continuaba sorprendido por lo que Adán me decía.

—Lo principal, Zezé, es que descubras que la vida es linda y que el sol que calentamos en el pecho nos fue dado por Dios para aumentar todas esas bellezas.

—¿Quieres decir que al llorar mojo los rayos de mi sol?

—Eso es. Y yo vine aquí para no dejar que tu sol se enfríe. ¿Está claro?

Dije que sí.

—¡Entonces estrecha mi mano como amigo y vamos a calentar el sol!

—¿Cómo puedo estrechar tu mano si estás escondido en mi pecho?

—Pensándolo, como otras veces.

Cerré los ojos y pensé. Inmediatamente sentí que su cálida patita rozaba la palma de mi mano.

* * *

—Adán, ¿vamos a conversar?

—Esta no es hora, Zezé. Debes concentrarte en el estudio. Cuando vayamos al colegio conversaremos, ¿está bien?

—No hay peligro. Puedo tocar esto en el piano hasta con los ojos cerrados. ¿Quieres verlo?

—No, Zezé, por el amor de Dios. Oigo pasos arriba. Tu madre ya está despierta y dentro de poco vendrá por aquí.

—Está bien, si no quieres...

Volví a mis fusas y semifusas, corcheas y semicorcheas. Un resorte se rompió dentro de mi nostalgia: ¡tium! Tendría que esperar otros tres días antes de que Maurice volviera. Y nada adelantaba con apresurar el corazón. El iba a llegar de noche...

Sonreía, alegre. ¿Acaso Maurice no me había sorprendido dos veces? Una, aquel jueves que yo estaba con el diablo en el cuerpo y abrí a Joãozinho de mal humor. Mi deseo era golpear todas las teclas, ver partirse las cuerdas en fragmentos que volaran por todas partes. Hasta mi boca deseaba morder esos martillitos de fieltro que había dentro. Era uno de esos momentos en que ni sabía cómo comenzar los ejercicios. Ni por asomo existía la posibilidad de "calentar mi sol". Me senté en la butaca, sintiendo que el alma estaba con la lengua fuera. Tenía los dedos duros como varillas de hierro. En eso escuché un "¡chist!" y me volví encantado.

—Hola, Chuch.

—¿Tú aquí, a estas horas?

Maurice se había sentado en uno de los sillones de la sala y se llevó un dedo a los labios, como pidiendo silencio.

Susurré, bien bajito:

—¿Por qué viniste?

—Sentí que necesitabas que te dieran valor.

—Hoy lo necesito, es cierto.

—No tanto. Toca para mí, solo para mí.

Obedecí y todo se trasformó. Quedé tan ensimismado que ni siquiera escuché a mi madre que descendía para ver cómo estudiaba. Cuando ella hacía esto era porque se encontraba muy satisfecha de mis progresos.

—Así me gusta. Estudiando sin mala voluntad y con ahínco.

Quedé asustado, con miedo de que fuera a sentarse en las rodillas de Maurice. Felizmente escogió otro asiento.

En otra oportunidad, Maurice se me apareció en plena puerta del aula, hizo una reverencia, se quitó el sombrero de paja y me saludó. Su sonrisa alegre era del tamaño del sol de su alma.

De repente, la figura de Maurice se trasformó en otra bien lejana. En aquella en la que yo me imaginaba en la escuela pública y en mi ternura veía a "Portuga" haciéndome señales de adiós. Iba a ponerme triste, cuando Adán me advirtió:

—¡Zezé, Zezé, mira el sol!

Tenía razón. Nunca más podría tener a mi amigo Manuel Valadares. Nunca. Un tren malvado lo mató.

—Olvida, Zezé. Piensa en Maurice; es mejor.

Y sí, era mejor... Maurice no iba a morir nunca. El mismo lo había prometido. No había tren, aeroplano, barco, acorazado ni coz de caballo... nada que pudiera hacerle daño.

Sin embargo, Maurice estaba lejos, y tendría que esperar tres largos días para que volviera.

—Adán, ¿podemos conversar ahora?

—¿Y tu madre?

—Tardará aún y lo que yo estoy tocando es pan comido.

—¿Qué es lo que tanto quieres decirme?

—¿Te gustó aquel Hermano delgadito y alto que llegó?

—¿El Hermano Ambrosio?

—El mismo. ¿No reparaste en la clase de literatura que dio?

—A decir verdad, Zezé, cuando vi que estabas tan entretenido e interesado aproveché para dormitar un poco.

—¡Qué crimen, Adán! Es buenísimo y va a ser nuestro profesor el año que viene. Todo lo que dice es diferente y prometió que va a luchar por el "marote" nuestro.

—¿Luchar por qué?

—Por el "marote". Así fue como él dijo y explicó; si no te hubieras dormido sabrías lo que era. "Marote" es lo mismo que cabeza.

—¡Ah!

—¡Pero no vayas a decirme que también te dormiste a la hora de la misa!

—En ese momento estaba bien despierto. Fue una de las cosas más graciosas que oí en mi vida.

—¡Y si lo hubieras visto!

—Fue como si lo viera.

La escena estaba viva en mi memoria. En el tablerito de la pared habían escrito el número 214, un cántico en honor de San José. Comenzamos a cantar dirigidos por el Hermano José y acompañados por el armonio del Hermano Amadeo, en el coro de la iglesia.

> "Volad, volad, celeste mensajero,
> id con fervor a buscar a José,
> para que suavice el trance postrero

del cristiano que va a perecer...
del cristiano que va a perecer..."

Después seguía otro verso, y luego se repetía el estribillo.

—Sucedió que el Hermano José cayó en el mayor de los sueños. Hasta la cabeza se le cayó. Nadie tenía coraje de despertarlo, ni siquiera los otros Hermanos. Aquello debía ocurrir normalmente, pero no fue así. Cuando sonó la campanilla del Evangelio y todo el mundo había terminado de cantar y comenzaba a arrodillarse, el Hermano José despertó asustado y lanzó él solo su enorme vozarrón:

"Volad, volad, celeste mensajero,
id con fervor a buscar a José..."

Aquello fue lo último y las carcajadas resonaron largamente. Se hizo necesario que el Hermano Ambrosio fuera para un lado, y para el otro el Hermano Manuel; que caminaran por entre las distintas hileras de bancos para refrenar la hilaridad. Aun así, algunos alumnos se las ingeniaron para prolongar la cosa lo más posible. Yo me escurrí por la tangente, como decía el Hermano Joaquín.

El Hermano José se puso rojo como un pimentón.

—¿Tú crees, Adán, que Fayolle se rió?

—Ni por asomo.

—¿Ni por dentro?

—Lo dudo. Ese Hermano es un ángel.

—¿Gordo como es? Nunca vi un ángel gordo.

—Estoy hablando en sentido figurado.

—Lo que estás haciendo es "hablar en difícil".

Me quedé un momento imaginando a Fayolle con alas bien grandes y doradas, con los brazos cruzados sobre el pecho, en la Anunciación a la Virgen. No, no quedaba bien.

Esa misma tarde fui a conversar con Fayolle. Quería saber algunas cosas. La principal de todas, si él se había reído por dentro.

Cuando se lo pregunté me sonrió con simpatía.

—¿De verdad no te reíste, Fayolle?

—¡Qué idea, Chuch!

—Pero ¿no fue gracioso?

—Estoy de acuerdo en que sí.

—¿Ni por dentro te reíste?

—No podía, Chuch. Es un anciano. Fue duro y humillante para él, ¿no te parece? Tú eres aún muy niño para comprenderlo.

Sin duda, Adán tenía razón, como siempre. Fayolle era un ángel. Miré insistentemente su figura e intenté imaginar unas alas grandes en sus espaldas.

—¿Por qué me observas tanto?

—No, no es nada. Fayolle, ¿sabes una cosa?

—¿Qué es?

—¿Cómo vuelan los ángeles?

El sonrió.

—Ya vienes con tus ideas.

—En serio. Quisiera saberlo, porque uno solamente ve ángeles de pie, con las alas cerradas. Siempre con los brazos cruzados, como quien acaba de volar y está llegando. ¿Ellos aletean como las golondrinas y los gorriones?

Fayolle se rascó los cabellos rojizos y rizados. Lástima que no los usara siempre así. En seguida venía un barbero y, ¡zas!, lo rapaba al cero, dejándole apenas un penacho de pelo en la frente.

—Mira, Chuch, para decirte la verdad, no lo sé, y nunca había pensado en eso. Debe de ser porque a los ángeles no les gusta que los vean volando, o porque vuelan en la oscuridad y las personas no podemos verlos.

La explicación no me satisfacía mucho, pero viendo el esfuerzo que hacía Fayolle para darme una respuesta, resolví manifestarme de acuerdo.

—¿Y ahora?

—¿Puedo hablar contigo, de hombre a hombre?

—¡Chuch, no me vengas con complicaciones!

—Es que oí una cosa...

—¿Qué cosa?

—Estoy desconfiando de que pueda ser cierto, pero... necesito saberlo.

—Está bien, dime.

—Lo que te voy a preguntar ya lo escuché dos veces. Primero al Hermano...

Le secreteé el nombre al oído.

—Y después, cuando Maurice me contó una cosa por la que quedó muy enojado.

—Pero ¿qué fue? Desembucha pronto.

—Está bien. Pero mira que me diste permiso. ¿Qué quiere decir M? ¿E-M-E?

El se puso la mano en la boca para no lanzar una ristra de carcajadas.

—¿De veras lo quieres saber, Chuch?

—Es bueno saberlo todo.

—Pues bien, "M" quiere decir "Merde".

—¡Ah! ¿Lo mismo que la nuestra, solo que con "e" al final?

—Exactamente.

—¡Qué gracioso!

—¿Qué encuentras de gracioso en eso?

—En francés suena muy lindo. Parece el nombre de una gatita con guantes.

—No puedes hablar de eso ante todo el mundo, Chuch.

—No voy a decirlo. Allá en casa, cuando tomo el desayuno solo, veo la pared. Y siempre aparecen dos gatas flacas. Una es *miss* Sonia, en homenaje a una inglesa vieja que vive tejiendo tricot. La otra es Diluvia, en homenaje al Arca de Noé, por viajar en la cual yo daría la vida. Ayer apareció otra gatita sin nombre. Camina tan despacito como si estuviera con guantes. Voy a ponerle ese nombre.

Fayolle reía a más no poder.

—Así me gustas, Chuch. Un loquito adorable inventando cosas. Sin esa antigua tristeza.

—Desde que vivo con Adán, siempre aparece un sol de alegría en mí.

—Eso es bueno. Pero dime, Chuch, ¿cómo sabes que son tres gatas?

Fayolle me estaba azuzando para que siguiera con mis fantasías.

—Muy simple. Dadada me dijo que sólo las gatas tienen tres colores. Eso lo aprendió en el sertão.

—¿Estás viendo? Una cosa más que sé. Viviendo y aprendiendo.

Un arañazo me raspó el pecho. La voz de Adán llegaba angustiada.

—Basta, Zezé. Deja de soñar. Tu madre acabó de bajar las escaleras y ya está viniendo para acá.

¿Qué pasaría ahora, Dios mío? Había estudiado bien. Ella no dio desde arriba ninguna señal alarmante...

—Puedes parar un poco.

Mis manos obedecieron y me volví hacia ella. Se había sentado en el sillón de Maurice y eso me hizo sentir mal.

—Ven a sentarte aquí enfrente.

Traía en sus manos un papel enrollado y en los ojos una tristeza como nunca le había visto.

Fue directamente al asunto.

—¿Sabes que tu padre está enfermo y va a ser operado?

¿Cómo iba a saberlo? El siempre tenía buen color y parecía fuerte. Es verdad que de vez en cuando lo atacaban unas fiebres muy raras.

Llegaban a cuarenta grados, pero al día siguiente ya se encontraba bajo el agua de la lluvia, como si nada.

Con la cabeza hice señal de que no !o sabía.

—Va a ser operado. Por eso iremos a Río, para estar allá dos meses.

¿Por qué me contaba todo aquello? Incluso antes de desayunar.

—¿Ves este papel?

Lo desdobló.

—Lee. Es "algo" que debería interesarte.

Con una letra medio descuidada habían escrito allí: Vals número 10, Vals *opus* 64, número 2, y Nocturno *opus* 9, número 2, de Chopin.

—¿Sabes qué es esto?

—Sí.

—Son encargos que me hizo doña María da Penha para que se los trajera de Río. Ella va a dar un recital con sus alumnos en el teatro Carlos Gomes, y tú abrirás el espectáculo. Dijo que si te esforzaras más en tus estudios podrías dar examen para el cuarto año del Conservatorio.

Todo estaba envuelto en el misterio.

—Cuando viajemos a Río, quedarás internado en el Colegio de San Antonio.

Mi alma dio un salto mortal. ¡Qué buena noticia!

—Y durante dos meses no tendrás quién controle tus estudios.

—Tampoco podría estudiar en ese desorden del colegio. Con chicos agitándose por todos los rincones. Y más todavía con un piano sordo, ciego y bizco. Desafinado y viejo. Tonto y polvoriento.

—De nada vale que sigas hablando. Sé lo que estoy diciendo. Pero te voy a hacer una pregunta muy importante, que será muy importante en tu vida.

Miró con ojos tranquilos mi rostro, como si adivinara anticipadamente mi respuesta.

—¿Quieres continuar estudiando el piano? ¿Sí o no?

Adán me azuzaba: "Di que no, tonto. ¿No es eso lo que esperaste toda la vida?"

—¿Sí o no?

La respuesta llegó dura y seca, como si mis labios fuesen de piedra.

—No.

Ella tomó de mis manos el papel.

—Está bien. Tú decidiste. Continuarás estudiando hasta la próxima clase y devolverás esto a tu profesora. ¡Es una pena!

Ahí se descargó la tormenta. No porque me gritara o me hablase duramente. Parecía como si hablara para sí misma.

—Cuando cierres este piano nunca más podrás abrirlo, ¿ comprendes? Nunca más. Pero tampoco te daré jamás lápiz o tinta para que hagas dibujos o una pintura. Todo lo que tenga relación con eso te estará prohibido. Solamente tendrás lo que sea necesario para tus clases del colegio. Yo iba a traerte un hermoso estuche de acuarelas de Río, una cantidad de sellos para que iniciaras una colección, y muchas otras cosas. Ahora no tendrás nada.

Se levantó, siempre con el papel en la mano.

—Tú lo has decidido. Ahora cierra el piano y ve a desayunar. No te entretengas, para no llegar tarde al colegio.

Se dio vuelta y salió.

—¿Qué fue lo que se quebró dentro de mí, Adán?

—No sé. Pero si tomaste una determinación no te vuelvas atrás. Ahora podrás subir a los árboles, hacer ejercicio y otras cosas. ¿Está bien?

—Sí.

Lo decía sin mucha convicción. Pero de algo estaba seguro: no me volvería atrás.

Extendí el paño verde de fieltro sobre las teclas de Joãozinho con un cuidado que nunca había tenido antes. Miré su nombre escrito en letras de oro: Ronish. Cerré la tapa y salí sin sentir el cuerpo, como si en el alma estuviera siendo acusado de traicionar a un amigo.

Capítulo Séptimo
EL ADIOS DE JOÃOZINHO

—Tengo solamente tres días más de estudio, y una clase para despedirme de la profesora, doña María da Penha.

—¿Lo sentirá ella?

—No lo creo, Adán. ¡Le dije tantas veces que quería dejar de estudiar! Tanto protesté, tanta era mi mala voluntad que seguramente se va a sentir aliviada.

—De una cosa tienes que estar seguro: dijiste que lo dejabas. ¡Bueno! Nada de volverse atrás o permitir que los otros influyan sobre tu decisión. Porque ésta es una oportunidad única, Zezé. Si no abandonas ahora, no lo harás nunca. Vas a convertirte en un viejecito de cabellos blancos como Liszt, y te morirás tocando el piano.

—No cambiaré.

—Y ten la seguridad de que tu madre va a cumplir su promesa. Nunca más colocarás los dedos sobre las teclas del piano.

—¿Y piensas que yo lo deseo? Es como la misa. Uno está obligado a asistir a tantas, que cuando crece no quiere pasar ni al lado de una iglesia. Cuando te ponen interno no te escapas, lo quieras o no.

—¿No vas a rezar más?

—Eso es diferente. Rezar es conversar con Dios. Una conversación hermosa, larga y perezosa. Con Dios uno puede rezar hasta acostado, que a El igual le gusta. Ahora, Adán, voy a callarme. Este ejercicio es muy difícil y necesito prestar mucha atención a la mano izquierda.

Pero terminado el ejercicio, ya estaba conversando de nuevo con Adán.

—Hoy regresa él.

54

—¿Maurice?

—Claro, bobo, ¿quién más podría regresar? Estoy loco por que llegue la noche.

Lancé un inmenso suspiro.

—¿Qué pasa, Zezé? ¿La nostalgia es mayor ahora?

—Estaba pensando en la cena.

—Sí, tienes que portarte bien, como un niño civilizado y simpático.

—¿Cómo será él, ese escritor que viene?

—Sé tanto como tú. Que es portugués, que vive en Río y está vendiendo muy bien su libro *Poeira do Diabo**.

—¿Será bueno? ¿Alguien ha leído ya algo del libro?

—Creo que mi padre. Pero lo hicieron desaparecer. Lo escondieron tanto que no debe de ser un libro para niños. Algún miércoles, cuando no tenga clase, voy a revisarlo todo para leerlo a escondidas.

—Estás loco, Zezé.

—Voy a hacer que... ¡ni los libros de medicina!

—¿Qué tienen los libros de medicina?

—Aquellos del estante de arriba, aquel mundo de libros. ¿No sabes que yo los vi, uno por uno, a escondidas?

—No.

—Un domingo, mi padre estaba sentado cerca de uno de los estantes, hojeando unos libros. No sé por qué causa pasé por su lado. Se quitó los anteojos de la nariz y me llamó. Mirándome enérgicamente, habló con mucha seriedad:

—¿Ves estos libros?

Con el dedo señaló todo el estante.

—Pues bien, no quiero que usted ponga las manos encima de ninguno de ellos, ¿escuchó bien, señor?

Dije que sí con la cabeza y me alejé intrigado. ¿Qué tendrían aquellos libros que yo no pudiera ver? ¿Sabes, Adán?, nunca había reparado en ellos hasta entonces. Quedé pensando, pensando, y mientras tanto el diablo iba tentándome: "Ve allí, bobo, y mira. Cualquier miércoles de éstos, cuando tu madre tenga su reunión de damas de beneficencia y te quedes solo con Dadada... Listo... Nadie va a saberlo."

—¿Y tú?

—No te asustes. El primer miércoles que pude me esforcé por verlos. Y me quedé muchos miércoles haciendo eso. Ya sabes lo lindo que es hacer las cosas que están prohibidas. Pero no valía la pena.

* Polvo del diablo. (*N. de la T.*)

55

—Y si no valía la pena, ¿por qué te pasaste tantos miércoles espiando?

—Porque quería verlo todo, punto por punto. Había una mujer desnuda, un hombre desnudo, pero todos con sarna, tajos, tumores, enrojecimientos, heridas, piernas rotas, brazos torcidos. Una cosa horrible.

—¿Y qué ganaste con eso?

—Nada. Hasta fue peor, porque cuando aparecía en la mesa un trozo de carne medio ensangrentada, medio cruda, se me revolvía el estómago.

—¿Y él te descubrió?

—Nunca. La gente grande es muy tonta a veces. Yo marcaba los lugares bien clarito, y tenía cuidado de no cambiar nada.

Mientras tanto daba vuelta a las páginas de los libros y repasaba otra lección. Luego volvía a mi conversación con mi sapo-cururu.

—¿Sabes lo que descubrí ayer, Adán?

—¿Cómo voy a saberlo si no me lo has contado?

—Que cuando deje el piano podré volver muy pronto a casa. No necesito hacer los estudios en la clase de repaso. Estudiaré en casa y voy a tener tiempo de jugar. ¡Pero jugar de verdad! Voy a subir a la mangueira* y a la planta de sapoti**. Voy a robar guayabas al vecino. Cuando era pequeñito me volvía loco por robar guayabas. Y todavía hay más: papá me manda ahora que pase por la casa de Cascudinho para pedirle libros prestados. El otro día Cascudinho me preguntó si me gustaba leer, y dijo que en seguida que yo "pudiera" me iba a prestar unos libros de aventuras para leerlos a escondidas.

—¿Y cómo vas a hacer?

—¿Cómo? ¡Haciéndolo! Cuando estudie en casa voy a hacerlo todo en la mesa del comedor. ¿Ya pasaste la mano por debajo de la mesa?

—Claro que no. ¡Qué idea, Zezé!

—La mesa es elástica. Tiene debajo dos tablas más, que forman una especie de bandeja. Allí se puede esconder cualquier cosa. Uno se queda leyendo, leyendo, y cuando oye pasos en la escalera, lo cambia todo, pone el libro debajo de la mesa y en su lugar coloca los textos de estudio. Nadie va a sospechar nada.

—Eso realmente está bien, Zezé. Muy bien pensado.

—¿Sabes, Adán?, hablando de esconder, yo descubrí la cueva de los misterios de aquí, de casa.

---

* Arbol cuyo fruto comestible es la manga. *(N. de la T.)*
** Fruta que da el árbol llamado sapotizeiro. *(N. de la T.)*

—¿Qué es eso?

—Tú aún no vivías conmigo, por eso no puedes saberlo. Siempre que veía una revista con páginas arrancadas, desconfiaba. Debían de ser cosas que un niño no podía ver. Y tantas vueltas di que por fin logré descubrirlo. En un estante giratorio hay un lugar en que lo ponen todo. Así descubrí la Venus de Milo. Una mujerona gorda a la que le faltan los dos brazos y con todo esto a la vista.

Y me golpeé el pecho, para hacerle comprender.

—Allí descubro todo lo que no puedo ver.

Di un suspiro de alivio, porque el reloj anunciaba que eran las siete y media. En seguida me mandarían al colegio. En la plaza del Palacio me estaría esperando Tarcisio, con su uniforme tan lindo, tan a la moda. Con sus pantalones tan diferentes de los míos, siempre apretados. No sé qué le costaba a mi madre dejar que los míos fueran como los de los otros chicos. ¿Qué costaba que las Patativas o el Teniente Dobico cosieran mis pantalones? Pero no, era pura maldad. Doña Beliza, la hermana de Ceição, había ideado esos pantalones monstruosos y pasados de moda, para que todo el mundo se burlase de mí y me hiciera sufrir.

* * *

—Es un bicho del mato. Cuando ve gente, lo único que desea es escapar hacia su cuarto.

Era el modo que tenía mi madre de disculpar mi impaciencia. ¡Y esa cena infernal que no acababa nunca! La conversación resultaba aburrida, llena de enigmas. Todo era contar cosas sobre la tal novela. Pero contar por fragmentos, interrumpiéndose en los momentos que debían de ser más interesantes.

Cuando conseguí despedirme de todos y sentí que la puerta de mi dormitorio se cerraba a mis espaldas, respiré feliz.

Allá estaba Maurice. Tenía sol por todas partes. En el cabello, en la sonrisa, en la linda corbata con lazo-mariposa.

Se puso en pie y me estrechó en sus brazos. Lo abracé con tanto gusto que exclamó:

—¡Cuidado, *Monpti*, que me tiras contra la silla!

—¡Ah Maurice, Maurice, qué ganas de verte! Esta semana parecía no pasar nunca. ¡Tengo tantas cosas, tantas novedades para contarte!

—Deja que te vea.

Me alejé, obediente.

—Estás bien. Estás muy bien. Con muy buen color, pero siempre delgadito y debilucho. Hemos de ocuparnos de esto.

Volvió a su silla y quedé frente a él, en la cama.

—Maurice, primero necesito preguntarte una cosa. Algo que está en un libro del que hace tres días que se habla a todas horas acá en casa. El escritor comió con nosotros y por eso tardé tanto en venir.

—¿De qué se trata?

Solté la pregunta como quien lanza una piedra.

—¿Qué es cocaína?

Maurice abrió mucho los ojos.

—¿Qué cosa?

—Eso mismo: cocaína. Ayer le pregunté a Fayolle y él dio largas al asunto y me dijo que cuando tuviera quince años lo podría saber.

Maurice acarició mi pelo rubio.

—Bien, yo no seré tan riguroso. Cuando tengas catorce años y medio te lo contaré. Si lo descubres antes no ganarás nada, porque es algo que carece completamente de importancia. Sobre todo comparado con tantas cosas interesantes como dices tener para contarme...

—Sí que tengo. Y tú, ¿filmaste mucho?

—Bastante.

—¿Escenas de amor?

Me señaló con el índice tan encantadoramente que sonreí.

—¡Monpti! ¡Monpti! Hice muchas escenas en las que cantaba en un café al aire libre. Es apenas una película graciosa que estoy rodando para cumplir un contrato y hasta que aparezca una cosa más interesante.

Me miró como siempre me gustaba que él lo hiciese.

—¿Y las novedades?

—Maurice, mis días están contados.

—¡No vas a decirme de nuevo que vas a morir! Mira, Chuch, que ya terminaste esa fase.

—No, nadie va a morir. Lo que pasa es que abandonaré mis estudios de piano y volveré a ser gente de nuevo.

Le conté todos los pormenores del caso, que él escuchaba muy atento. Y cuando terminé, Maurice estaba medio preocupado.

—¿Quedaste totalmente satisfecho con esa solución?

—Creo que sí, Maurice. Todo fue muy definitivo.

—Entonces ganamos la guerra venciendo al primer enemigo.

Me asusté.

—¿Es que acaso hay otro?

—Y quizá más importante. Ven acá.

Me senté en el brazo del sillón y él me atrajo hacia su pecho, haciendo que mi rostro se recostara en su cabeza. Eso era cuanto yo deseaba de un padre. Su mano me acarició la barbilla y sentí qué suaves eran sus dedos. Después éstos se detuvieron en mi cuello. Nunca su voz había sido tan cariñosa. Si yo aún hubiera seguido siendo un llorón, ya habría prorrumpido en lágrimas. Pero me controlé hasta el punto de sentir apenas humedecidos los ojos.

—*Monpti*, tu mayor enemigo está aquí.

—¿En la garganta?

—Sí. Es necesario operar cuanto antes esas amígdalas.

Lloriqueé, medio desesperado.

—¡Oh, Maurice, es a lo que más miedo le tengo, después del diablo!

—Eso pasa. Además, tú eres un valiente, un hombrecito que sabe vencer el miedo. ¿No me dijiste que tenías horror por los sapos? Y, sin embargo, tu mayor consejero es un sapo que vive en tu corazón.

—Pero Adán está encantado.

Guardamos silencio; yo para no salir de esa ternura que nunca había tenido en la vida. Para permanecer así aunque fuese una media hora más, hubiera sido capaz de hacerme ciento cincuenta operaciones de amígdalas.

—¿Entonces, *Monpti?*

—¿De veras lo quieres, Maurice?

—Es para tu bien, hijito.

Su mano había vuelto nuevamente a acariciar mi cabello rubio y fino.

—No es bueno tener la garganta siempre inflamada. ¿No te gustan los helados?

—¡Con locura!

—Sin las amígdalas podrás tomar helados a cada rato. Y quedarte más tiempo en el mar sin resfriarte. El pus que se cría en la garganta va bajando hasta los riñones y el estómago, y más tarde vas a sufrir de esos dos órganos.

¡Dios del cielo, qué cosa rara! Maurice repetía las mismas palabras que había dicho el médico. Solo que él hablaba más amistosamente y menos amenazador.

—¿Tú eres amigo del doctor Raúl Fernandes?

—Nunca oí hablar de él.

—¡Qué gracioso que hayas repetido sus mismas palabras!

—Todo el mundo sabe eso. No es necesario ser médico o amigo de un médico para decirlo. Y bien, ¿qué me respondes?

—Una vez intenté hacerme operar de la garganta y fue un verdadero chasco para mí.

—¿Hace cuánto tiempo?

—Más de dos años.

—Entonces hace mucho tiempo. ¿Sabes por qué quiero que te operes, Chuch?

—Calculo. Pero ¿no quieres seguir llamándome *Monpti?* Me gusta más.

Maurice rió.

—Dentro de poco te voy a llamar "bebito". Bien, *Monpti,* cuando te libres de esas malditas y sucias glándulas iniciarás una nueva fase de tu vida. Primero vas a estirarte, a crecer; después te pondrás sano y musculoso. Vas a tener el pecho fuerte, de tanto nadar.

—¿Voy a poder romperles la cara a un montón de chicos que me maltratan porque soy pequeño?

—Sin duda, a todos. ¿Qué me dices?

El miedo volvía a contrarrestar mi decisión.

—Ahora no va a ser posible, porque "ellos" están por viajar a Río dentro de ocho días.

—No te escapes del asunto. Podemos esperar un poco más, mientras va madurando tu coraje físico, ¿qué te parece?

—Si tú lo quieres voy a hacerlo. Pero va a ser duro acostumbrarme a esa idea. A quien le va a gustar mucho es a Fayolle.

—A todos nos va a gustar. A tu amigo Fayolle, a mí, a Adán...

—Maurice, ¿tú crees que yo tengo un sapo en el corazón? Parece una idea medio rara, ¿no?

—¿Por qué no voy a creerlo? ¡Uno cree tantas cosas en esta vida! Incluso porque estás en una edad en que todos los sueños son realidad.

Levantó la mano para ver la hora. ¡Qué manía tienen las personas mayores de mirar siempre la hora! Y justo en aquel momento en que todo iba tan bien.

Maurice adivinó mis pensamientos.

—Ya sé, *Monpti,* pero tuve una semana durísima. ¿Comprendes?

Comencé a incorporarme. El también. Venía en dirección a la cama.

—¿Hoy vas a dormir con ropa y zapatos?

Nos echamos a reír.

Me quité rápidamente los zapatos y empecé a desvestirme. El mismo tomó mi pijama de debajo de la almohada. Primero me puse los pantalones y después el saco. Los dedos de Maurice comenzaron a abotonar el saco, y yo sentía un deseo enorme de no crecer más, de tener a Maurice cerca de mi corazón y que mi pijama tuviese doscientos ochenta y dos mil botones...

* * *

Pasé el día con la idea revolviéndose en mi cabeza. Recordaba todos los detalles de mi fracasada primera operación de garganta. La había anunciado a todo el mundo, al colegio y a los vecinos. Hice un alarde de los mil diablos. Era el mayor héroe del mundo por tener que operarme. Pero cuando llegó la hora, me colocaron una especie de camisa de fuerza y apareció una aguja de este tamaño, puse el grito en el cielo. Intentaron sujetarme. Vinieron enfermeros. El griterío era tan fuerte que debían de estar oyéndolo hasta en los barrios altos de Natal. Fue una tragedia. Un Dios nos ayude, y una vergüenza mayúscula por mi fracaso. Dondequiera que fuese me seguía la mirada divertida de cuantas personas pasaban por mi lado.

Ni siquiera tenía voluntad de conversar con Adán. Por la tarde, como era miércoles, me quedé estudiando en la mesa del comedor. Mis dedos se deslizaron por el escondrijo de la mesa en donde habían quedado los libros que me ayudarían a soñar un poco más.

La conversación de Maurice rondaba mis oídos. Súbitamente recordé algo y me puse en pie.

Adán adivinó mi intención.

—¡Mira, Zezé, que tu madre te lo prohibió!

—Nadie lo sabrá. Dadada no lo va a contar.

Hacía una semana que había abandonado los estudios de piano y ya se manifestaba la primera nostalgia por Joãozinho. Entré en la sala y fui cautelosamente hacia él. Levanté la tapa y penetró en mi nariz aquel inconfundible olor que no podía olvidar.

—¡Eh, Joãozinho!

Separé la banqueta, me senté en ella y distendí mis dedos sobre el teclado. Comencé a tocar todas las piezas que me gustaban. Nada de ejercicios. Primero, la *Canción triste,* de Chaikovski; después un *Nocturno.* En seguida, *Réverie,* de Schumann. Tocaba como nunca lo había hecho anteriormente. Y era así porque nadie me obligaba a ello. Porque me estaba gustando lo que hacía. Tocaba con el alma, con el corazón, y todo aquello me hacía mucho bien.

—¡Viste Joãozinho, así salió perfecto!

Me extrañaba que, después de una semana sin ejercitación, mis manos no denotaran diferencia alguna. Toqué una pieza más y sentí una rara tristeza que no esperaba, por lo menos no tan pronto.

Cerré el piano y coloqué el paño de fieltro con mucho cariño.

Luego volví a los estudios y en seguida se reavivó la conversación con Maurice. Aunque tenía la seguridad de que esta vez no iba a fallar, sentía temor. Si fracasaba de nuevo, él se enojaría conmigo y nunca más volvería a llamarme *Monpti*. Y entonces yo preferiría morir, morir de verdad.

De noche, como ya no estudiaba el piano, permanecía en la puerta con mi madre y mi hermana, en contemplación de la vida tranquila de la ladera Junqueira Ayres. Pasaba por allí una profesora que enseñaba en la Escuela Doméstica. Era una señora de cierta edad, que vencía con dificultad la aspereza de la ladera. Se detuvo frente a nosotros y nos saludó. De repente sucedió algo atroz. Ella se dirigió a mi madre:

—Hoy por la tarde estuve parada junto a su puerta bastante tiempo. ¡Había aquí un ángel tocando el piano que era una belleza!

Mi madre me miró bien hondo y no dijo nada, pero yo enrojecí, confundido.

Dos días después, cuando volvía del colegio, sentía cierta incomodidad en el alma. Un malestar. Un aviso, como decía la gente pobre.

—¿Qué tienes, Zezé?

—No sé, Adán. Algo que me entristece mucho.

Entramos en casa y dejé mi cartera sobre la mesa de la sala. Algo hacía que mis piernas se encaminasen al salón de las visitas. Llegué allá y caí sentado en el sillón de Maurice. En el lugar de Joãozinho había un vacío enorme. Ahora esa sala moriría de silencio. Busqué angustiado a la señora Bárbara, que se encontraba en la mesita de al lado, como si estuviera destronada.

—No importa, Bárbara. Cuando sea grande y me pertenezcas, voy a comprar un piano todavía más lindo para ti.

La verdad es que mi alma se había vaciado toda. Hacía fuerza para que mis ojos no se llenaran de lágrimas.

La voz de Adán habló muy bajito, allá dentro.

—Mira el sol, Zezé; vamos a calentar el sol.

FIN DE LA PRIMERA PARTE

Capítulo Primero

LA DECISION APLAZADA

No parecía que Joãozinho hubiese vivido tanto tiempo en aquel rincón de la sala. Los muebles semejaban haberse distendido, crecido, y poco a poco fueron tomando su lugar. Pero la verdad es que la sala, sin él, se había tornado completamente muerta y fea.

—Olvida, Zezé. No te culpes, porque no cometiste ningún crimen. Tenía que suceder.

—Lo sé, Adán. Pero ya estás viendo qué lentamente me voy olvidando de él.

—¿Por qué no vuelves a leer el libro de Tarzán?

—Después.

¡Ah, Tarzán! Cascudinho había descubierto para mí un mundo nuevo que removía toda mi sangre india. Tarzán de los Monos viviendo en la selva, volando por entre las lianas, peleando con los gorilas. Nadando con cocodrilos e hipopótamos, haciéndose acompañar de la pantera Sheetah, montado sobre el lomo de un elefante. ¡Aquello sí que era mundo!

Casi devoraba *Las aventuras de Tarzán*. Me daban ganas de ser mayor para escapar a la selva, hacerme un taparrabos de cuero de venado y colocarme un cuchillo en la cintura. Todo sería muy fácil. ¿No era nieto de indios? ¿No tenía sangre salvaje? En la región del Amazonas no había leones como en Africa, pero todos los ríos amazónicos eran inmensos, estaban llenos de yacarés y antas. No me cansaba de mirar el libro de ciencias naturales. Adoraba esa materia que, para mayor fortuna, impartía Fayolle.

Cascudinho era el nombre que yo daba al doctor Luiz da Câmara

Cascudo*, a quien acudían a visitar desde el exterior muchos y respetuosos admiradores. El me miraba y parecía adivinar lo que necesitaba ver. Por debajo de mi apariencia débil, Cascudinho había descubierto el mundo de ansiedad y aventura que yo llevaba en el alma. Cuando acabara con la serie de Tarzán me esperaba la de Scaramouche, y en seguida el "Gavilán del mar" y otros piratas maravillosos.

Volvía a la mesa misteriosa y tamborileaba con los dedos un ritmo cualquiera, pero con el deseo más agudizado aún de reencontrar a Tarzán.

—¿Zezé, qué tienes hoy?

—Nada, Adán. Solo una cosa que me oprime la garganta, un comienzo de tristeza que me flota por dentro.

—¿Estás de nuevo con dolor de garganta?

—No es eso, Adán. Hablo en ese sentido figurado, que tanto usáis tú y el Hermano Ambrosio.

—Entonces, ¿qué pasa?

También había perdido el deseo de conversar.

—Ya sé; estás preocupado porque vas a ir interno al colegio, ¿no? Eso va a ser muy bueno, Zezé. Vas a tener una gran libertad. Podrás jugar al fútbol y, ¿quién sabe?, hasta entrar en un cuadro de Luiz de Mello.

—Nada de eso. El Itararé solo acepta a quien juega bien, y yo soy muy flojo.

—A lo mejor, entrenándote un poco...

—No sirve. Lo mío es nadar. ¡Eso sí! Parece que me vuelvo loco cuando veo el agua.

Callé de nuevo.

—Ya sé, Zezé. Durante dos meses vas a estar sin ver a Maurice, que no podrá visitarte.

Ese tema, que no quería tratar ni conmigo mismo, me hacía daño.

—Esta conversación duele.

—Por eso necesitas ir acostumbrándote.

—Ya sé. En el colegio no podrá venir a verme, ni hablar conmigo toda la noche, como siempre hacemos. Lo único que haré es dormir, para que aparezca en mis sueños cuando tenga mucha nostalgia.

Di un gran suspiro.

—Pero no es el colegio interno ni la falta de Maurice lo que me está amargando ahora.

* Famoso investigador y folklorista. (*N. de la T.*)

64

—Entonces habla.

—Es por él. ¿Notaste qué triste y preocupado está? Ya no canta en el baño "Despierta, abre la ventana, Stella". Perdió su manía de protestar por todo. Se queda en silencio, leyendo perdido en el mundo de los libros y los periódicos.

—Es normal. Una operación es siempre una operación.

—Sí.

Volví a mi mutismo.

—Bueno, Zezé, respeto tus sentimientos. Si no quieres hablar ahora, no hables. Te conozco mucho para insistir.

* * *

La conversación prosiguió en las rodillas de Maurice. Le hablé de mis preocupaciones.

—Reza, *Monpti*. Una operación siempre preocupa. Pero ¿no me dijiste que él era muy fuerte?

—Sí, pero...

—Entonces se pondrá sano muy pronto. Cuando vuelva estará curado y la vida seguirá adelante.

—Aun así, estoy sintiendo una cosa diferente por él.

—¿No lo quieres?

—Un poco. Después de todo, él es un padre postizo, pero es mi padre. No es un enemigo. Sé que a veces los niños no comprendemos lo que la gente mayor quiere. Pero, a su manera, debe de querer lo mejor para mí.

—Eso me gusta. Estás pensando muy bien.

Y me apartó algo de sí, agregando:

—Siéntate un poco en la cama, porque hoy estoy sintiendo un calor increíble.

Obedecí sin alejarme mucho de Maurice. Quería aprovechar todos los momentos, todos, sabiendo que iríamos a estar alejados dos meses.

—¿Sabes qué pasa, *Monpti?* Inconscientemente lo quieres, y eso es muy bueno.

—No lo quiero ni la mitad que a ti.

Maurice rió.

—Sí que lo quieres. Un día, cuando consigas ver las cosas como son y sentirlas al alcance de tu mano, lo amarás mucho.

—¿Lo crees?

65

—¡Seguro! Un día lo vas a querer tal como es. Porque uno no puede pedir a las personas más de lo que pueden dar.

—Igualito.

—¿Qué quieres decir?

—El Hermano Ambrosio dijo una vez eso mismo con otras palabras, y también que la felicidad está donde está, y no donde queremos que se encuentre. No es exactamente eso..., pero no lo sé repetir con sus palabras, porque el Hermano Ambrosio habla muy lindo, ¿sabes? Me gustaría presentártelo un día, Maurice.

Decía eso sin mucha seguridad. Los dos vivían en mundos opuestos y cada uno estaba más ocupado que el otro.

—Maurice.

—¿Eh?

—¿Conoces a Johnny Weissmuller?

—No.

—¡Dios del cielo! El artista que hace el papel de Tarzán en el cine.

—¡Ah, ya sé!

—Están anunciando *Tarzán, el hijo de las selvas* en el cine Royal. No veo la hora de ir a verla.

Me sentía un poco decepcionado con Maurice.

—Pensé que, donde trabajas, todo el mundo se conocía.

—¡Pero querido! Aquél es un mundo enorme. Una ciudad inmensa. No es pequeña como Natal. Además, él trabaja contratado por la Metro y yo por la Paramount, esa que tiene una montaña con una corona de estrellitas.

—Ya sé, y la Metro es la que tiene un fiero león.

—Pero hay algo que no sabes. De aquí a tres años están estudiando hacer una película conmigo en la Metro.

Lo miré con desconfianza. ¿No estaría diciéndome todo eso para consolarme? Maurice adivinó mis pensamientos.

—En serio. Están estudiando una gran producción musical en la que me verás al lado de Jeanette Mac Donald. Ya hicimos juntos una película de mucho éxito, *El desfile del amor*.

—No la vi. Oí comentarios en casa. Pero no llegué ni cerca del cine. Si hubiera sabido que trabajabas tú... Claro que, como comprenderás, yo era muy niño.

—Y ahora ¿qué eres?

—¡Pero entonces era más chico! Continúa.

—Cuando vaya a trabajar a la Metro conoceré a Tarzán.

—¡Qué felicidad!

—¿Por qué tanto entusiasmo?

—Cuando crezca quiero ser igual a él. Ir a la selva, vivir allá. Como tengo sangre de indio, me voy a sentir muy bien allí. ¿No lo crees, Maurice?

—Generalmente creo en todo lo que dices, pero esta vez...

—¿Por qué?

—Simplemente porque para vivir en la selva la gente necesita mucha fuerza y resistencia, además de otras cosas.

—¿Y yo no puedo tener todo eso?

—Podrías si quisieras.

Me puse rojo como un pimentón. Sabía adónde Maurice pretendía llegar.

—Ya sé, Maurice, tú quieres hablar de la operación de garganta. Ya te prometí que me la voy a hacer.

—Pero ¿cuándo?

—Ahora no va a ser posible. Ya sabes que voy a estar de interno dos meses. Podré hacérmela cuando ellos regresen de Río.

—Caramba, hijo, eso no es problema. Conversa con tu amigo Fayolle y él lo resolverá todo.

Hice un gesto de duda, y ahí no fue Maurice el que me llamó la atención, sino Adán, que me amonestó.

—Sabes que él tiene razón, Zezé. Alguna vez tienes que decidirte.

Maurice no hablaba; solamente me miraba con fijeza.

—Está bien, voy a hablar con Fayolle.

—¡Así se hace, *Monpti!* Quiero verte fuerte, quemado por el sol, nadando como un pez. Rompiéndoles la cara a todos esos chicos que te molestan. ¿Está bien así?

—Sí, pero ¿vas a prometerme una cosa?

—Lo prometo.

—Que el día de la operación estarás a mi lado, haciendo fuerza por mí.

—Sí que estaré. Ese día, aunque pague una multa, dejaré mi trabajo para estar contigo.

Miró el reloj.

Mi corazón dio un salto: "¡Plop!" Había llegado el momento que no deseaba por nada del mundo.

—*Monpti,* ven acá.

Abrió los brazos y me estrechó en ellos.

—Debo irme.

—¿Vamos a estar separados dos meses, Maurice?

—Es necesario, ¿no?

Deslizó sus dedos sobre mis ojos cerrados.

—No quiero llantos. Eso pasa pronto, y vas a ser muy feliz jugando con una infinidad de chicos de tu edad.

—Quizá, pero voy a sentir mucho tu falta.

—Guárdame en tu corazón, junto con Adán. Recuérdame algunas veces.

—Eso va a ser difícil.

Se sorprendió.

—¿Difícil que te acuerdes de mí, *Monpti?*

—Sí, porque para recordar es necesario olvidar primero. ¡Y eso no me es posible, nunca!

Se quedó acariciando mis cabellos, sin soltarme.

—Hoy no voy a ayudarte a que te acuestes.

—Es mejor. Me volveré hacia la pared y no te veré partir.

Sentí un vacío en el cuerpo, en el alma, mientras él se iba alejando de mí hasta desaparecer en la pared. Era como si el cuarto se hubiera ido oscureciendo lentamente.

*   *   *

Cuando conté a Fayolle mi resolución, quedó perplejo.

—No entendí bien, Chuch. Has resuelto operarte de la garganta de un momento para otro.

—He conversado mucho con Maurice y él me lo exige. Y Adán se pasa todo el tiempo martillándome con eso.

—Y yo ¿qué tengo que hacer?

—Ir conmigo al médico sin que nadie de casa lo sepa, y combinar la operación.

El Hermano Feliciano se rascó la cabeza, como siempre que estaba en dificultades.

—Pero, Chuch, ¡yo no puedo hacer eso!

—Poder, puedes; Maurice me dijo que sí.

—Sí, pero se trata de mi responsabilidad.

—Nadie muere de esto. Una operación de garganta es cosa fácil. Les daremos una sorpresa cuando vuelvan.

—Aun así es necesario pensarlo.

—No puedes tardar tanto en pensarlo. Tiene que ser ya. ¿Acaso no vives hablando de eso? ¿Hablando de helados y todo lo demás?

Quiso ganar tiempo sacando del bolsillo el reloj y el pañuelo de cuadros, para limpiarse el sudor de la frente.

—¿Vamos a hacer una cosa, Chuch?

—Bueno.

—Haremos todo lo que quieras, pero cuando tus padres regresen del viaje.

—Así no tiene gracia.

—Sí, porque haremos todo lo que hemos convenido. ¿Quieres escucharme? Cuando ellos lleguen, te quedarás aún tres días internado aquí. Arreglaré la cosa y lo acomodaré todo. En ese período iremos a ver al médico y a combinar la operación.

—Sin que ellos lo sepan.

—Secreto absoluto. Eso sí, hay una cosa: que para que esta vez sea de verdad me tienes que dar tu palabra de honor.

—Te la doy ahora mismo.

—No hace falta ahora. Cuando llegue el momento. Has entendido lo que quiero decir, ¿no es así, Chuch?

—Sí que lo entendí. No quieres que haga nada en ausencia de ellos porque puede suceder algo...

—Exactamente.

—Está bien. Pero cuando yo sea operado, ellos no lo sabrán.

—Te lo prometo. ¿Cuándo vienes?

—Embarcan dentro de dos días y en cuanto partan vendré con mis cosas. ¿Ya conseguiste eso del Hermano Luis?

—Sí, bandidito. Estarás con los mayores, aunque el Hermano Ambrosio no estuvo muy de acuerdo con la idea.

—El Hermano Ambrosio es muy anticuado. ¿Te imaginas, Fayolle, lo que hubiera sido estar en medio de esos mocosos?

El rió.

—Ahora vete corriendo a clase, Chuch, que ya sonó el timbre.

* * *

¡Fueron los meses más felices de mi vida hasta entonces! Jugué al fútbol, me arañé, peleé, corrí, me doré al sol. Y, como por milagro, mi garganta merecía un diez de nota. No dio señales de vida ni una sola vez. Una tarde, el Hermano Flavio, viéndome tan colorado y alegre, comentó al Hermano Manuel:

—Mira el rostro de ese muchachito, colorado como una manzana.

—Era lo que él necesitaba, jugar con otros chicos de su edad, salir de la jaula.

Podía hacer lo que deseaba y nadie me prohibía nada. Yo mismo era el responsable de lo que hacía.

En esa época mi familia aumentó un poco. Fayolle me daba dinero para que fuera al cine los domingos y los días de fiesta. Vi a Joan Crawford en una película llamada *En ese siglo XX*. Como Maurice estaba lejos, pensé que ella podría ser mi hermana. Y siendo una hermana tan elegante, tan diferente de la hermana aburrida que yo tenía, bien podría casarse con Johnny Weissmuller, de manera que todos podríamos ir a la selva sin peligro alguno.

Otra película notable fue *La mujer pintada,* con un actor al que nunca viera anteriormente: Spencer Tracy. Una película con un buscador de perlas en la cual un artista brasileño hacía de nativo: Raúl Roulien. Pero a ése yo no lo hubiera querido ni para tío. A Spencer Tracy, sí. Después me conseguí dos hermanos: George Raft y Charles Boyer. Hermanos mucho mayores que yo. Bastaba que llegara el domingo para que Fayolle me mandase al cine. Dejaba que viera la película que yo quería, comprendiendo que nada de aquello me haría mal. Cuando llegaban las cuatro, él se escabullía, daba una vuelta por la plaza André Albuquerque e iba a esperarme al final de ésta.

Le contaba todo lo que había visto y él quedaba encantado. Cuando le hablé de mi nueva familia, se echó a reír.

—Pero, Chuch, ¿no es demasiada gente?

—¿Y qué importa? Siempre tuve muchos hermanos, Fayolle.

El volvía a comprender mi soledad y a ver cuánta falta me hacían mis hermanos, tan alejados de mí.

—Solo hay algo que no entiendo: tu nueva hermana ¿es hija de Maurice?

—Bien podría serlo, porque él tiene muy buen carácter y es la bondad en persona. Pero mis hermanos no se entienden. Charles y George son como Caín y Abel. Se odian. Cuando estoy con uno, no puedo estar con el otro. Tampoco son hijos de Maurice ni sobrinos de Spencer Tracy.

Fayolle se sentaba un instante para descansar en el banco de la plaza, y seguía riendo.

—Si continúas contándome cosas me haré un lío tremendo.

—Es un poco complicado, pero no tanto.

—Dime una cosa, Chuch, ¿cuándo tienes tiempo de ver a todo ese mundo?

—Cuando tengo ganas. Hasta en tu clase de Ciencias Generales. Tomo el libro, sopla un vientecito por la ventana y todo se trasforma. Ni parece que estuviera en el aula, en el colegio. ¡Es fantástico!

El erguía su cuerpo gordo y pasaba la mano por mi cabeza:

—De esa cabecita todavía van a salir muchas cosas. Mientras tanto, sueña y sé feliz, hijo mío.

Apresuraba el paso.

—Vamos, que tengo queso y dulce para comer. Quiero que, por lo menos, no te encuentren tan flaquito.

Y así vivía yo, jugando y soñando. Pero no quería pensar en Maurice porque no había manera de que viniera al colegio. De mi verdadera familia, ni me acordaba. Solamente cuando Dadada venía a buscar mi ropa para lavarla, o la traía al colegio ya planchada y me daba noticias. Mi padre había sido operado y estaba bien. Iba a pasar dos meses en Río para recuperarse. Otras veces era mi hermana la que telefoneaba al colegio, para que me trasmitieran alguna novedad sobre la salud de mi padre.

El tiempo voló. Mi padre estaba de regreso. Me quedé una semana más como interno en el colegio. Y en una hermosa mañana partí para el hospital. Sudaba frío, como un helado de coco.

Fayolle me acompañó y permaneció en el consultorio. Para una operación de garganta no era necesaria una sala especial. Fui aceptándolo todo, y Adán me infundía coraje por dentro, en tanto que Maurice, con una camisa deportiva de color azul claro, sonreía siempre para darme ánimo también.

Capítulo Segundo

EL DOLOR DE UNA INJUSTICIA

Fue simplemente hacerme quitar esas pelotitas de la garganta y, ¡pum!, di un estirón tremendo. Mis pantalones, conocidos como los más holgados del colegio, aunque hubo que bajarles el dobladillo, me convirtieron en el mayor elegantón de la ciudad. Y como las pequeñas y antiguas patatitas de mis brazos se habían trasformado en razonables papas-gigantes, ahora vivía buscando acción.

—¡Pituco! ¡Engreído! ¡Acomodado!

¡Trompada, cachetazo, puntapié y ojo en compota! Ya no llevaba más insultos para casa. Comencé a adorar las clases de educación física. Me esforzaba en todo para crecer cada día más y ponerme fuerte.

Hasta Maurice se admiraba.

—¿No te lo había dicho, *Monpti?*

Ya no me gastaba las antiguas bromas. Antes, bastaba que yo le contase una historia que comenzara diciendo "Cuando yo era pequeño..." para que preguntara:

—¿Tú, *Monpti*, aún eras más pequeño?

Ahora no. En mi grupo ya había pasado hasta la altura de João Rocha, todo un pedazo de hombre. El quizá fuese el más antiguo del grupo, y desde luego en el fútbol era impasable: el que lo lograba, caía.

En cambio, mi locura mayor era nadar. Nadar. Nadar como Johnny Weissmuller cuando él era más Tarzán que nunca. En algunas clases de la tarde, con la protección del Hermano Feliciano, me hacía la rabona. Iba volando, contorneando las calles principales, evitando la del consultorio de mi padre para llegar al Centro Náutico Potengi. Tenía la manía de usar unos pantaloncitos de baño tan diminutos que cabían en la palma de la mano.

72

—Chuch, por amor de Dios, ten cuidado.

Volvía cada día más victorioso.

—Chuch, todos los días no. Tiene que ser cada tres.

Estaba radiante con mis éxitos.

—¿Sabes, Fayolle?, hoy conseguir ir desde el Centro Náutico hasta el Sport y volver. Hago eso a todas horas y sin cansarme.

Fayolle escuchaba aquello encantado.

—No sé, Chuch, si lo que hago está bien. Pero me da gusto ver que ya no eres aquella criaturita triste y menudita. Por tu causa, todos los días tengo que hacer un acto de contrición.

—¿Y no vale la pena?

—Sí, pero vivo rezando desde que te vas a nadar hasta que vuelves. Mi corazón queda sobresaltado.

—No hay peligro, Fayolle. Dentro de poco podré ir hasta el muelle de Tavares de Lira.

—Todo eso está muy bien, hijo. Pero siéntate en esa sillita, que vamos a tener una conversación muy seria.

Obedecí. ¿Qué sería? ¿Alguien me iría a delatar en casa?

—Sé todo lo que pasa allá en el Centro.

Reí.

—Caramba, Fayolle, ¿estás preocupado porque nos cambiamos la ropa los unos frente a los otros y quedamos todos mezclados, niños y hombres?

—No, eso es una tontería. No hay maldad en ello. Después de todo, también tú estás haciéndote un hombrecito.

Me hinché de orgullo.

—Conversé con los mayores, los que van a remar los domingos. Sé que hay algunos muchachos mayores que van a nadar cerca de los navíos anclados. ¿No es así?

—Así es. Pero solo los grandes nadadores como Jonás u Honorio y Ebnezer. Por el momento, eso es mucha cosa para mí.

—Aunque llegues a nadar mejor, prométeme que nunca nadarás cerca de los barcos.

—¿Por qué Fayolle?

—Porque dicen que esa zona está infestada de tiburones que vienen de la entrada del puerto, atraídos por los restos de comida que arrojan desde los barcos.

—Eso también es verdad.

—¡Entonces!

—Pero hasta ahora nadie fue atacado por un tiburón.

—Pero puede haber un primero, ¿no es cierto? ¿Vas a hacer esto por mí, Chuch?

—Más tarde te lo podré prometer, porque por ahora no puedo nadar tanto.

Recordé un detalle.

—Fayolle, ¿te gusta el melón?

El agrandó los ojos, sorprendido por ese tema tan diferente del abordado.

—No me gusta mucho. Me deja haciendo muchos "asiii" casi siempre.

Sonreí. Aquel "asiii" quería decir eructos.

—¿Y qué tiene que ver eso con nuestra conversación?

—Mucho. El olor del melón es muy fuerte, ¿no?

—Terriblemente fuerte.

—Pues es un aviso que conoce cada nadador del club. Los tiburones tienen olor a melón. Y cuando algún chico lo huele primero, mete el grito: "¡Melón!" No queda nadie por allí cerca. Todo el mundo se va volando a la rampa, y si alguno está más lejos, sube en seguida a un bote anclado, hasta que pasa el olor.

Fayolle se llevó la mano al pecho. Había quedado casi violáceo de desesperación.

—Chuch, me vas a prometer eso ahora mismo, o no voy a tener más paz en mi vida.

Hablé con mi voz más tierna:

—No te asustes, Fayolle. Nada me va a suceder. Te prometo que no nado tan lejos, y cuando hago mis entrenamientos voy siempre por el rincón de los edificios.

El soltó un suspiro enorme y pareció apaciguarse con mi promesa.

—Está bien, ¡mira que me lo prometiste!

—Y es la palabra de un hombrecito. ¿Acaso no dijiste que yo lo era?

* * *

Estábamos enfrascados en una conversación larga y suelta. Saltábamos de un tema a otro con la mayor facilidad.

—¿Te imaginas, Adán? ¡Tarzán luchando contra King-Kong! Va a ser algo fenomenal.

—Pero Tarzán, al lado del gorila, va a parecer un pollito.

—Eso es lo que tú piensas. En *Tarzán, hijo de las selvas,* luchó contra un mono casi del mismo tamaño. Y le bastaba soltar su grito de guerra para que todos los elefantes corrieran en su auxilio. Seguro. Entraba en el comedor un vientecito agradable. La pila de libros se encontraba a mi lado, pero ¿dónde estaba la voluntad? El viento quería llevarme bien lejos. Era el viento que yo llamaba "Apache". El viento que surgía cuando Winetou galopaba por las sabanas y lanzaba para atrás sus cabellos largos y negros. Ahora tenía la manía de Winetou. Mi padre había comprado los tres libros y, después de leerlos, los había abandonado en el estante, de modo que ahora estaban en mi escondite de la mesa. Siempre había un tomo a mi disposición.

Sonreía de los comentarios que mi madre hacía con sus vecinas.

—Esa es la cualidad que tiene: no da trabajo para estudiar. Saca muy buenas notas. Apenas está algo flojo en matemáticas.

Aquélla era una materia horrible. Mejoré un poco mis notas porque Fayolle fue quien enseñó álgebra en mi curso. Enseñando él, y siendo el álgebra una materia con más letras que números, me agradaba más.

—¿Viste, Adán? Todo el mundo me está respetando en el colegio. Nadie quiere hacerse el vivo conmigo. ¿A ti también te parece que me estoy volviendo un hombrecito?

—Sí, y tan rápidamente que dentro de poco no vas a necesitar más de mí y me podré ir.

—Ya vienes con esas tonterías de nuevo. Es la tercera vez que me hablas de eso.

—Nadie puede luchar contra lo inevitable.

—¡Caramba, Adán! Uno está feliz, sintiéndose el viento "Apache", y vienes tú a hacer el papel del diablo.

Quedamos un tanto amoscados. Mi pensamiento se concentraba en el misterio de las cosas. Ya había cumplido doce años. El tiempo pasaba. Mi segundo año de bachillerato estaba por la mitad. Y mi vida mejoraba. Ya permitían que permaneciese más en la playa y que invadiera el mundo de la huerta. Conocía todos los árboles de ésta y tenía una mina de cosas escondidas al pie del sapotizeiro. La gran sensación era escaparme por la ventana, a la noche, y caminar por la pared sin espantar a las gallinas ni pisar las ramas de la mangueira. Grandes telas metálicas separaban los dos gallineros. Primero las gallinas *leghorn,* con sus vestiditos impecablemente blancos. Eran todas Damas de las Camelias (estaba loco por leer el libro). En la otra separación se hallaban las gallinas *Rhode Island Red,* todas muy prolijitas con sus amplias polleras de color rojo brillante y con una toquita de encaje medio amarilla en la cabeza. Sus saltos eran mayores. Tenían dignidad en todo lo que hacían. Me quedaba horas en la pared viéndolas vivir. Se bajaban para comer con gran elegancia. Parecía que comían brillantes en vez de maíz. Se picoteaban, dejaban escapar un canto que no irritaba y su lenguaje era diferente, posiblemente inglés.

De ese tema pasaba a otro. En casa me dejaron tener un amigo. Era un vecino de la casa de enfrente, tan prisionero como yo. Tenía fama de ser el niño más rico de la ciudad. Solamente salía en automóvil, y muchas veces yo lo acompañaba al colegio en aquel cochazo de bocina con voz de vaca. Su casa, inmensa, aparecía totalmente cerrada. Era criado por las tías, que nunca abrieron las ventanas por miedo al sol. El domingo iba a misa en el coche, sentado en medio de las dos, que para no perder tiempo ya iban rezando desde la salida del garaje. Una era muy alta y delgada. La otra, baja y redonda. Los cuellos de los vestidos se pegaban en lo alto del cogote, y parecía que solo tenían un par de zapatos, de charol negro siempre brillante.

Cada dos meses dejaban que él bajara las escalinatas para venir a jugar conmigo, atado de consejos y miedos.

—¿Viene hoy?

Adán adivinaba mis pensamientos.

—Debe venir.

—Zezé, ¿les tienes miedo?

—¿A las tías? No. Una vez ellas conversaron conmigo y se persignaron al saber que yo no hice la primera comunión hasta los diez años.

— ¡Caramba, muchacho! Un niño debe recibir al Niño Jesús a los seis o siete años, cuando su pureza es mayor.

—Así debe ser. Pero donde yo vivía antes nadie se preocupaba por eso.

La más alta me miró con pena y preguntó, emocionada.

—¿Por qué? ¿Tus padres eran "Capas-Verdes"?

La más baja se persignó al oír ese nombre. En el colegio, Fayolle me explicó que así se llamaba a los protestantes.

Adán cortó la conversación e insistió.

—¿Pero vendrá hoy?

—Ya te dije que debe venir. Seguramente sus tías piensan que también él se está haciendo un hombrecito.

Hombrecito. Aquella palabra era una delicia para mí. Y creo que también para Adán. Tan hombrecito, que mi padre no quería que conversara con las sirvientas, ni siquiera con Dadada, a la que ya no podía llamar así. "Isaura, ¿oíste?, Isaura es su nombre." Y venía una observación mucho más fuerte: "No quiero verte en la cocina. Ese no es lugar para chicos."

—Adán, ¿por qué insistes en saber si viene o no?

—¿Hoy no es el día de la ambulancia?

Di un salto.

—Cierto.

Mi primo de adopción se había roto una pierna. Necesitaba que lo examinaran con los Rayos X en el consultorio de mi padre. Habían conseguido una ambulancia, pero como en el hospital solo disponían de una, fue pedida para la noche. Vendría a las ocho a buscar a mi padre. Sin saber por qué, había sido invitado a ir con él. En verdad, no me preocupaba mucho por su pierna. Lo que yo quería era viajar en la ambulancia. ¡Eso ni qué decir! Desde temprano me perseguía esa idea. Fue lo primero que conté al Hermano Feliciano, y era la primera cosa que contaría a Maurice cuando llegara a la noche, cuando todo hubiera terminado.

—Hay tiempo. Aún se puede jugar un poco en la calle. La cena la van a servir más tarde porque a él no le gusta trabajar con el estómago lleno. Todo está combinado.

* * *

También él se llamaba Joãozinho. João Galvão de Medeiros. Siempre andaba muy bien vestido. Llevaba un pantalón de casimir azul y una blusa de seda color paja. Habíamos cenado como estaba previsto y ahora, en un banco del jardín, frente a nuestra casa, jugábamos apostando palitos de fósforos ya gastados: cuando un automóvil subía la ladera apostábamos si la chapa era nueve o no. El juego se demoraba mucho porque en Natal había pocos coches y de noche la circulación disminuía.

De vez en cuando, allá arriba, en la casa-castillo, las dos tías asomaban las cabezas por las ventanas, teniendo cuidado de ponerse un pañuelo en el cuello para no engriparse. Aquel gesto las retrataba de cuerpo entero. Cuando llegara la hora tocarían un timbre agudo. Y Joãozinho, alisándose los cabellos, la blusa y los pantalones, me apretaría la mano y partiría. El horario habitual no tenía que pasar de las ocho y media.

En el portal de la casa, Dadada (es decir, Isaura) miraba a todo el mundo mientras tomaba el fresco, sin perder de vista nuestros juegos.

Un débil maullido vino del cantero del jardín. Interrumpimos el juego y nos quedamos escuchando. Y llegó otro más fuerte.

—¡Vamos a ver!

Dimos un salto hasta el césped. Busqué en la hierba y mi mano alzó un gatito recién nacido.

—Pobrecito, lo abandonaron. Si se queda aquí, algún coche lo va a pisar. O lo destrozará algún perro vagabundo.

Joãozinho lo acariciaba en mi mano.

—¿Es gato o gata?

—Vamos a ver. Ahí cerca del poste, que hay más luz.

Di vuelta para arriba al animal.

—Lo peor de todo: es una gatita.

—¿Y cómo lo sabes?

Lo miré, asustado. También, aquellas tías rezadoras,... escondiéndole todo.

—Es gatita, ¿no ves? Las gatitas tienen una hendidura aquí, ¿no ves? Y los gatitos una bolsita.

—¿Puedo agarrarla?

—Claro que sí.

Quedó encantado con el bichito entre las manos. Lo acariciaba sin cesar.

—¿Nunca tuviste un animal?

—No. ¿Y tú?

—Bueno, tenemos ese perro, Tulu, que no es muy joven y está todo arruinado, todo remendado.

—Yo ni eso tengo.

—¿Ni una gallina?

—Nada.

Tuve una idea.

—¿Por qué no te llevas la gatita? Como apareció sola podrías llamarla Aparecida.

—Mis tías no me dejarían, puedes estar seguro.

—Pero si ella se queda acá va a morir. Podrías llevarla a escondidas. Habla con el jardinero de tu casa. En semejante jardín nadie podría descubrir nada.

—Sí que la descubrirían. Cada mañana, antes de la misa, ellas rezan en el jardín hasta que llega la hora de salir. ¡Sí que la descubrirían! Allá no entra ni siquiera un sapo.

—¡Qué malas!

—No, no lo son. Solo que no están acostumbradas. Unicamente juego con animales cuando voy a la estancia. Allí sí.

Nos quedamos en silencio, pensando en cómo resolver el problema de la gata.

—¿Por qué no la escondes en tu casa?

—Solamente si es en el cuarto de la sirvienta. ¿Vamos a ver?

Corrimos en dirección adonde estaba Isaura.

—¡Niño, deja afuera ese animal asqueroso!

—No es asqueroso, Dadada. Es una linda gatita. Tendríamos que esconderla hasta mañana y entonces veremos qué hacer con ella. ¿No quieres guardarla hasta ese momento en tu cuarto?

—¿Estás loco? Me llenaría el cuarto de pulgas.

Imploré.

—¡Pobrecita! Va a morir. Déjala, Dadada. Solo hasta mañana.

Isaura se decidió.

—Solamente en el cuarto de las valijas, allá en el fondo. Hay un montón de valijas viejas y puede quedarse allá. Pero depende de ella. Si le da por maullar está perdida.

—No va a maullar, no. ¿Acaso no ves qué quieta está? Si no siente frío no se va a poner molesta.

—Vamos allá.

Nos habíamos olvidado de las horas. Lo que importaba era salvar a Aparecida.

Isaura tomó una vela de la cocina y yo la acompañé, llevando a la gata contra el pecho.

Joãozinho se quedó esperando en lo alto de la escalera, mientras que yo bajaba siempre detrás de Isaura.

Ella abrió la puerta.

—Esto es una suciedad de los mil diablos. No sé por qué no prenden fuego a todos estos cascajos de valijas.

Comenzó a buscar la menos arruinada. La luz de la vela temblaba, llenando de sombras y fantasmas el cuarto.

—Se va a quedar en ésta. No estoy dispuesta a llenarme más de polvo ni telas de araña.

En ese momento sucedió la peor tragedia de mi vida. Me había olvidado de todo... de la ambulancia, de la hora, de los Rayos X. Mi padre se había preparado media hora antes y resolvió bajar para avisarme. Llegó y, al no vernos, fue hasta los fondos de la casa; allí encontró a Joãozinho, que me esperaba.

Se puso furioso y comenzó a imaginar el resto.

—¿Dónde está él?

Joãozinho temblaba de pies a cabeza, asustado por su voz. Apenas alcanzó a señalar hacia el cuarto donde se veía la luz de la vela que escapaba por la ventana.

Tuve el presentimiento de lo que ocurría y salí con el corazón a los saltos.

—¡Venga acá, so desobediente!

Subí la escalera con las rodillas temblorosas. No tenía voz para decir ni siquiera una palabra.

Me dio un empujón e hizo que caminara delante de él. Nos detuvimos en el jardincito iluminado, y su voz acompañaba la ira de sus ojos, que centelleaban.

—Entonces, indecente, ¿qué estaba haciendo en el cuarto de la sirvienta? ¡Inmoral, suba ya! Y no viene conmigo a ver los Rayos X.

La sirena de la ambulancia sonó arriba, en la ladera. Parecía serrucharme por la mitad.

Mi padre me volvió la espalda; yo estaba rígido, muerto de dolor y vergüenza.

Ni vi a Joãozinho escapar y subir la escalera de su casa, todo despavorido.

No podía ni moverme. Un terrible nudo de dolor oprimía mi garganta y me impedía llorar. En mis oídos, una pregunta se repetía dolorosamente: ¿Por qué todo esto, Dios mío? El viento que rodaba por el jardín enfriaba sobre mi cuerpo el sudor que empapaba toda mi ropa.

Isaura subió la escalera y vino hacia mí. Indignada, comprendía todo el tamaño de mi tragedia. No le importaba lo que podían imaginar de ella. Pero en su rudo modo de pensar, consideraba un crimen que hicieran aquello con una criatura.

—Vete adentro, ve.

Me empujaba dulcemente. Mis dientes castañeteaban, como si estuviera masticando un fruto duro y amargo.

—Vamos, ven para dentro. Mañana le explicaré a tu madre lo ocurrido y todo habrá pasado.

Capítulo Tercero

EL CORAZON DEL NIÑO OLVIDA,
PERO NO PERDONA

Cuando Maurice llegó, me arrojé en sus brazos, casi desfallecido. Mis ojos estaban rojos, hinchados de tanto llorar.

—¿Qué pasó, hijo?

Comiendo lágrimas y entre sollozos le fui contando toda la historia. Maurice dejó que llorara más, y solo entonces intentó calmarme.

—Eso pasará, *Monpti*.

—No pasará, Maurice. Es un dolor tan grande como cuando yo era pequeñito y ocurrió aquella historia de Navidad, con mi padre. Siempre que llega la época de Navidad sigo viendo sus ojos llenos de lágrimas y su rostro barbudo. No pasa nunca.

—Confiemos en el tiempo, que lo borra todo. Ahora que estás más calmado, deja que me siente, porque estuve todo el día trabajando de pie.

Se sentó en el viejo sillón y me atrajo hacia sus rodillas.

—Así, como en el comienzo.

Entre mis lágrimas, recordaba una cosa.

—Soy un tonto, ¿no, Maurice?

—Nada de eso. Eres y serás toda la vida una criatura, eso sí.

—Había combinado con Adán que, como ya estoy hecho un hombrecito, iba a evitar...

—¿Y piensas que no lo noté? A veces, cuando llego, intentas evitar besarme, ¿no es así?

Afirmé con la cabeza, a regañadientes.

—¿Piensas que eso no es propio de un hombrecito?

Rió y me acarició los cabellos.

—Eso es una tontería. Después de todo, ¿qué hay de malo en que un hijo bese al padre? Nada. Y ve sabiendo que si me escogiste por padre... vas a volverte viejo y barbudo besándome cuando llegue y cuando me vaya.

El llanto quería pasar, pero mis miembros eran sacudidos por constantes estremecimientos.

—¿Qué se hizo de mi hijo que tanto hablaba del sol, de calentar el sol? Pues bien, es en momentos como éstos cuando hay que probar las teorías.

—Va a ser difícil. Creo que mi sol se heló.

—Ya te dije que mañana será otro día. Todo cambiará.

—¿Qué es la vida de uno, Maurice?

—¡Ah, eso no lo sé! ¿Por qué me lo preguntas?

—Solamente estaba pensando. Pensando que cuando vine para aquí no sabía geografía. Creía que esto era América del Norte, y que desde mi ventana, diariamente, veía a mis amigos los *cowboys:* Buck Jones, Tom Mix y, principalmente, Fred Thompson. Todo era una ilusión. Si lo hubiese sabido no habría venido.

Suspiré largamente.

—Sí que habría venido, porque los niños no disponen de sí. Tienen que hacer todo lo que los grandes mandan, y yo era muy pequeño.

—¿Terminaste?

—Sí.

—Te has olvidado de una cosa. De mí. Yo no soy de "allá" y, sin embargo, ¿no vengo a verte todas las noches?

—Tú eres diferente.

—Supongamos que sí. Pero ¿cuántas veces Johnny Weissmuller o Tarzán vienen hasta aquí a golpear la puerta de tus sueños? ¿No es verdad?

—Sí.

—Entonces tienes un don maravilloso. Y quien tiene ese don necesita creer que el sol se puede calentar tantas veces como sea preciso. No te quiero ver en esta postración. ¿Cómo voy a poder trabajar mañana, si te dejo con esta tristeza?

Calló por un momento y se quedó acariciando mis cabellos. Mis ojos cansados comenzaban a pesarme.

—Me voy a quedar aquí hasta que te duermas.

Con inesperada facilidad se levantó del sillón, con mi cuerpo entre los brazos, y me depositó en la cama.

Me acomodé, temblando aún. El vino de "allá" y me habló.

—Deja flojo el pijama. Debes acostumbrarte a eso, porque dormir con la barriga apretada puede darte pesadillas.

Obedecí, casi adormecido. Sentí que su mano sujetaba la mía. Aquél era un padre. Un padre que se quedaba velando mi sueño hasta que sentía que la tranquilidad retornaba a mi cuerpo.

Desperté ya muy tarde, y la luz todavía estaba encendida. Maurice dormitaba en una silla. Abrió los ojos a causa de mis movimientos.

—¿Aún estás ahí, Maurice? Ya es tarde.

—Me quedé un poco más, hasta estar seguro de que te encontrabas bien, y me entró sueño.

Se levantó y vino a inclinarse sobre mi cama.

—Ahora me voy, *Monpti*.

Acomodó sobre mi pecho las ropas de la cama.

—No te destapes, que la madrugada está muy fresca.

Todavía acarició por un momento mis cabellos.

—Duerme bien, hijo mío, porque a pesar de todo la vida es muy linda.

* * *

¡El dolor es una desgracia! ¿Por qué no daría un "dolorazo" enorme, de una sola vez, para pasar luego e irse para siempre?

Había contado todo rápidamente a Fayolle y entré en el aula con la nariz enrojecida como una batata y los ojos hinchados.

Tarcisio me preguntó qué había sido, pero no podía responder ni contar nada porque mis ojos se volvían a llenar de lágrimas. El mundo había perdido su sentido humano. Todo me golpeaba con tal brutalidad que perdía la noción de las cosas. Solo aquello, allá dentro, me estaba consumiendo. El dolor recomenzó, más violento, y escondí la cabeza en el banco con el deseo de desaparecer, de morir.

—¡Inmoral! ¡Indecente!

Toda la clase se asustó de aquello. El Hermano Amadeo se acercó para preguntar qué ocurría.

—Nadie lo sabe. Lo único que hace es llorar, está muriéndose de tanto llorar.

El Hermano Amadeo salió rápidamente del aula y retornó con el Hermano Feliciano y el Hermano León. Me llevaron a la sacristía. No tenía fuerzas ni para subir las escaleras y hubieron de cargarme en brazos.

Me acostaron en una cama y aflojaron mi cinturón.

—Bebe esto, que te va a hacer bien.

Bebí un remedio algo amargo y, poco después, una sensación de vacío se apoderó de mí. Mis manos iban perdiendo las fuerzas y mi cuerpo parecía estar calentándose al sol del verano.

No quedó allí más que Fayolle, que me contemplaba con ternura.

—Fayolle.

—¿Qué pasa, Chuch? Aquí estoy. Pero ahora estate quietito, que el remedio te va a curar.

Todo renacía, bruscamente.

—Yo no estaba haciendo nada, Fayolle. Nada malo.

—Ya lo sé. Pero no llores que te hace mal.

No conseguía dominarme y las lágrimas estallaban.

—No estaba haciendo nada malo. No soy indecente ni inmoral. Ni todas las otras cosas que él me dijo.

—Claro que no, Chuch. Todo el mundo lo sabe. Eres un niño imaginativo, un poco travieso, pero nada más.

—No quiero volver a casa. No quiero ir a la hora del almuerzo. No voy a mirarlo más.

—Hoy almorzarás conmigo. Voy a telefonear a tu casa que hoy te quedas con los Hermanos. Inventaré que es el cumpleaños de uno de nosotros. ¿Está bien?

—Está bien. Pero no quiero almorzar con nadie, ni saber nada de nada. Lo que quiero es morir, desaparecer.

Hice un esfuerzo y extendí la mano hacia él:

—¿Por qué no me la das, Fayolle?

—¿Qué quieres, hijo?

—¿Por qué no me devuelves mi piedra azul, el veneno? ¿Para qué sirve vivir? ¿Para qué?

—No, Chuch. No hables así. Ya no existe esa piedra. Además, tú mismo me la habías dado. Y quien da algo, nunca más debe reclamarlo.

Mi llanto aumentaba.

—Hubiese preferido que me cazara un tiburón en el río, antes que tener que oír todo lo que él me dijo.

Fayolle no sabía cómo consolarme. Sus ojos fueron inundándose. Metió la mano en el bolsillo y reapareció el famoso pañuelo de cuadros. Y esta vez no fue para acudir en mi ayuda.

* * *

Ahora me encontraba a solas con el Hermano Ambrosio, en la enfermería. Yo había entendido cómo él casi ordenó en francés a

Fayolle que nos dejara a solas. Y Fayolle desapareció, escaleras abajo.

Sentado en la cama de al lado, posó las largas manos sobre sus rodillas. Estaba tan serio que ni siquiera tenía aquel tic nervioso en que los ojos le temblaban intensamente.

—Siéntate en la misma posición que yo.

Se hacía difícil, porque mi lasitud era tan grande que mi cuerpo casi no obedecía. Pero me senté.

—Entonces...

Sus palabras sonaban duras e imperiosas.

—¿Vamos a acabar con todo eso?

Miré con espanto su rostro delgado, de pómulos salientes.

—¿Usted sabe lo que me pasó?

—Lo supe. ¿Y qué? ¿Por eso mueves tanto ruido? Vine aquí porque necesitas prepararte para volver a tu casa.

—No volveré más allá. No quiero encontrarme con él, y nunca más miraré de frente su rostro.

—De frente o de costado, pero ya dije que volverás a tu casa.

—¿Después de todo lo que escuché?

—Exactamente. Después de todo lo que oíste, que en realidad no fue nada.

—¿Nada? ¿Dice que nada? ¿Qué piensa que soy?

Me mordía los labios con un comienzo de rabia, que se reflejaba en mis ojos. Fue tal mi desesperación que alcé la voz y me olvidé de todo.

—Usted nos enseña que vayamos a misa, a comulgar, a llevar a Dios Nuestro Señor, a Cristo y qué sé yo, en lo más hondo del corazón. Exactamente como él hace todo el día. Se golpea el pecho a la hora de la Elevación y enseña a decir: "Mi Señor y mi Dios." ¿Y para qué? ¿De qué sirve? Golpearse el pecho, llenarse de hostias y, en un momento, hacer una maldad de ésas...

Nervioso, había comenzado a golpear con los pies el piso, como si deseara que todo se viniera abajo, que el mundo se destruyera en ese preciso momento.

El Hermano Ambrosio se levantó, furioso. Me gritó:

—¡Eso! ¡Rompe el piso! ¿No quieres golpear la pared con tu cabeza? Es mucho más práctico.

Por entonces yo estaba llorando, y mi voz se había debilitado.

—¿De qué sirve todo esto, Hermano Ambrosio? ¿Qué son el amor y la caridad? Por eso voy a comulgar muchas veces con rabia, porque si no lo hago pierdo la playa y el cine.

El Hermano Ambrosio me tapó la boca con su mano.

—¡Cállate! ¡Cállate! ¿Oyes? Ahora vas a escuchar lo que nadie tiene el coraje de decirte.

Sujetándome por los hombros me obligó a sentarme. Su rostro quedó a la altura del mío.

—Ingrato, ¿quién eres tú para juzgar a los demás? ¿Pensaste en la preocupación de ese hombre que había de tratar un caso médico difícil? No. Para ti no era nada, apenas una aventura, un paseo en ambulancia. Solamente eso. Ponte en su lugar y piensa.

Ya más calmado, continuó:

—¡Zeca ingrato! Ingrato, eso es lo que eres. Ese hombre te sacó de la calle, de la fábrica, de la pobreza, quizás hasta de la tuberculosis. Ese hombre te dio un hogar, ropas, todo de lo mejor. Te dio unos estudios que tus hermanos no tuvieron, que harán de ti un hombre culto y decente. Un hombre que podrá mejorar la vida de sus hermanos y de sus padres. Y tú... En la primera oportunidad muerdes su mano. ¿Pensaste cuántas veces ese hombre perdonó las tonterías, los caprichos que tuviste? ¿Y ahora tú vienes a acusarlo con esos quejidos? Mira, muchacho...

Su voz tembló de emoción.

—Aunque haya cometido una injusticia, fíjate bien: una injusticia... ¿Imaginaste su pesar, dentro de su conciencia, al saber que quizás actuó precipitadamente? Acaso en un instante de desesperación, tal vez por un momento de preocupación. Pues bien, muchacho, junto a mí no abrirás más la boca para acusar a tu padre. Aunque tenga que tapártela. ¿Entendiste?

Bajé la cabeza, mientras él empezaba a caminar entre las camas de la enfermería.

Volvió a la carga.

—Y si hablé así es porque me obligaste. No pienses que me gusta proceder de esa manera. Las cosas duras, las verdades despiadadas necesitan ser dichas. Pero para que tú llegues a ese punto debes ser un hombre, ¿entendiste? Necesitas crecer. Debes ser responsable.

El choque que me había causado su actitud estaba surtiendo efecto. Sin embargo, la voz que salió de mi boca no parecía la mía. Parecía haber surgido de una inmensa heladera.

—Está bien, Hermano Ambrosio, ¿qué quiere que haga?

El me miró, sorprendido, porque no esperaba que ese cambio se produjera tan rápidamente.

—Así está mejor.

Volví a preguntar:

—¿Qué quiere usted que haga?

—Que vuelvas a tu casa, que acabes con esta situación. Que des una oportunidad a tu padre y todo esto se termine.

Ahora mis ojos secos miraban los suyos incisivos.

—Está bien, haré eso.

Su semblante se trasformó. Hasta apareció en sus labios una sonrisa.

—Así se habla, Zeca.

—Pero no va a ser tan fácil como usted piensa.

—Al comienzo, no. Después todo pasa. ¿No te llama *coeur d'or* el Hermano Feliciano? Pues ese corazón de oro sabe perdonar.

—Todo es bondad en el Hermano Feliciano. Y yo no soy bueno. Para él todo lo es. Pero está bien, Hermano Ambrosio, voy a olvidar, a intentar olvidar. Porque no creo en el perdón.

—¿Y cuál es la diferencia entre olvidar y perdonar?

—Perdonando, uno lo olvida todo. Y si solo se olvida, muchas veces se vuelve a recordar.

Sentí que él quedaba perplejo con mi explicación. Había perdido hasta la costumbre de retrucarme.

Viendo que la tempestad había pasado, me dio la mano para que me levantara.

—¿Sabes, Zeca? No eres tan malo como pretendes serlo.

—No tengo ganas de ser malo o bueno.

—Lo que te arruina es que estás trasformándote en un niño muy orgulloso.

—No quiero ser tabla de lavar ropa en la que todo el mundo golpea.

Bajamos la escalera de la enfermería, el uno junto al otro. Sentía que el Hermano Ambrosio intentaba alejar la terrible tormenta de pocos minutos antes.

—Vas a tomar tu cartera de la clase, y yo te esperaré. Voy a acompañarte hasta el jardín del Palacio.

—¿Para qué? Ya prometí que vuelvo a casa, y lo cumpliré.

—Estoy seguro de eso, pero no quiero que te vayas disgustado conmigo.

—No estoy disgustado. Usted me ayudó, y mucho.

—Bien; pero antes quiero conversar una cosa contigo. Algo que solo se puede hablar con mucha calma.

Tomé mi cartera y salimos caminando juntos. Las sombras de los grandes árboles de *ficus-benjamim* estaban más extendidas en la arena porque el sol comenzaba a desaparecer.

En el centro de la plaza, el Hermano Ambrosio volvió a hablarme. Su voz sonaba dolorida y débil.

—Zeca, ¿fue verdad eso que dijiste?

—¿Qué cosa, Hermano Ambrosio?

—Que ibas a comulgar con rabia.

—No quise decir eso. Salió así en un momento en que estaba muy conmovido.

—Pero si salió es porque debe de haber un fondo de verdad en eso...

Alcé mis ojos tan desesperadamente hacia él, que nos detuvimos.

—¿Puedo decirle la verdad, Hermano Ambrosio?

—Por supuesto.

—Entonces vamos a sentarnos en ese banco, porque me siento muy débil y abatido.

Permanecimos un tiempo sin querer comenzar. El esperaba que yo me decidiera. Como no rompía mi silencio, resolvió preguntar:

—¿Qué edad tienes ahora, Zeca?

—Casi trece años.

—Es verdad. Eres el alumno más joven del grupo. Y también el mejor alumno de portugués y literatura.

Sonreí, entre la indiferencia y el desánimo.

—¿Entonces?

—Voy a hablar, Hermano Ambrosio. Estoy buscando la forma de que sea más fácil comenzar.

La cosa, al fin, salió como un chorro.

—¿Sabe qué pasa? Tengo la impresión de que enseñan una religión equivocada. Me quedo medio desorientado. Cuando hice mi primera Comunión, mi tía me preparaba particularmente, en casa. Decía que iba a vivir el día más lindo de mi vida, porque recibir a Jesús en el corazón era la mayor felicidad del mundo. Y no sentí nada de eso. Lo que sentí fue vanidad, porque era pequeño y las bandas de mi uniforme mostraban a los demás que ya estaba en cuarto año primario. Pensaba que todas las miradas se dirigían a mí. Con tanto cántico y oración, cuando comulgué lo único que sentía era hambre. Quedé decepcionado porque la Hostia no me trajo la diferencia que me habían enseñado a esperar. Fue un día horrible. Fotografía en grupo. Café, chocolate bien tarde. Me sentía atontado de hambre y con mareos. Después, fotografías de nuevo. Era el día 7 de setiembre* y había desfile. Marchamos, cansados, durante toda la tarde. Algo le quedó a faltar a mi alma.

* Fiesta nacional del Brasil. (*N. de la T.*)

Miré de soslayo. El continuaba mirando gravemente el suelo.

—Después fue pasando el tiempo y la Comunión era casi una obligación, una exigencia de los de mi casa. Algo importante para no perder la playa y el cine, como pasaba con las calificaciones escolares. Y uno tenía que ir, casi estaba obligado a ir. Antes yo no quería hablar de rabia, sino quizá de desánimo.

—Eso es horrible.

—Es horrible, pero nadie lo comprende. Muchas veces no tengo ganas de ir a confesarme, y sin embargo debo hacerlo. Otras veces tengo deseos de no rezar el acto de contrición y comulgar en pecado mortal.

El Hermano Ambrosio tuvo un sobresalto.

—¿Ya hiciste alguna vez eso, Zeca?

—No, aún no. Pero siento que más adelante seré capaz de hacerlo.

—No. Nunca hagas eso. Es mejor no comulgar. La Eucaristía es la cosa más sagrada del mundo.

—¿Y debo mentir en casa? No me gusta mentir. Porque uno no se engaña a sí mismo.

El Hermano Ambrosio estaba confundido con mi problema.

—Quizá, de ser así, fuese mejor que mintieras.

Ya no teníamos de qué conversar.

—He de irme, Hermano Ambrosio.

Tomé mi cartera. Apreté su mano y salí caminando. Desanimado, triste, medio muerto. Miraba el suelo, con los hombros inclinados, y mientras me alejaba sentía fijos en mí los ojos del Hermano Ambrosio.

Capítulo Cuarto

EL TIBURON Y LA FRACASADA GUERRA
DE LAS GALLETAS

La noche tibia dejaba penetrar un vientecillo fresco por la ventana entreabierta. A pesar de eso sentía frío. Tanto, que estiraba las frazadas y las llevaba hasta la barbilla. No podía apagar la luz, en la esperanza de que apareciera Maurice, ya bastante retrasado.

—Fue un día horrible, ¿no Adán?

—¡De perros! Sin embargo, reaccionaste bien.

—Lo peor fue a la hora de la cena. Parecía que uno estaba comiendo en un cementerio. Un silencio de hielo. La comida no quería pasar y tropezaba en la garganta. El tiempo no pasaba nunca. Estuve durante toda la cena con los ojos pegados al plato. ¡Jamás me había fijado antes en cuántos granitos tenía el arroz! Y así va a ser ahora, de hoy en adelante. Nunca levantaré los ojos hacia él, porque siempre estaré esperando que, en cualquier momento, mueva los labios y me llame de nuevo indecente, inmoral y otras cosas.

—Pronto olvidarás.

—Ni olvido ni perdono. Nunca. Puedo enfermarme hasta el punto de andar con el bastón en la mano, con la barbilla tocándome las rodillas, de tan viejo, y no voy a olvidar. No me conoces bastante, Adán.

Hablábamos bajito, para que nadie viniera a molestar.

—No olvidas ni perdonas. Está bien. Pero ya una vez en tu vida pasó algo que olvidaste y perdonaste.

Sentí curiosidad:

—Dime, ¿de qué me hablas?

90

—De tu "Portuga", cuando viajaste de polizón en su auto y él te dio unas palmadas.

Partí lejos, en viaje por mi nostalgia, y tardé algo en volver.

—Bueno, eso fue diferente. ¿Por qué lo recordaste?

—Por nada.

Adán estaba intentando poner a prueba mis decisiones.

—Fue diferente. Yo había cometido una mala acción. Pero lo de ayer fue distinto. No había nada de malo, tú lo sabes, y sin embargo, fui tratado peor que un perro sin alma.

—Es mejor darte la razón, porque en la vida existen cosas que uno no olvida.

—Menos mal que estamos de acuerdo.

—Eres injusto, Zezé. Siempre estoy de acuerdo contigo; mi misión es ayudarte y hacer que veas claras las cosas.

—Ya lo sé. Gracias, Adán.

Nuevamente guardamos silencio. El reloj de la sala dio las diez. Sabía que la casa se encontraba a oscuras. Todo el mundo se había retirado a sus habitaciones. Nadie tenía nada que conversar o comentar.

—¡Adán!

—¿Qué?

—Estoy muerto de sueño y, sin embargo, sé que no voy a poder dormir.

—Estás pensando en la carta.

—Sí. Estoy pensando en Godóia: ¡Pobrecita! Lo peor es que no sé escribir una carta afectuosa para reconfortarla.

—Pídele al Hermano Feliciano, y él te ayudará.

—Buena idea. Pero ¿has visto que todo lo malo siempre viene junto?

—Son cosas de la vida. Intenta olvidar. Cierra los ojos. ¿Por qué no pruebas a rezar?

—¿Para qué? Hoy ando medio a malas con Dios...

—¿De qué te vale eso? Saldrás perdiendo.

Era verdad. Adán tenía razón: nadie podía pelear contra Dios; ni siquiera Tarzán, con todos sus elefantes del Africa. Dios era algo muy grande y siempre llevaba la mejor parte. Además... ¡El había hecho tan hermosa la vida! Con los árboles, el cielo azul, el mar que nunca se acababa y vivía meciéndose en la hamaca de las olas.

—Mi corazón se angustió. "No dije la verdad, ¿oíste, Dios? Vivir sin ti en el corazón debe ser algo muy desgraciado."

Mis oídos estaban tan apáticos que ni percibí la llegada de Maurice.

Un golpecito en mi espalda me hizo volverme en la cama. El rostro sonriente de Maurice, cerca del mío, fue como si una débil luz de mi sol renaciera llena de esperanzas.

—Has tardado mucho, Maurice.

—Nos retrasamos en unas escenas y el trabajo acabó muy tarde.

Como de costumbre se sentó en el viejo sillón. Acarició el brazo de éste, medio deshilachado, e intentó romper aquel ambiente de tristeza.

—Nunca me dijiste el nombre de este sillón.

—¿Nunca, de verdad?

—No.

—No le gusta a nadie, por eso lo dejaron en mi cuarto. Tiene un nombre horrible: Orozimba.

—¡Es un nombre bien simpático para un viejo señor gordo!

—Pero no tiene apellido. Como te gusta su nombre, le voy a poner tu apellido.

Maurice soltó una carcajada y comentó con su acento medio francés:

—¡Orozimbá Chevalier! Pues mira: no suena mal.

Cuando vio que ya había encendido mi sol, acercó a Orozimba a mi cama y me tomó las manos.

—Entonces, *Monpti,* ¿cómo andan las cosas?

Le conté todo, intentando evitar que mis ojos se llenaran de lágrimas de vez en cuando.

—Fue un día terrible, hijo. Debemos volver a creer en las personas. Principalmente en las personas mayores.

—Y eso no ha sido todo, Maurice. Me llegó una mala noticia de mi otra casa. ¿Te acuerdas de mi hermana Godóia? Tuvo un terrible accidente de automóvil y ha quedado toda deformada. Perdió un ojo y ya le hicieron cuatro operaciones para arreglarle el rostro. Parece que se rompió casi todos los dientes. ¿No es triste eso? Precisamente ella, la hermana que más me quería.

El no respondió, pero apretó más cariñosamente mis dedos.

—A pesar de todo, ella fue quien me ayudó a continuar.

—¿A continuar qué?

—Aquí. Voy a quedarme hasta el final.

—¿Sabes?, durante todo el día pensé mucho en eso. Temía que tomaras una decisión equivocada.

—En algunos momentos llegué a dudar si podría. Pero no, voy a continuar. Pienso en la vida que llevan mis hermanos, en las palabras del Hermano Ambrosio. Ellos están allá, levantándose de madrugada para trabajar en el centro y volviendo de noche para dormir y recomenzar todo al día siguiente. Uno por uno van siendo arrojados a las fábricas. Crecerán sin siquiera poder arreglarse los dientes, comprarse ropa o zapatos mejores. Lo sé todo. Y desde allá, sin protestar, ellos miran contentos hacia aquí, porque estoy libre de todo eso y un día hasta podré ser doctor.

—Me gusta, me gusta lo que dices, *Monpti*. ¡Así se habla! Así se porta un hombrecito. Me siento orgulloso de ti.

—Apenas estoy repitiendo unas palabras que siempre me echan en cara. Y otras que el Hermano Ambrosio intentó decirme en aquel enfrentamiento conmigo. Que no alcanzó a decir, pero que entendí igual.

Maurice se llevó el reloj a la altura de los ojos.

—Desgraciadamente tengo que irme, hijo.

—Puedes irte, lo comprendo. Pero quiero que me respondas algo.

—Todo lo que quieras.

— ¿Tú también tuviste un mal día?

—¡Malísimo! Nada salía bien. Un día desalentador.

—¿Estás cansado?

—Sí, aún continúo agotado.

Le sonreí.

—¿Por qué, *Monpti?*

—Nada. No es nada. Conseguiste encender el fósforo.

—¿Estás seguro?

—Segurísimo. Encender el fósforo y, con éste, el sol de la esperanza.

— Mejor es así. Puedo regresar contento.

Pasó sus manos por mis cabellos, como le gustaba hacer.

—Entonces ¿mañana será otro día?

—Posiblemente.

Arregló la ropa de mi cama.

—Ahora cierra los ojos y vuélvete hacia la pared, como te gusta hacer siempre.

Obedecí.

—Buenas noches, *Monpti,* y duerme bien.

Salió suavemente, como si agitara el propio viento de la ternura que él recreara en mi cuarto. Todo estaba oscuro y tranquilo.

—¡Adán!

—¿Qué?

—¿Has oído?

—Todo.

—¡Eso es ser padre! Pasó un día de gran trabajo y se cansó mucho, pero aun así vino hasta acá para ver cómo había sido mi día y darme las buenas noches. ¡Eso es un padre!

—Así lo creo, pero vamos a dormir porque me estoy muriendo de sueño.

Sentía que Adán también estaba muy contento con mis decisiones.

* * *

Cuando abrí la ventana de mi cuarto vi que era "otro" día, que se parecía extrañamente al anterior. Sólo el corazón se encontraba más duro y decidido. Sobre todo, decidido a que ese día fuera igual a muchos otros que lo seguirían. Vestirme. Sentarme a la mesa. Responder con monosílabos. No levantar nunca los ojos hacia él.

Y, así, un día se unió a otros hasta formar un mes. Y los próximos meses me encontrarían siempre en la misma disposición. Adán llegaba a recriminarme.

—¡Bien podrías pasarle el pan o la manteca, cuando los pide!

—Ya no me pide nada. Se dirige a mi hermana o a mi madre.

En el colegio no había nadie más arisco y mudo. Hasta Tarcisio, que andaba siempre conmigo o se sentaba a mi lado en el banco del jardín, apenas conseguía quebrar mi mutismo. Fayolle respetaba mi comportamiento, esperando con calma que pasara aquella etapa de mi dolor.

En casa a nadie parecían importarle mis notas, ni preguntaban si comulgaba o no.

—¿No quieres ir a la playa con tu padre?

—Me duele la cabeza, y además necesito estudiar.

No me interesaba la playa, porque cuando quería, escapaba de la clase y me iba a nadar al río Potengi.

Los domingos a la tarde acostumbraban dar una vuelta en coche por la ciudad. Era la rutina de siempre. Un salto hasta el Tirol, una vuelta por la playa, hasta Areia Preta*. De vez en cuando, una parada en la casa de algún amigo de la familia.

—No quiero salir. Me voy a quedar leyendo.

No insistían. Tanto podía hacer lo que decía, como correr por las paredes de las casas vecinas. Sentarme en las ramas de los sapotizeiros

* Arena Negra. (*N. de la T.*)

o de la mangueira. Las gallinas miraban en dirección a mí y se extrañaban de que no les llevara más salvado mezclado con agua.

La pierna de mi primo sufrió complicaciones y éste tuvo que ir a Recife para un tratamiento especial. Mi padre hubo de acompañarlo. A la vuelta me trajo un regalo: en silencio me extendió un cinturón negro. Dudé antes de recibirlo.

—Agradece.

—Gracias.

Me di vuelta, con el cinturón quemándome las manos. Lo arrojé en el cajón del ropero y nunca lo usé.

Adán me reprendió nuevamente.

—No tienes que exagerar tanto, Zezé.

—No viniste para enseñarme a tener personalidad, ¿no? Conmigo, de ahora en adelante, va a ser siempre así.

Era necesario que sucediera algo para atemperar esa situación que yo mismo consideraba aflictiva. Y ello ocurrió cuando menos lo esperaba.

* * *

El Hermano Amadeo sonrió sin gracia ante mi cercanía, anticipándose ya a mi pedido.

—¿Hoy puedo, Hermano Amadeo?

—Hoy no.

—¿Por qué no?

—Combinamos que solo te dejaría dos veces por semana.

Se sumergió en las páginas del cuaderno que corregía. Como yo continuara a su lado, balanceó la cabeza negativamente.

—Pensé que usted era mi amigo.

—Justamente porque lo soy no te lo permitiré.

—¿Qué diferencia hay? ¿Acaso no sé siempre mis lecciones? ¿No soy el primero de mi clase?

—Aun así; estás abusando de mi buena voluntad. ¿Imaginas mi responsabilidad?

El diablo me tentaba.

—No sería diferente de las otras veces en que me dejó.

El me miró por sobre los lentes con sus ojos muy claros, casi de color manteca, y se mostró un poco preocupado. Reconocía la fuerza de mi argumento.

—Escuche, Hermano Amadeo. Cada vez estoy nadando mejor. No hay peligro. Solamente voy a entrenarme una horita y vuelvo.

Bajó los ojos hacia su trabajo y no respondió. Insistí.

—Le prometo que solo por hoy. Después volveré a nadar únicamente dos horas por semana. Dos veces por semana.

Yo sabía que estaba mintiendo porque no volvería en una hora. Esperaría la marea alta. La marea estaba en bajante, llena de extraños "navegantes" que desembocaban de los albañales y que la chiquillería llamaba "vrido". Hasta que llegara la marea alta no podría volver. Y ya no tendría tiempo de regresar al colegio. De allí habría de seguir directamente para casa.

Molesto por mi insistencia, él manifestó estar de acuerdo.

—Vasconcelos, has prometido que solo por hoy, ¿no?

—Lo juro.

—No necesitas jurar.

—¿Hablará con el Hermano Feliciano?

—Ya hablé y todo depende de ti.

—Está bien, pero cuidado allá.

A la hora de llamada, él justificaría mi falta.

Di las gracias y salí volando.

Toda la chiquillería estaba sentada sobre fardos de algodón, en el muelle, a la espera de que la marea creciera un poco más. Desde allí uno nadaba hasta el club del Sport. Los que tenían coraje saltaban desde un paredón. Yo soñaba con hacer eso, pero todavía era temprano para tal hazaña: se trataba de una altura más que razonable.

—¿Vamos a hacer gimnasia con el doctor Renato Vilman?

—Vamos.

Me gustaba acompañar al doctor Renato en todo. El tenía un físico perfecto, nos enseñaba a coordinar los movimientos. Corregía a todos los que se equivocaban. Debía de tener una fuerza formidable, porque él solo levantaba el bote y lo llevaba al río. Era lo mismo que si cargara un pedazo de papel.

Uno iba a ayudarlo, para cargar con los remos, y él daba las gracias.

—Cuando yo crezca quiero ser como usted.

Reía pacientemente y respondía con acento de persona del Sur:

—Entonces tienes que comer mucho *angu**.

Y la discusión se armaba entre el mundo menudo.

—Es más fuerte que Johnny Weissmuller.

—¡Qué va... ¡Tarzán es mucho más fuerte y más alto.

—En el cine todo el mundo parece fuerte.

—¡Ve allá y vamos a ver si tú lo pareces!

---

* Pasta de harina de maíz, arroz o mandioca, cocinada con agua y sal. (*N. de la T.*)

Cada cual se burlaba del otro, porque todos hacían una fuerza loca para aumentar las pelotitas de los músculos y ensanchar la delgadez del pecho.

En eso apareció Ebenezer. Era otro de nuestros héroes. Cuando tomaba un *skiff* parecía un rey. Todos sus movimientos se tornaban perfectos y la embarcación parecía obedecerlo hasta en los movimientos que hiciera con el cuello. ¡Y qué calma para nadar! Sabía todos los estilos.

Ebenezer se acercó a la rampa donde estábamos sentados y sondeó la marea.

—¿Vas a nadar, Ebenezer?

—Eso es lo que estoy pensando.

—Ya está buena la marea, ¿no?

—Pronto estará mejor.

Uno clavaba en él la mirada, y él a su vez miraba al río allá lejos, con las márgenes llenas del verde mangle.

De repente volvió los ojos hacia nuestro lado.

—No me gusta nadar solo. ¿Hay aquí algún tipo corajudo para acompañarme?

—¿Adónde vas?

—Voy a nadar hasta el muelle del Puerto, mientras la corriente está débil. Después vuelvo con ella a favor, hasta el muelle Tavares de Lira.

Nadie se animaba.

—Es muy lejos para nosotros.

—¿Acaso no quieren aprender?

Yo estaba loco por aceptar el desafío, aunque después quedara agotado.

—¿Vamos con él, Lelé?

—Nada muy rápido; uno ni siquiera puede acercársele.

Ebenezer rió.

—Bueno, les prometo nadar lentamente. ¿Quién viene conmigo?

Lelé y yo nos levantamos.

Ebenezer dio un salto de estilo y se sumergió en las aguas del río. Ahora quedaba mal volverse atrás; eso seguramente nos costaría una rechifla general. Saltamos también y nos pusimos a su lado. Tal como prometiera, nadaba lentamente y nos esperaba. Nunca había estado yo tan en medio de la correntada. Allí el agua era limpia y trasparente. Nadamos otro poco. Para obligarnos, Ebenezer se había adelantado bastante. Uno podía ver las sedes del Sport y del Centro Náutico, bien pequeñas. Había varios barcos anclados. Y quedando ya muy atrás, la lancha de la Policía Marítima.

Fue Ebenezer quien dio la alarma.

—¡Melón! ¡Melón!

Mi corazón casi reventó en el pecho. Melón. Entonces... había tiburones cerca. Y el olor se aproximaba más. Ebenezer ya había nadado hacia una lancha. Lelé se dio vuelta y buscaba un barco más próximo para subir. Solamente yo nadaba como un loco y oía que Ebenezer me gritaba, pero no conseguía entender sus palabras.

Comencé a rezar por dentro. "Mi Señora de Lourdes, protégeme. Prometo no ser más desobediente." Y el olor aumentaba en mi dirección. Parecía que uno estaba sentado frente a una gigantesca tajada de melón. Sentía temblar mis miembros, a cada brazada, y el olor me perseguía ahora. Intenté calmarme y conseguí escuchar la voz de Ebenezer, que gritaba:

—Nada, ¡rápido! ¡Hacia la lancha de la policía!

Nunca la embarcación me había parecido tan grande. Nadé en dirección a ella. El corazón latía tanto que parecía querer hacer estallar mi pecho. Me fui acercando. Miré con desesperación hacia su alta borda. Aunque consiguiera alcanzarla no tendría fuerzas para elevar mi cuerpo. No sé si fue el ruego a Nuestra Señora o el miedo que me asaltó lo que me hizo actuar en ese momento. Mis manos se aferraron a la borda y subí mi cuerpo, arrojándome dentro de la embarcación. Quedé inclinado, mirando el agua del río, con deseos de llorar y vomitar. El olor llegaba, más fuerte todavía. Y mis ojos despavoridos vieron la lámina de la cola del tiburón cortar el agua y producir pequeñas marejadas. Había sido cosa de un instante. Aquella cola gris y plateada se fue alejando y desapareció.

Me acosté en el fondo de la embarcación y comencé a temblar. No era miedo sino horror. Intentaba respirar hondo, pero me sentía helado. Mis rodillas temblaban una contra otra.

Ahora surgía el problema del regreso. ¿Qué se había hecho del coraje? Solamente entonces Adán tomó parte en mi desesperación.

—Caramba, Zezé, por poco...

Me irrité con él.

—¡En ese momento ni diste señales de vida!

—Estaba muriéndome de miedo. Y movías tanto el corazón que casi vomité.

—¿Y ahora, Adán?

—Hemos de volver.

—Y si él se quedó rondando por ahí... Solo que salte al agua...

—Vamos a mantener la calma y a esperar. Mira dónde están los otros.

Lelé se hallaba en la misma situación que yo, con la única diferencia de que tuvo tiempo de nadar hacia un barco más próximo al club. Ebenezer, en pie, miraba las aguas y aspiraba el aire. Cuando le pareció no sentir ya el olor a melón gritó hacia mí:

—Dentro de poco puedes volver. Pasó el peligro.

Esperó unos diez minutos que me parecieron doscientas cincuenta horas. Saltó al agua y nadó hacia mi embarcación.

—Salta, que nadaré junto a ti después.

Moví la cabeza negativamente.

—Ahora no.

—Vamos, valor. Iré también hasta el barco del otro muchacho. Vamos, nadaremos los tres juntos.

—No voy. Me quedaré aquí hasta que todo termine.

De intentar nadar, no lo habría conseguido.

—Si no quieres ir, me voy. No puedo pasarme toda la vida esperándote.

Aguardó un segundo y, viendo que no me decidía, nadó hacia el otro lado, ayudando antes a Lelé.

Vi que los dos desaparecían, desaparecían... Llegaban al club, y subían la rampa, en dirección a otra lancha de la policía.

Me senté en la cubierta y comencé a esperar un milagro. La tarde daba indicios de ir aproximándose a esa hora en que ya debería estar dirigiéndome al colegio o a casa.

¡Ay, el tiempo no demoró más! Llegó el viento de la noche y el sol empezó a declinar. Sentía frío y mi calzoncillo mojado aumentaba mi angustia.

—¿Y ahora qué, Adán?

Hablaba casi llorando.

—Yo no voy a salir de aquí. Ese bicho puede andar cerca.

—¡Ni yo!

—Me acordé de algo que hace bien a los nervios.

—¿Qué cosa?

—Si consiguiera hacer pipí, mejoraría.

—¿Y por qué no lo intentas, entonces?

—Estoy temblando tanto que no puedo estar de pie.

—Puedes hacerlo aquí mismo, en el barco. Nadie va a saber quién fue. Y mañana el sol disipará el olor.

—Sí, es la forma.

Comenzó a oscurecer y el miedo aumentó.

—¡Mi Señora de Lourdes, ayúdame, por favor!

Las luces del muelle se encendían. Y seguramente en la ciudad pasaba lo mismo.

—¡Y si cierran el club? Nos vamos a morir de frío esta noche.

—Todo eso está muy bien, pero ¿ya imaginaste lo que va a suceder en tu casa, Zezé?

—No quiero pensar en eso ahora; lo que quiero es salir de aquí.

Quedamos en silencio, a la escucha.

—¿Estás oyendo, Adán?

—Parece ruido de remos.

—Así es.

Traté de oír mejor.

—Y se acerca a nosotros.

Apareció un bote, con el doctor Renato Vilman.

—¿Qué pasó, muchacho?

Se asió a la borda de la lancha y detuvo el bote.

Yo estaba tan emocionado que ni hablaba.

—¿Casi te agarra el tiburón? Ahora ya pasó todo. Vine a buscarte. ¿Puedes pasar al bote?

—Mis piernas tiemblan tanto que no sé.

—Sí que puedes. ¡Calma!

Su voz era inmensamente bondadosa.

—Vamos.

Hice que mis piernas colgaran fuera de la embarcación y traté de que mi cuerpo descendiese a la parte delantera del bote.

—Puedes ir con las piernas dentro del agua, estiradas hacia adelante. Ya no hay peligro.

El agua estaba tibia y mi miedo se disipaba poco a poco. En seguida, los remos manejados por sus fuertes brazos nos fueron conduciendo hacia la rampa del Centro Náutico Potengi.

* * *

Apenas había terminado la comida ya nos poníamos el pijama. Había un recreo de media hora y en seguida nos encaminábamos hacia la gran aula del Estudio. Aproveché aquel tiempo para dirigirme a la sala de Fayolle. Sabía que estaba esperándome, impaciente.

Allá se encontraba él. No leía, no corregía cuadernos, no jugaba con la regla en la mano. Solamente me esperaba. Y cuando llegué me dirigió una sonrisa que hacía desaparecer los ojos en el rostro gordo y enrojecido.

—*Mon cher frère Felicien Fayolle.*

El me clavó un dedo en el pecho.

—Chuch, Chuch, un día de éstos vas a matarme de un ataque al corazón.

Me reí, recordando mi aventura con el tiburón.

—Eso si yo no me muero antes.

Me señaló una silla que había a su lado.

—Ahora siéntate y cuenta. Quiero saberlo todo.

No oculté los detalles dramáticos de la historia. Cuando acabé, él sudaba frío.

—¿Te imaginas si el tiburón hubiera llegado a cazarte?

—No quiero ni pensarlo. Cuando cierro los ojos todavía veo aquella cola cortando el agua. ¿Cómo se llama eso, Fayolle?

Este suspiró con fuerza, antes de responder.

—Aletas, Chuch.

Intentó fruncir las cejas, ponerse serio. Lo menos que habría exigido el Hermano Director era que me diera un señor sermón.

—Tú prometiste que no nadarías más allá de los edificios, que no arriesgarías la vida, ¿no es así?

—Así fue.

—¿Y dónde está tu palabra?

—Bueno, Fayolle, nunca había hecho eso antes. Ebenezer comenzó a desafiarnos.

—¿Y si morías comido por un tiburón? ¿Ya lo pensaste?

—Pero no morí, ¿no es cierto? Si hubiese muerto habrían hecho como cuando aquel pequeño, el chico Dantas, que murió en la laguna do Bonfim. Todo el mundo lloró, se hicieron oficios fúnebres por él y tantas otras cosas que hasta me dieron ganas de morir ahogado también, para que me recordaran.

—No digas tonterías.

La hora del sermón había pasado. Ya comenzaba a sonreír ante mi idea.

—¿Te traigo muchos problemas, Fayolle?

—No te voy a decir más que esto: fue duro. Toda la culpa cayó sobre mi cabeza y la del pobre Hermano Amadeo. Pero no tiene importancia, ya pasó todo.

—¿Cómo se enteraron?

—¿Y cómo podríamos dejar de saberlo? No llegabas a tu casa y ya era de noche. Teléfono para aquí y teléfono para allá. Una ciudad pequeña tiene la lengua ligera. Todo el mundo se entera de todo en seguida: "Imagine que a Vasconcelos se lo está comiendo un tiburón."

—Bueno... en realidad no era un tiburón, sino un cazón.

—¿Y qué diferencia hay, Chuch?

—Que el tiburón es un poco más grande y come más rápido.

Fayolle se rió.

—¿Y qué pasó contigo?

—¡Ni me hables! Fue un lío mayúsculo. No sé cómo conseguí entrar en casa; si no hubiera sido porque Adán me daba coraje... Escuché tantas cosas que perdí la cuenta. Solamente me dieron permiso para dormir en casa anoche. Y ayer mismo hicieron mi valija para venir lo más temprano posible al internado. Fue mejor así, ¿no es cierto, Fayolle? La situación, allá, se estaba tornando imposible. Por lo menos, si quedo internado hasta fin de año, cuando vuelva nos habremos olvidado más de todo...

—¿Te gusta estar como interno?

—Te voy a decir un secreto, Fayolle. En casa piensan que es el mayor castigo del mundo. Pero para mí es el mejor paraíso de la Tierra.

Principalmente en ese estado en que andan las cosas.

—¿Sabes lo que me exigieron, Chuch?

—No.

—Muchas cosas, hijo. Exigieron que no te dejase escapar de ninguna manera para nadar en el río. ¿Y sabes lo que hice?

—Me lo imagino.

—Prometí que no lo permitiría más. ¿Comprendes lo que quiero decir?

Miré sus ojos, con cierta emoción.

—No escaparé más. No quiero verte complicado por mi causa.

Rió.

—Sabía que me lo prometerías. Y también sé que no me desobedecerás.

—Quedamos observándonos brevemente.

—Algo más, Chuch. No podrás salir los domingos; ni siquiera para ir a tu casa.

—Eso es bueno. Pero ¿habrá algo de cine los domingos?

—Lo estudiaremos Además, es bueno que acabes con esas historias de cine.

Lo decía en broma, y yo lo sabía.

—Tu familia ya es demasiado numerosa.

—En cuanto a eso, puedes quedarte tranquilo. Ya reduje el grupo. Tenía que dividirme con mucha gente. Me quedé solo con Maurice, Tarzán y Joan Crawford.

Las nubes se desvanecieron. Fayolle era el mismo de siempre. El final había sido feliz y, para su mayor tranquilidad, mejor sería olvidar aquel mal momento.

Sonó la campanilla.

—Es la hora de clase, debes ir.

Me levanté. Fayolle me pidió:

—Da una vuelta. Quiero verte.

Giré sobre mis pies; él sonreía.

—*Que cet animal a grandu!*

Quien rió esa vez fui yo.

—¿Entendiste?

—"¡Cómo creció este animal!"

Salí de la sala tan ligero y tranquilo que ni parecía ser el mismo niño amenazado en la víspera por un cazón.

* * *

Hasta Adán se extrañaba de mi comportamiento. Aunque para mí no había ninguna diferencia. Desde pequeñito decían que yo era hijo del diablo. Que en Navidad no descendería sobre mí el Niño Jesús sino el demonio en persona. Y lo cierto era que, si no se había encarnado en mí, por lo menos ahora me acompañaba. Se había tornado mi amigo íntimo y "maestro".

Cuando no inventaba alguna cosa, el diablo me la enseñaba. No sabía estar sin moverme, con las manos quietas. Hasta los otros Hermanos, los demás profesores, se quedaban mirándome siempre, en espera de una travesura.

Todo el mundo tenía una regla de goma negra. La mía me hacía cosquillas. De tanto manosearla descubrí que, raspándola contra la madera del pupitre hasta estar bien caliente, despedía un olor que mataba. Cuando el Hermano Esteban vino a sustituir al profesor de religión, que había enfermado, pensé que... bueno... El Hermano Esteban tenía un narigón sucio y rojo. Justo para ese olor. ¡Fue pensarlo y realizarlo! Trac-trac-trac. No necesité raspar mucho, y fue un sacarse los pañuelos del bolsillo y escupir en el suelo que no acababa nunca. La clase pareció envenenarse, y todo el bicherío estudiantil comenzó a toser. Al fin se desbandaron, abandonando al Hermano Esteban con los ojos centelleantes detrás de los anteojos.

El vino directamente a mí, en el pasillo del aula. No dijo nada. Solamente me arrastró por la manga del uniforme y me puso de castigo al lado del pizarrón. El olor, con el calor de la tarde, se había tornado

103

insoportable. Me dejó en el rincón y salió de la sala después de cerrar todas las ventanas, para que yo sintiera bien cuál era el precio de una clase de religión no terminada.

Había quedado tan marcado que me colocaban en la fila de atrás, solo en un banco. Abría mi estuche de dibujo y analizaba su contenido. La vista se clavaba en la envejecida hojita de afeitar. Me daba pena. ¡Qué vida boba ser una hoja de afeitar usada! Solo servía para sacar la punta a los lápices o para cortarse los dedos. Tomé a la pobrecita y abrí la tapa del pupitre. Coloqué la mitad de la hojita dentro y bajé de nuevo la tapa, de modo que la sujetara y quedase bien asegurada. Tamborileé con los dedos y se escapó un sonido casi semejante a un lindísimo gemido. Lo hice una, dos, tres veces. Todos comenzaron a mirar atrás, a ver si descubrían qué era aquello. Yo ponía la cara más tonta del mundo, mirando interesadísimo el pizarrón del aula. Las dos manos, superpuestas, ocultaban mi juguete. Cuando el aula se sosegaba, de nuevo el ¡zum-zum-zum! Por ahí surgió una risa. Yo me aquietaba un instante, y cuando el aula retomaba su ritmo venía otra vez el zum-zum-zum. Fue el final. El Hermano se iba aproximando, aproximando, y se paró cerca de mí. Me miró seriamente, y yo como un santito, con las manos en el mismo lugar.

—Señor Vasconcelos, ¿le gusta el arpa?

—No, señor, y tampoco el piano.

Extendió su mano hacia mí.

—¿Dónde está?

¿De qué servía negarlo? Tomé la hojita de afeitar y se la entregué.

—Caramba, Hermano Juan, era solamente una hojita...

—Está bien. Pero vaya a terminar su clase junto al pizarrón, con pies juntos y los brazos cruzados.

Cuando salí de allí me cambiaron el pupitre y fui a parar junto a la ventana. ¡Qué pena no poder ver la calle! A no ser que trepara al pupitre. La hoja de la ventana atrajo mi atención. Estaba formada por tres partes plegables. En el intervalo del recreo experimentaría una idea genial. Y así fue. Uno colocaba la hoja medio plegada y empujaba el centro para adelante, con lo cual la ventana hacía un ruido divertidísimo. No podía poner a prueba mi descubrimiento en seguida, pero lo haría en la primera clase aburrida. Ya ni contaba los momentos en que caminaba hacia el pizarrón para asumir mi posición de castigo. Parecía que aquel rinconcito se había convertido en mi propiedad. Y el diablo me iba convenciendo cada vez más de que era mi amigo. Tal vez por eso el Hermano Luis, que se encargaba del Estudio y de los dormitorios de los mayores, me avisó que quería hablar conmigo inmediatamente después del té... que no pasaba de mate cocido y tres galletas durísimas que si le caían a uno en un callo lo mataban de dolor.

—¿En el recreo o en el aula, Hermano Luis?

—En seguida que todos entren en el aula.

Dicho y obedecido. Allá estaba yo frente a su alta mesa.

—Aquí estoy, Hermano; usted me llamó.

El me miraba sonriendo. Porque nunca se enojaba y todo en la vida le parecía gracioso. No dejaba de ser enérgico, pero si la cosa tenía gracia se reía.

—¿Sabes por qué te llamé?

—No tengo la menor idea.

—¡Seguro que sí!

Puse mi acostumbrada cara de inocencia.

—Si usted me lo dice me enteraré.

—Voy directamente al asunto. ¿Quién inventó la guerra de las galletas?

—¿Por qué habría de ser yo, Hermano? Siempre cargo con la culpa de todo lo malo.

—Te explico. Esa guerra se inició hace dos días, justamente una semana después que tú viniste como interno.

Puse cara de asustado.

—¿Antes no?

—En absoluto, estoy seguro de ello. Vas a hacerme un favor.

Extendió la mano hacia abajo, reclamando mi "tesoro".

Me dije a mí mismo: ¡qué pena! Era espléndida aquella guerra. Una guerra sin aliados, en la que todos eran enemigos. A la hora del té, cada alumno recibía tres galletas duras como piedras; uno las escondía en el bolsillo del pijama y las llevaba al dormitorio. Cuando el Hermano Luis apagaba la luz general se quedaba caminando durante unos quince minutos, hasta asegurarse de que todo estaba en calma, y luego se dirigía silenciosamente, como una sombra, a su pequeño cuarto situado al fondo del dormitorio. ¡Entonces estallaba la guerra! Todo el mundo entraba en ella. Era un ir y venir de galletas por todas partes. Algunos hasta se ponían de pie en la cama para tirar el "petardo" con más fuerza. El ruido era acompañado de risas medio disimuladas. La primera noche, apenas el Hermano encendió la luz, ya todos estaban acostados en su rincón. Durante la segunda noche, las cosas se desarrollaban con el mismo ritmo cuando una galleta alcanzó a un muchacho del interior, apodado Chico Ventosa. Solo se oyó un grito. Cuando la luz fue encendida, la nariz de Chico Ventosa sangraba como una fuente. Tuvo que ser atendido en la enfermería.

El Hermano Luis pasó, impasible. Observó la multitud de galletas esparcidas por el piso del dormitorio, volvió luego con Chico ya curado, apagó la luz y no dijo nada.

Ahora él estaba allí, estudiándome, haciendo las cosas bien, como era su costumbre.

La mano reclamaba insistentemente:

—¿Me vas a dar lo que tienes en el bolsillo o no?

Metí la mano en el lugar indicado y con gran pesar extraje cinco "petardos".

—¿Cinco, Vasconcelos? ¿Estás imitando el milagro de los panes?

—Yo solamente recibí tres. Las otras las negocié, porque a algunos no les gusta guerrear.

Puso las galletas en fila, sobre la mesa. Después me miró y rió con simpatía.

—Son duras como piedra, ¿no es cierto, Hermano?

—Sin duda. Pero ¿qué quieres que haga el colegio? ¿Darles masitas a todos estos hambrientos?

—Tiene razón.

—Puedes volver a tu sitio.

Quedé aturdido.

—¿No va a hacerme nada?

Rió bondadosamente.

—No. ¿Por qué, Zeca?

—No sé. Si fuese otro Hermano el que estuviera en su lugar me arrancaba la piel o me cocinaba en grasa hirviendo.

—Yo no. Fue una idea muy divertida. Y cuando puse en cama a Chico Ventosa y me fui a acostar reí hasta más no poder. Puedes irte, porque voy a tener una pequeña conversación general.

Cuando me senté, él dio unas palmadas y pidió atención.

—Señores, quería hablarles de una cosa terrible que está sucediendo. No, no es sobre la guerra de las galletas. Es algo más serio y más impresionante.

Hizo una seña a un alumno y éste se levantó.

—Señor Clovis, usted es del sertão, ¿no es cierto?

El chico asintió. Llamó a otro:

—Señor José Arnobio, ¿de dónde es usted?

—Del sertão de Acari.

El Hermano Luis miró alrededor, analizando el asombro despertado por aquellas preguntas.

—Quien sea del sertão que levante el brazo.

Casi todos eran de allí y alzaron sus brazos.

—¿Algunos de ustedes oyeron hablar de la sequía?

¿Quién que fuera de ese lugar podía ignorarlo? Yo mismo había visto hacía algunos meses a los que, escapando de la sequía, invadieron Vila Barreto y lo devoraron todo. Hasta los frutos verdes de las mangueiras. Bebían el agua barrosa del pequeño lago como si fuese pura agua de lluvia. Todos sucios, harapientos, piojosos y malolientes. Todos mostraban huesos, en vez de piel, y garras sucias, en lugar de dedos.

El Hermano Luis se sintió dominado por una emoción tan grande que sus ojos se mantuvieron húmedos durante todo el tiempo que habló. Y se refirió a la sequía, a la desgraciada sequía que asolaba los sertãos del Nordeste. Habló de cosas que nadie ignoraba, del hambre que nosotros no conocíamos, y de la sed. De algo por lo cual jamás habríamos pasado en la vida. Al oírle, todos nos fuimos crispando de angustia.

Terminó cogiendo con ternura las galletas que tenía próximas.

—Esto que a ustedes les divierte serviría para matar el hambre de muchas víctimas de la sequía, de muchos hambrientos a quienes los que son del sertão conocen bien.

Volvió a colocar las galletas en el lugar que ocupaban antes.

—El colegio no puede ofrecerles cosas más finas que éstas. Y si ustedes no quieren comerlas es porque, evidentemente, no tienen hambre. No impondré castigos ni tomaré ninguna medida, pero les pido solamente un favor: hay una bolsa que hice colocar junto al timbre de entrada del refectorio. Antes de subir daré cinco minutos para los que quieran colocar las galletas en la bolsa. Y esto se repetirá todas las noches. Esas galletas serán destinadas a las víctimas de la sequía.

Abrió una pausa, emocionadísimo. Casi me había hecho llorar.

Su voz volvió a sonar, tan bondadosa y tranquila que nos conmovía aún más.

—Pero quiero decirles esto: quien desee continuar con la guerra de las galletas podrá hacerlo; no habrá ninguna prohibición.

Iba a terminar.

—Es todo por hoy.

Con los ojos bajos, pasó por entre las hileras de bancos y salió del aula. Y así, con los ojos bajos, entró en el corredor y desapareció en la oscuridad del colegio.

Capítulo Quinto
TARZAN, EL HIJO DE LOS TEJADOS

Aunque casi no me sobraba tiempo para conversar con Adán o esperar la imposible visita de Maurice, mi vida de interno en el colegio era muy buena. Si hubiera horarios iguales para todos, nunca habría confusión.

Ultimamente había pasado a adorar el horario del Estudio, a la noche; era una pena que solo durara dos horas. Todo había sucedido por un rasgo de honestidad y mucho atrevimiento.

El Hermano Luis que cuidaba de nuestro dormitorio, a pesar de no poseer el tipo característico del cearense, vanagloriábase de serlo por los cuatro costados. Hablar de Ceará era su tema preferido. En el intervalo, antes de ir al Estudio, como quien no quería nada me acerqué a él. Su mano, dentro de la sotana, jugueteaba con el rosario.

—¿Qué pasa, Zeca?

—Nada, Hermano.

—¿Alguna novedad?

—Hoy no. Solo ganas de conversar con usted. Para aclarar. Aclarar no, elucidar... como dice el Hermano Ambrosio cuando tiene ganas de hablar difícil.

El hermano Luis sonrió. Desconfiaba de que yo no estuviera preparando alguna de las mías.

—Pues sí don Waldemar.

—Cállate la boca, Zeca.

El Hermano Feliciano me había contado que antes de recibir las órdenes su nombre era Waldemar. Y como no había nadie por allí cerca, yo bromeaba.

La pregunta vino de sopetón:

—Si tuviera que nacer de nuevo ¿preferiría ser paraibano o cearense?

— ¡Vaya pregunta! Cearense, ¿por qué?

—Yo no. Si pudiera volver a nacer no desearía ser carioca ni cearense. Solo por una cuestión de literatura.

El Hermano Luis se interesó.

—¿Por causa de la literatura?

—Exactamente. En la preceptiva literaria hay unos trozos maravillosos de José de Alencar que me vuelven loco.

—Tendrías que leer sus novelas.

—¿Usted cuál prefiere, *El guaraní, Las minas de plata* o *Iracema*?

—*Iracema* es un poema, pero me gusta más *El guaraní*.

—Solo un cearense podía escribir un libro así, ¿no le parece? Los cariocas tienen a Machado de Assis y a otros muchos que no recuerdo.

—¡Caramba! Machado de Assis también es maravilloso. Son dos estilos diferentes.

—Ya lo sé, pero Alencar escribe sobre la selva como nadie. Lástima que...

—¿Qué?

—Me gustaría tener la oportunidad de leer a Alencar.

—Eso es tan simple que, apenas la tengas, debes aprovecharla.

—No me dejan tener esa oportunidad.

—Pero eso es un crimen. Si sientes esa curiosidad, cosa tan rara en los chicos de hoy, debían hasta aplaudirte.

—Por desgracia...

—¿Y en tu casa?

—En casa está prohibido. Pero no importa...

—Escucha, muchacho, ¿por qué esta conversación tan larga?

—Tal vez por una razón. Hermano Luis, ¿a usted no le parece que soy un buen alumno? Nunca perdí el primer lugar. Solamente en matemáticas soy un poco flojo. Pero no es por falta de estudio. O mejor, no me sirve de nada estudiar, porque no me gusta. Del resto puede ver los boletines.

—¿Y qué pasa, entonces?

—Que yo querría hacerle un homenaje a usted y a Ceará.

Aún no había descubierto mi intención y estaba asustado.

—¿Qué es esa historia de un homenaje?

—La oportunidad que nadie me da podría proporcionármela usted. ¿Sabe, Hermano?, estoy justamente con esos tres libros y quería que me permitiera usar el horario de clase para leerlos.

Lo había tomado de sorpresa. Pensó un poco y se pasó la mano por la boca, en un gesto defensivo.

—Y... no sé...

—Caramba, Hermano Luis, uno se quiere ilustrar y usted hace como las otras personas.

Vivía intoxicado con el portugués brillante que el Hermano Ambrosio nos enseñaba.

Pero aun así no se decidía.

—¿Y tus materias?

—Puede vigilar continuamente mis notas y, si le parece que empeoran, siempre está a tiempo de cortarme esa "oportunidad".

—Hasta ahí va muy bien. Pero ¿y si los otros alumnos quieren seguir tu ejemplo?

—No lo descubrirán. Los libros están forrados con el mismo papel que los de estudio.

—Pensaste en todo, ¿no?

Rió, y cuando él reía era como alcanzar la victoria.

—Y algo más: me mudaré al último banco, bien lejos de los otros.

—Voy a darte una respuesta que es casi un sí, pero entre tanto necesito conversar con el Hermano Feliciano sobre eso.

—No es necesario, ya lo sabe. Le pedí los libros y él me los consiguió.

* * *

Después de los libros de Alencar fui devorando otros. Todo lo que caía en mis manos lo engullía, masticaba y rumiaba. Casi todo el mundo se dirigía al aula de mala gana, bostezando y protestando sin acabar nunca; yo, en cambio, me sentía encantado.

De día la historia se tornaba diferente. No sé lo que me pasaba, pero no podía quedarme abajo, con los otros alumnos. Vivía encaramado en todo aquello a lo que pudiera trepar. Me colgaba de las vigas, saltaba de una pared a otra. Conocía todos los tejados. No usaba la escalera del dormitorio. Daba vueltas por los fondos del patio, me subía a un paredón. Saltaba hacia el lugar en que los alumnos guardaban las valijas y llegaba antes que ellos.

Muchas veces me reprendían

—¡Baje de ahí, Vasconcelos!

Obedecía hasta que, más adelante, descubría un lugar adonde pudiera subir de nuevo.

—¿Está loco, muchacho? ¿Quiere caerse de ahí y romperse un brazo?

Mi manía era tan grande que, junto con la otra, la de nadar, hizo que me ganara un sobrenombre: Tarzán.

Mejor aún era cuando podía huir de la mirada de todos y me lanzaba hacia el campanario. Cruzaba el coro de la iglesia y ¡allá iba yo! La escalera estaba toda podrida. En algunos sitios faltaban hasta ocho o nueve escalones, pero ¡qué le importaba todo eso a Tarzán de los Monos, a Tarzán, el hijo de la selva! Llegaba cerca de la campana y allí sentado, con las piernas suspendidas en el vacío, quedaba en contemplación de la vida. Hacía ya mucho tiempo que la campana se había acostumbrado a enmudecer. Yo tenía ya pensado que, en la primera oportunidad, amarraría un hilo grueso y lo haría llegar abajo. Cuando todos durmieran, alguno de los alumnos mayores iría a dar una campanada de medianoche. Lo malo era que hasta el momento no había encontrado una cuerda resistente, pues, por lo demás, la campana era fácil de poner en movimiento. Ya había probado suavemente y ella obedecía. ¡Qué maravilla que todo el mundo estuviese durmiendo y la campana comenzara a balancearse sola! Iban a jurar que era un alma del otro mundo. Al día siguiente, las beatas vendrían a traer velas a San Antonio. Y Garrafinha de Biusa que quedaría un día dentro de la iglesia, calmando su locura.

La viejita se ponía furiosa si la llamaban por aquel nombre. Una vez, alguien la llamó Garrafinha de Biusa dentro de la iglesia y se armó un escándalo. Ella no tenía en cuenta el lugar sagrado en que se encontraba e invocaba a la madre que...

Volvía a mirar el paisaje y a pensar en la campana. Nunca podría hacer lo que planeara. Porque quien empujara la campana escaparía, dejando la cuerda en el lugar. Y estaría frito. Frito como aquella vez, cuando era pequeño e hice una serpiente con una media para asustar a la gente en la calle. Recibí una soberana paliza. Y mi cola quedó en estado de no poder sentarme sin quejas.

Era muy lindo ver todo desde esa altura. Me sentía como un pájaro libre. Como si tuviera el tamaño de la torre grande de la Catedral, que se encontraba en la plaza André Albuquerque. Tarcisio era amigo del hombre que hacía indicaciones sobre los barcos, desde aquella torre, y me había prometido que un día subiríamos allá. La mía, sin embargo, se volvía más importante, porque nadie conseguía subir aquellos escalones, con miedo de que todo se desmoronara. Siendo así, la torre del campanario era solo mía y de mis sueños. Hasta había imaginado un plan que le contaría a Tarcisio para cuando necesitáramos ir a la

Legión Extranjera, nos hiciéramos amigos de "Beau Geste" y de sus hermanos y tuviéramos que cometer un crimen. No había lugar mejor. Uno robaba éter en la farmacia del colegio, mojaba el pañuelo y ahogaba al Hermano Director. Lo arrastraba escaleras arriba, tirando de su cuerpo gordo y pesado con una cuerda, y desde lo alto lo arrojaba al vacío. El cuerpo se estrellaría en el suelo, y sería un gran regalo para los otros alumnos, que así tendrían tres días sin clases. Y una vez cometido el crimen podríamos embarcarnos para Africa. ¿Dónde quedaba? ¿En Marruecos o en el Senegal? Necesitaba aclarar eso, preguntándole a Fayolle.

Lejos, los barcos navegaban por las aguas del Potengi. Pesados lanchones, impulsados por zingas*, se arrastraban por los peores lugares. Y los barcos salineros se detenían en el muelle de la Tavares de Lira. Los barcos, portadores de gente que viajaba sueños, esperaban que la marea creciera para ganar los bancos de arena y desaparecer en el horizonte.

Varias veces fui llevado a la sala del Director y recibí penitencias o promesas de castigo. Amenazaron con atrancar la puerta de la torre. La cerradura estaba tan vieja que ya no funcionaba. Quedaba alejado de mi tentación y maldecía por dentro:

—¡Gente vieja y malvada! ¿Qué mal hay en que uno suba para ver tantas cosas lindas? Si esos tontos tienen miedo de una simple torrecita, ¿cómo pensarán llegar al cielo, que es tan alto?

Cuando aparecía el olvido, allá volvía yo. Pero, con el tiempo, la prudencia me aconsejaba mantener las piernas escondidas hacia dentro. Moisés se extrañaba cuando pasaban muchos días sin que yo apareciera. Moisés era el nombre de la campana siempre muda. Ahora el que se moría y pelaba de miedo era Adán. El, que tanta decisión tenía para ciertas cosas, ante otras se trasformaba en un flojo, en un cobardón de primera.

A veces sentía una gran necesidad de nadar. El agua tibia le hacía una falta enorme a mi cuerpo. Cuando estaba solo en el dormitorio y miraba semejante inmensidad silenciosa, invitaba a Adán:

—Vamos a nadar.

Y agitaba los brazos como si estuviera nadando en el río Potengi. Iba y venía por el dormitorio, esmerándome en las brazadas. Una vez, sin que yo lo supiera, el Hermano Luis entró en mi cuarto y al verme lanzó una carcajada grande y alegre. Iba a hacer doscientos metros

---

*Pértiga con la que se vence la corriente cuando no bastan los remos. (*N. de la T.*)

estilo Crawl cuando la puerta se abrió y él me sorprendió in fraganti. Rió tanto y tan alegremente que casi me hizo avergonzar.

—¿Qué es eso, Tarzán?

—Nada. Estaba nadando un poco.

El se me acercó y vio todo el espíritu de aventura estampado en mis brazos. Comprendió lo que pasaba.

—¿No vas más a la playa los domingos, muchacho?

—No me dejan porque estoy castigado.

—Pero bien que te gustaría ¿no?

Balanceé la cabeza, resignado.

—¿Y a quién no le gustaría?

—Vamos a buscar una forma. Después de todo eres un buen chico, algo loquito, pero de buen corazón.

* * *

Comencé a molestar a las beatas. Cada vez que daba una "espiada" a la iglesia, allá las encontraba. Parecían formar parte de la iglesia, de las velas, de la Vía Sacra, de las paredes, del órgano del Hermano Amadeo, que bajaba del coro para tocar en la propia iglesia. Las condenadas no debían de hacer en la vida otra cosa que rezar. Tenían su rinconcito propio en el lado izquierdo, al fondo. Y en la misa lo retrasaban todo, porque hasta que llegaban a la mesa de la comunión perdían doscientos millones de minutos. Solamente el Padre Monte tenía aquella paciencia de santo. Cuando un niño se golpeaba un pie jugando al fútbol y se veía impedido de calzarse, o solamente le era posible ponerse una bota, entonces ya no podía entrar en la iglesia porque "resultaba antiestético", como decía el Hermano Ambrosio. Y para que no perdiera la misa diaria, quien tenía un pie lastimado asistía a ella desde el coro. Todo fue machucarme un pie y descubrir algo. Que el viejo piso del coro dejaba aparecer varios agujeros por los que se veían las cabezas de las beatas cubiertas con mantillas, velos y pañuelos. Entre ver y actuar no había mucha diferencia.

Cuando en el coro era yo el único "pie roto", la cosa iba maravillosamente. Caminando sin hacer ruido, recogía todo lo que aparecía: pedacitos de madera, revoques de las viejas paredes que yo raspaba con las uñas, trozos de escarabajos, alas de cucarachas, telas de araña que arrollaba para hacerlas más voluminosas, palillos de fósforos gastados, etcétera.

En el momento del Ofertorio, cuando ellas estaban entregadas al mayor recogimiento, me arrodillaba cerca de los agujeros y arrojaba mi "colecta" sobre sus cabezas. Era un rezongar que no acababa nunca. Todo el mundo miraba hacia el lado del beaterío, extrañado de que las viejas se abanicaran, y sacudieran sus velos y mantillas. Para entonces ya había vuelto yo a mi rinconcito, bien lejos de la tentación. Hice eso tres días. Nada más que eso. El Hermano Luis sonrió al verme con el pie lleno de vendas.

—¿Puedo ir al coro, Hermano?

—De ahora en adelante no, muchacho.

—¿Quiere decir que ya no tengo que ir a misa?

—De ninguna manera. Vas a subir a la enfermería; abrirás la ventana que da al interior de la iglesia y asistirás a la misa desde allí todos los días, hasta que te cures las lesiones de semejante encontronazo.

Obedecí, resignado. Desde esa ventana yo quedaba arriba mismo de la mesa de la Comunión. Veía bien de cerca todo lo que hacía el Padre Monte, y a los Hermanos que, acompañando al Director, con los ojos bajos y muy contritos, se encaminaban hacia la mesa de la Comunión. Me imaginé qué pasaría si yo apareciera por aquel lugar. Sería un revuelo atronador. Pero abandoné la idea. Al final, la Comunión era algo muy sagrado. Y en medio de todos ellos estaba el Hermano Feliciano, que podría lastimarse.

Juré que algún día me vengaría de esas beatas. No planeaba llamar a la viejita boca sucia con su apodo de "Garrafinha de Biusa". Lejos de eso, que provocaría un escándalo bárbaro. Pero ya aparecería la manera. La vida se encargaba de que siempre surgiera un modo de que las cosas acaecieran. Y como todo lo que se desea sucede, un día ocurrió. No era propiamente de día, sino al atardecer, en la hora en que ellas estaban más fanatizadas.

Después de las clases íbamos a jugar al fútbol en un terreno que los Hermanos habían comprado muy poco tiempo antes. Allí pretendían construir el nuevo colegio Marista. Existían ya dos campos de fútbol, uno de los mayores y otro para los menores. Estaba escrito que mi fuerte no era el fútbol. En cambio, mi mundo se enriquecía ante aquellos enormes y majestuosos árboles de cajú, ante las plantas de pintombas, en aquella selva de mis sueños. Todo al gusto de mi Tarzán particular. Me pasaba el tiempo descubriendo maneras de saltar de una rama a otra con rara habilidad. Estaba prohibido caminar por el suelo. Muchos alumnos que tampoco jugaban al fútbol intentaron acompañarme, pero luego desistieron, porque acompañar a Tarzán de los Monos no era hazaña para todos, no.

114

A las cinco, el Hermano Luis daba la señal, tocando el pito como solo él sabía hacerlo. Volvíamos al colegio. Podía pasar sin zapatos por un trecho de la bajada del Alecrim. Aquello era sublime. Todo el mundo sucio, despeinado, sudado. Cuando llegábamos, íbamos directamente al dormitorio, para ponernos el pantalón del pijama. Bajábamos a bañarnos. Como las duchas solamente eran seis, y cada baño duraba cinco minutos, continuábamos jugando entre nosotros. Siempre había quienes querían quedarse para el final.

Un día inventaron, y esa vez no fui yo, la guerra de las toallas. Pero aunque la idea no fue mía, me gustó mucho.

Uno enrollaba la toalla y pegaba un chicotazo con ella en las espaldas desnudas de algún distraído. A esto seguía una persecución, para vengarse. Y el juego no generaba ninguna pelea. Había quienes no gustaban de él; uno de ellos, Arnobio. Aindiado, con unos músculos respetables, se había criado derribando bueyes por la cola en el sertão. Era, en resumen, un tipo duro. Nadie tenía el coraje de chicotear a Arnobio.

—¿Quién se anima?

—¿Estás loco!

—¡Pero mira qué invitación! Está de espaldas a nosotros. Sin camisa parece más fuerte. Solo hace falta enrollar la toalla y ¡puf!

Era una tentación increíble, no cabía duda. Adán todavía me aconsejó, medio atemorizado.

—No vayas, Zezé, te matará.

—Lo dudo. Está tan seguro de que nadie va a meterse con él, que se quedará paralizado de espanto. Cuando venga detrás de mí, escaparé fuera de aquí. Estoy seguro de que corro más que él.

—Aun así, yo no me arriesgaría

—Va a ser divertido.

Me aproximé despacito, enrollé la toalla de modo que quedara bien dura y, ¡puf!, golpeé contra Arnobio.

El monstruo dio un salto y creció. Parecía medir cinco metros. Su rostro y su pecho se hincharon. Arrojó su toalla al suelo y voló hacia mí.

—Aguanta, Adán.

Me lancé a la carrera, y aquel animalazo salió bufando en mi persecución. Hice un giro de espaldas y casi se estrelló contra la pared. Fue una carcajada general, que sirvió para enfurecer más a Arnobio. Cruzamos de nuevo el lugar, volando, y él sin desistir. Corrí hacia el lado de la enfermería. Sorteé los arcos, me introduje por la cuarta división, salté la ventana, gané el corredor, y él seguía repitiendo cuanto yo hacía. Si me agarraba, me destrozaría. Retorné al lugar e hice lo mismo que al comienzo: di otro esquinazo y noté que, aunque se cansaba, no perdía el ánimo. Subí la escalinata del dormitorio de cuatro en cuatro escalones. El ya más distanciado, aún me perseguía. Corrí hacia el lugar de las valijas, salté las gradas, me pegué al techo y subí hacia el paredón. El se detuvo. Era algo que no podía hacer.

—Ya te voy a agarrar, desgraciado.

Dio media vuelta y fue a buscar la escalinata. Salté al suelo, decidido a poner más distancia. El venía bufando a mi encuentro, nuevamente. Solo había una solución: arriesgarlo todo. En mi desesperación, pensé en las beatas, que irían a morirse de susto. No había elección. Entré en el gran corredor que daba a la iglesia. Apenas había alcanzado la puerta cuando ya Arnobio entraba también. Iba a ser un escándalo, pero estaba dispuesto a vender cara mi vida. ¡Qué me importaba ir vestido solamente con el pantalón del pijama! Di impulso a mi cuerpo y entré a las carreras en la iglesia. Pensaba que él, por ser mayor, desistiría. Pero ¡qué va! Corriendo por entre las filas de bancos, no me preocupé por nada más. Solo escuché el berrido de las beatas.

—¡Cruz diablo!

—¡Qué inmoralidad!

—¡Dos hombres desnudos en la iglesia!

—¡Es un sacrilegio!

Si era un sacrilegio pasar así por la iglesia, en la calle fue peor. Todo el mundo se detuvo atontado, para observar a aquellos dos hombres semidesnudos que corrían por la calle polvorienta.

Esperé que se aproximara a mí, conteniendo lo más que pude la respiración, para escuchar su aliento trabajoso, entrecortado por el cansancio. No, él no podría alcanzarme. Corrí por una cortada que daba al negocio de don Arturo donde algunos acostumbraban echar un trago, a escondidas, los días de salida. Entré como un ventarrón en el negocio, causando el mayor espanto. De un salto crucé el interior y salí por otra puerta. Arnobio acababa de entrar también en el negocio, en tanto que yo había ganado ya la salida por la puerta del fondo, "corre que corre", porque ya estaba acercándose. Tomé de nuevo por la cortada, al ver que él aún estaba distanciado de mí. La gente se detenía otra vez en la calle, para ver de qué se trataba. No medía las consecuencias de toda aquella locura. Urgía retornar al colegio, y en ese momento la única entrada era la iglesia. Arnobio se estaba acercando. Di un salto y gané el interior del templo, donde ya se había calmado la gritería, que ahora renació.

—¡Qué indecencia, Dios mío!

—¡Los hombres desnudos, de nuevo!

Desvié un ojo para un lado y vi lo que quería. Di un grito:

—¡"Garrafinha de Biusa"!

La vieja estalló en un insulto. Tomó la sombrilla y se plantó en medio de los bancos, interceptando el paso de Arnobio. La sombrilla descendió sobre él, sin que pudiera explicarse la causa.

Que se las arreglara. Yo tenía que esconderme. Volver al recreo era la muerte segura. Corrí a mejor ritmo, respirando con calma. También a mí comenzaba a pesarme el cansancio. Oí un ruido en el corredor. Era él, ¡Dios mío! Sólo había una salvación: buscar la sala de Fayolle. Me dejé guiar por mi instinto, pero como si nada: la sala estaba vacía, vacía...

Regresé al corredor y vi la escalinata de los internos menores. A esa hora el grupo estaba cenando. Tenía que arriesgarme. Subí la escalinata y una vez dentro me apoyé en la pared. El corazón casi se me escapaba por la boca.

—Para, Zezé, si no vas a vomitarme.

—Solo un poquito. En seguida llega la hora de su baño y él desistirá.

¿Y si alguno de los Hermanos, que también dormían en aquel dormitorio, abandonaba las oraciones que hacían en común y venía a buscar algo que hubiera olvidado? Ni pensarlo. Seguramente Arnobio había perdido mi pista. No me vio trepar por la escalinata, pero no pasarían ni cinco minutos sin que retornara al corredor y de allí al recreo. Mi corazón dio un salto. El canalla no me había olvidado, siguió mis pasos y ahora, bien despacito, bien suavemente subía los escalones para encontrarme. ¿Qué hacer? No tenía otra salida que aquélla: necesitaba atontarlo de cualquier forma para huir. Enrollé la toalla que siempre había conservado conmigo, enjugué el sudor de mi rostro y de mi cuerpo, y sentí miedo. Miedo con mayúsculas. En un segundo, él penetraría en el dormitorio. Preparé la toalla para el golpe; apenas era necesario apuntar a la cabeza y asestar el toallazo. Me recosté aún más contra la pared y cuando él asomó la cabeza descargué el golpe, sin piedad. Sonó un grito que hizo temblar el edificio. Una voz gruesa y tonante. Quizás el susto había sido mayor que el golpe. Frente a mí, a la última luz de la tarde se hallaba el Hermano Esteban, con los ojos fulgurantes. No el Hermano Esteban de nariz pringosa, que comenzaba todas las clases de religión con la frase: "En aquel tiempo dijo Jesús a sus discípulos." Y sí el Hermano Esteban enorme, de manos como las del Cristo del Corcovado, que si daba una palmada descoyuntaba la columna vertebral de la gente. El Hermano Esteban apodado Frankestein.

Sin hablar, tomándome por el pescuezo, me suspendió bien alto, como si fuese una hoja. En ese momento descubrí yo que todavía me faltaba mucho para ser Tarzán de los Monos y luchar contra el gorila Kerchak. Me quedé temblando, helado, con un sudor frío, allá en lo alto, sin poder ni siquiera mover las piernas, oprimidas contra su inmenso pecho. El me fue deslizando como si yo fuese una lagartija de esas que hay en los cocoteros de la playa. Sin soltarme, preguntó:

—¿Qué significa eso, so idiota?

Ni voz tenía para contestar.

Liberando una de sus manos, me amenazó con una bofetada. Después me empujó hasta el último escalón de la escalinata e indicó hacia abajo:

—Debía dejarte caer desde aquí arriba.

Sin soltarme, se fue calmando.

—Vamos, ¿qué significa esto?

Con voz de gallo que pierde el canto, medio tartamudeando, le expliqué rápidamente la historia. Que Arnobio me había perseguido, que me había escondido para escapar y confundí la cabeza del Hermano con la de aquél.

—Muy bien, ¿y ahora...?

Quedé medio desanimado.

—Ahora creo que usted, Hermano, tendría que matarme.

—¿Matar? Eso es lo que piensas, muchacho. Matarte sería poco, comparado con lo que te espera.

—Hermano, ¿y si yo le pidiera perdón, realmente arrepentido?

—Eso a ti no te sirve de nada. Vas a pagar por esa fama que tienes de ser maestro en triquiñuelas.

Me miró todavía muy enojado. Sus ojos claros parecían el fondo de una botella rota.

—Imagina, para comenzar, lo que dirá el Hermano Director. ¿Qué hacía un alumno mayor en el dormitorio de los menores? ¡Hum!

Perdí el habla de nuevo. Algo más impresionante me acusaba en la conciencia. Eso no era nada. ¿Qué explicar cuando las beatas hablaran de mis corridas, semidesnudo, en plena iglesia, frente a Nuestro Señor, san José y el patrono san Antonio?

Pedí por dentro: "Nuestra Señora de Lourdes, ¡ayúdame! Prometo que..." ¿Qué hacer, Dios mío? ¡Qué callejón sin salida! No serviría de nada hacer promesas a Nuestra Señora, que posiblemente ya no me creía cuando juraba porque siempre, en la primera oportunidad, provocaba un nuevo lío. En mi desesperación, pensé en invocar a un santo nuevo que no supiera nada de mi pasado. Y el único que se me apareció fue san Geraldo. Y con la mayor humildad del mundo imploré que me ayudara.

—Entonces, ¿no dices nada?

—Todo lo que diga no me va a servir. Porque no tengo ninguna razón y soy culpable de todo.

—Menos mal que aún te queda un poco de honestidad. Vamos.

Juntos descendimos la escalinata. Después fui caminando delante de él. Un gran silencio ampliaba el eco de nuestros pasos. Una vocecita, allá en el infinito:

—Zezé, ¿todavía estás vivo?

—¿Y tú?

—Estoy resucitando.

—Menos mal. Aguanta firme, que el leñazo va a ser duro.

*   *   *

El Hermano Luis nos había llevado a ambos. Atrancó el dormitorio para que no fuese blanco de la curiosidad. Hizo sentar a Arnobio en una cama y a mí en otra. Caminaba preocupado, antes de comenzar. Felizmente fue rápido:

—Al fin, ¿de quién fue la culpa? ¿Tuya, Arnobio?

La voz de éste denotaba tanto miedo que no parecía el oso que era, sino una criaturita de pocos años.

—Yo estaba quieto en mi rincón, esperando mi turno para bañarme.

—¿Es verdad eso, muchacho?

—Sí, Hermano Luis. El no tiene culpa de nada. Yo lo provoqué todo.

Ya que estaba perdido, mejor era continuar siendo honesto. Siquiera porque, al no ser castigado, él no me pegaría después.

—Entonces, ¿asumes toda la culpa, toda la responsabilidad?

—Sí, señor.

—Bien, Arnobio, puedes retirarte. Pero antes de irte: no quiero enemigos en mi dormitorio. Dense las manos.

Así lo hicimos y miré bien adentro de sus ojos, para ver si él aún ajustaría cuentas conmigo. Y lo que vi hasta me emocionó; tenía una expresión tan suave que me apabulló.

—Arnobio, cuando salgas cierra la puerta del dormitorio y tira la llave por debajo. No quiero ser interrumpido por nadie.

Ahora el Hermano Luis caminaba de aquí para allá, observándome. Hasta que se detuvo.

—Zeca, ¿qué pasa en tu cabeza para inventar tantas maldades?

Yo estaba conmovido, y aunque no iba a llorar ni nada, me encontraba bastante cerca de ello.

—No sé, Hermano. Las cosas vienen cuando uno menos las espera, y cuando las quiero ver ya las hice o las estoy haciendo. Y si las estoy haciendo, no sé parar. Solamente cuando ya todo está complicado.

—Así es.

Medio suplicante, miré al Hermano Luis:

—El Hermano Esteban no me va a perdonar, ¿no es cierto?

El usó nuestro acostumbrado mote.

—"Frankestein" está furioso. Quiere ver correr tu sangre. Lo que harán contigo ni vale la pena preguntarlo. Están reunidos en la sala del Director. Ahora cuéntame todo tal como fue, sin omitir detalle.

Se había sentado en una cama, frente a mí. Y yo desembuché. A medida que le iba contando todo, él se puso a reír. Cuando llegó a la parte de las beatas, reía tanto que la cama comenzó a balancearse. Entonces yo también empecé a reír. Porque si el Hermano Luis lo encontraba gracioso, con los otros podía pasar lo mismo. Seguro que mi nuevo protector, san Geraldo, me estaba dando una mano.

Cuando terminé, él todavía balanceaba la cabeza, con los ojos llenos de lágrimas, de tanto reírse.

—Mira, muchacho, lo que hiciste fue tan loco, tan inusitado e increíble que si se tratara de mí creo que te perdonaba. Esto es, rebajaría la pena a la mitad.

—¿Y ahora, Hermano Luis?

Tomó el reloj del bolsillo y dictó el comienzo de mi juicio.

—Vamos allá.

—¿Ni siquiera puedo tomar un baño, Hermano? ¿No pensó que estoy todo sucio?

—¡Ni hablar de ello! Hoy vas a dormir así mismo. Y eso si tienes mucha suerte. Porque me parece que vas a pasar la noche castigado, con los brazos cruzados contra una columna.

Cuando todavía caminábamos por el dormitorio, pregunté:

—¿Cree que me van a expulsar?

—No sé si hay agravantes para tanto. Pero que en esta ocasión llegaste bien cerca, seguro.

Y por segunda vez en mi vida enfrenté aquella funesta sala de mesas colocadas en círculo.

—¡Brazos cruzados!

Listo, los brazos cruzados.

120

—Cuando le pregunte algo, míreme. Cuando acabe de dar la respuesta, vuelva a mirar al pizarrón.

Listo, ya estaba mi vista prendida al pizarrón del colegio, mirando su negrura rayada de tiza. En ciertas partes, mal borrado, dejaba escapar alguna letra.

Tuve que responder a sus preguntas y explicar todas las cosas ya contadas al Hermano Luis. Solo que esta vez los que escuchaban no lo encontraban gracioso.

Resultado final: no sería expulsado ni suspendido, pero...

—Tendrá que estudiar durante todos los recreos.

—Estará con los brazos cruzados durante todos los estudios nocturnos.

—Finalizada la hora de clase, permanecerá dos horas más en la misma posición: de pie y con los brazos cruzados.

—Y para terminar: tendrá que escribir mil renglones.

Tragué en seco. ¿Mil renglones? Mejor sería escribir un libro, una novela, cualquier cosa. Una porquería cualquiera. Pero mil renglones, repitiendo uno tras otro la misma frase, sería ir más allá del Purgatorio. Y aún tenía que dar gracias al cielo por no haber sido expulsado. ¿Con qué cara enfrentaría a mi familia?

Con todo, la masacre aún no había terminado. Ahora tenía que escogerse la desgraciada frase. Y se decidió que ella sería de mi propia elección. Razoné rápidamente. Pero la sentencia exigía que utilizara algo que no me gustase, para dar mayor volumen al castigo.

—Vamos, Vasconcelos, ¿la frase?

Entonces pensé en una cosa que me gustaba mucho desde pequeñito. Diría que la detestaba y por lo menos podría escribir algo que amaba:

—¡La frase!

—Esta: "Oyeron del Ipiranga las márgenes plácidas"...*

Fue un desconcierto general. El Hermano Director levantó las cejas, formando aquel famoso arco negro. Un arco iris de luto y decepción.

—¡Este muchacho está completamente loco! ¿Detesta el propio Himno Nacional?

Para pedir perdón a mi himno predilecto crucé los dedos, presos a mis brazos cruzados.

—Muy bien. Usted eligió, pero aquí no termina todo. Hermano Joaquín, por favor, escriba en el pizarrón.

* Frase del Himno Nacional del Brasil. (*N. de la T.*)

El Hermano Joaquín se dirigió allá y tomó la tiza.

—Escriba, por favor, Hermano.

Creció en dignidad y habló pausadamente.

—Oyeron del Ipiranga las márgenes plácidas que soy un alumno ingrato e irresponsable.

Gemí entonces, y también gimió Adán. El tiro había salido por la culata. De haber escogido otra frase cualquiera, la cosa no habría tenido aquellas consecuencias. ¿Cuándo terminaría con esa frase: "Oyeron del Ipiranga las márgenes plácidas que soy un alumno ingrato e irresponsable"? ¡Oh, Jesús del Divino Cordero! Pensé en las pilas y pilas de hojas de papel y en los dedos endurecidos de escribir mi desdichada sentencia. Finalmente pasaría. ¿Diez días, veinte?

—Coraje, Zezé, es mejor que una expulsión.

—Ya sé, y no voy a ablandarme ahora. Tarzán de los Monos acabará venciendo. Cuando sientas que estoy flaqueando, recuérdame: "Calentar el sol." Pero un gran desánimo me apabullaba. Tenía que encender mucho sol de día y mucha luna de noche.

Finalizada la sesión, el Hermano Luis me condujo en silencio al refectorio. Pareció adivinar mi pensamiento.

—Nada de baño, Zeca. Lo que vas a hacer es comer mucho eso que ustedes llaman F.T.D. (feijão* todos los días), para aguantar el chubasco. Porque esta vez, muchacho, las cosas están negras. Más aún a causa de tus "amadas" beatas, que urdieron la mayor intriga de la ciudad.

Asistió a la angustia que me invadía mientras masticaba la comida. Todo en el mayor silencio.

Bebí un inmenso vaso de agua y pedí permiso para ir al baño.

—Puedes ir, y haz todo lo que tengas que hacer, porque la próxima vez será cerca de la medianoche.

Me dio una palmadita en la espalda, como para infundirme coraje.

—¡Pobre chico! Esta vez no hay santo que te salve. Ni el Hermano Feliciano podrá interceder o hacer uno de sus milagros conocidos.

Estuve dos horas en la misma posición. El salón se hallaba casi apagado por completo. Solo dos luces quedaron encendidas, cerca de mí. El silencio adormeció al colegio, y yo seguía allí, con los ojos que se me querían cerrar. El cuerpo se deslizaba hacia adelante y después volvía a la posición inicial. La noche avanzaba y yo recordaba el mutismo de "Moisés", la campana. Ella bien podría dar una campanada amiga para que todo el mundo despertara. Y entonces toda esa gente sin corazón vería qué lindo era estar sin dormir.

* Poroto pequeño y negro. (*N. de la T.*)

Mis piernas temblaban y las horas parecían no pasar nunca. Mis ojos se volvían turbios cuando, de pronto, vi junto al pizarrón a Maurice, que me miraba con una sonrisa aprensiva.

—¿Ves, Maurice? Ni siquiera puedo abrir los brazos para abrazarte.

—No importa. ¿Qué hicieron contigo, *Monpti?*

—Cosas de gente grande sin corazón. Uno hace una cosita de nada y se lleva un mundo de castigo.

—Coraje, que todo pasará. La primera noche siempre es la peor. Después te acostumbrarás.

—¿Trabajaste mucho?

—Bastante.

—¿Sabes que si llegas a tardar más tiempo hubiera caído de cansancio?

—Soporta las consecuencias. Nunca hay que quejarse de lo que uno mismo se ha buscado. ¡Firme!

Miró su reloj de oro, tan lindo.

—Calienta tu sol. ¿No fue eso lo que me contaste? Pues calienta tu sol, que solamente faltan dos minutos.

El Hermano Feliciano vino a buscarme. Tampoco había dormido, afligido, en espera de la terminación de mi castigo.

—Vamos, Chuch.

Descrucé los brazos, y parecía que ellos estaban como viciados, sin querer volver a la posición normal.

Sonreí al pizarrón y hablé bajito con Maurice.

—Buenas noches.

—Toma, Chuch.

—¿Qué es, Fayolle?

—Un vaso de guaraná bien helado que te traje. Debes de tener sed.

No veía bien el vaso entre sus dedos. Bebí todo, casi de una vez.

—Vamos, Chuch, que ya estás soñando. Estabas soñando de pie.

—¿Sabes, Fayolle?

—¿Qué, hijo mío?

—En la otra reencarnación quiero nacer botón. Uno cualquiera, aunque sea un botón de calzoncillo. Es mejor que ser persona y sufrir tanto...

FIN DE LA SEGUNDA PARTE

Capítulo Primero

LA CASA NUEVA, EL GARAJE Y DOÑA SEVERUBA

—¿Pasó la rabia, Zezé?

—No sé, Adán.

—No me mientas, que yo te descubro la verdad, Zezé.

—Está "casi" pasando. Dentro de poco me olvidaré.

Sentí que Adán suspiraba, aliviado.

—¡Caramba, mira que eres duro de roer! Después de todo, vivir en un caserón de ésos sirve para perdonar el error de cualquier padre.

En verdad, me encontraba fuera de mí de alegría. Acababan de llegar las vacaciones y había salido del colegio hacia mi nueva casa. Casona. ¡Eso sí que era una casa! Ni había visto la mudanza. No me dejaron decir adiós a las gallinas blancas y rojas que quedaron en la antigua residencia. No sé si las vendieron o las regalaron, pero lo cierto es que ellas no fueron consideradas dignas de la nueva casa.

Al frente, un mirador que no acababa nunca y que circundaba también la parte izquierda. Vidrio por todos lados. Delante, la balaustrada de Petrópolis. Allá abajo, un mar tan grande que en él cabían juntos todos los océanos del mundo. Desde arriba podía verse bien su inmenso tamaño.

Y por si no bastara todo aquello, había asimismo un gran patio completamente pavimentado, bueno para correr durante la vida entera. Ahora tenía un dormitorio totalmente nuevo, con una cama más grande y sin cabecera. El ropero brillaba con su olor de madera joven. Solo faltaba una cosa en aquel ambiente: mi viejo sillón, "Orozimba", como yo lo llamaba. Alguien lo había heredado y su lugar lo ocupaba otro,

125

con tapizado de ramajes rojos, muy elegante. Ahora me tocaba experimentarlo, probarlo todo. La "cola" sobre la cama, la "cola" saltando en la silla. Todo agradable y suave.

Le comenté a Adán:

—Fue una suerte no haber tenido que volver a esa casa.

Me refería al episodio de la gata.

—¿Quién sabe si tu padre no pensó lo mismo?

Quedé un poco confundido.

—No lo creo. Yo no soy importante. Soy una porquería, ¿quién se iba a preocupar por mí?

—Nadie sabe. El corazón humano siempre tiene sorpresas.

—No, Adán; pero lo cierto es que vivir aquí es una maravilla.

Y venga a correr para verlo y descubrirlo todo, para acostumbrarme a todo.

Lo que más me enloquecía era el lado derecho de la casa, donde se destacaba una formidable mangueira, llena de ramas tarzánicas e invitativas. Las ramas estaban tan crecidas que invadían el muro de la casa vecina. Con el tiempo habría que descubrir cómo serían los vecinos. Era muy importante. Entre la casa y la mangueira, que tenía el tipo adecuado para llamarse "doña Gustava", existía un enorme galpón. Miraba encantado su techo: allí podían armar por lo menos dos trapecios.

Todo se trasformaba en una fiesta. Y fiesta aún mayor para el perrito Tulu, que con el tiempo se había curado de su invalidez y podía correr como cualquier otro perro que nunca hubiese sido atropellado. Tulu se pegaba a mis talones como si quisiera recuperar el tiempo perdido durante mi época de interno en el colegio. Dormía acostado ante la puerta de mi cuarto, y apenas clareaba el día la arañaba delicadamente.

Si no estaba a mi lado, bastaba con silbar para que viniera balanceando la blanca colita.

—Vamos a ver el garaje, Tulu.

Corrimos hacia allá, él enredándose entre mis piernas.

—Qué bárbaro, ¿no? Sirve como para diez automóviles o más. El que vivió antes en esta casa debió de ser bastante rico.

—¡Qué ventanal!

Lo abrí y salté. Me senté con las piernas hacia fuera, a fin de analizar el resto del patio, limitado por la pared. Tulu ladró con desesperación y se quedó parado, intentando alcanzarme con una de sus patitas. ¡Qué mundo se abría ante mis ojos! ¡Cuántos árboles, cuántos cajueiros! Y por aquel lado aún había más cocoteros. No sabía para dónde ir primero.

Antes necesitaba coordinarlo todo, porque las vacaciones habían comenzado y por lo menos durante tres meses reinaría allí. La arena del fondo era blanca y suave como la de la playa, buena para que uno imaginara por un segundo estar en el Sahara. Pero ¿en el desierto había árboles de cajueiro? Me pareció que no. Entonces mi desierto sería distinto: los tendría.

Descendí hacia el interior del garaje y me quedé examinando unos estantes grandes, llenos de cosas viejas que todavía podían servir. Así como nosotros dejáramos las gallinas, los antiguos propietarios abandonaron todo aquel mundo de cosas. Lo que más me fascinaba era una montaña de neumáticos, y en un rincón una gran máquina para inflarlos. ¿Funcionaría? Soplé el mucho polvo que había amontonado sobre ella, y la coloqué de pie entre mis rodillas. Suspendí su cabeza y ésta se levantó. ¿Era la cabeza o serían los brazos? Debía de ser lo segundo. Estaba toda aceitada. Di un empujón para abajo y ella obedeció, hizo un ruido y sopló la tierra del suelo. Me entusiasmé.

—¡Funciona, Tulu! Ahora vamos a tomar un neumático y a ver si se llena.

Ajusté el neumático y comencé a levantar los brazos de la máquina para llenarlo. El neumático fue engordando, engordando, hasta quedar duro y casi lleno totalmente.

—¡Qué ejercicio!

Me senté en el suelo, para descansar y observar satisfecho la bomba apoyada en la pared.

—De ahora en adelante, todos los días, voy a llenar estos neumáticos viejos. No quiero salir ni los domingos. Me voy a quedar inflando y desinflando todo esto. Voy a hacer tales cosas que ni siquiera Tarzán va a creerlas.

Adán me preguntó:

—¿Ya encontraste nombre para el garaje y la bomba?

—Vamos a pensar un poco. Son muy importantes para darles un nombre cualquiera.

—Al garaje no sé, Zezé, pero si me dejas puedo bautizar a la bomba.

Sentí curiosidad, porque Adán nunca me había pedido antes algo semejante.

—Está bien, te lo permito.

Y Adán dijo, muy avergonzado:

—"Doña Celeste".

—¡Vaya, Adán, qué belleza! Si ella no se llamaba así, desde ahora se llamará de esa manera, y ya nadie le va a quitar el nombre de doña Celeste.

Tulu, acostado a mis pies, escuchaba con naturalidad la conversación con mi sapo. Miré prolongadamente el garaje. Sabía que tenía que elegir un nombre bien lindo para él. No podía ser uno cualquiera. El tenía una inmensidad y una elegancia inconfundibles. La cabeza me hizo "¡tuimm!". Y listo, lo descubrí. Pero antes lo sometería a su consideración.

—El ¿no parece una empleadota gorda y simpática?

—Cierto, Zezé.

—¿Y no tiene aspecto de quien usa un delantal a cuadros rojos y blancos?

—Sí.

—Entonces, se va a llamar "doña Maneca".

—¡Estupendo!

Nos felicitamos mutuamente.

—¿Sabes Adán que me parece que somos los mayores bautizadores del mundo?

—A mí también.

* * *

En las primeras comidas, la cosa estaba medio tensa. Yo todavía no hablaba con mi padre, pero nos mirábamos. Adán, nerviosamente, me secreteaba por dentro: "Todo está marchando bien, Zezé. Está yendo bien."

En eso, él miró la fuente con arroz y me miró. Miré la fuente, a mi vez, y dirigí una mirada a mi padre. Levanté la fuente, se la extendí y él la tomó.

Adán estaba entusiasmado. "Todo está yendo bien, Zezé."

Sabía que al comienzo la cosa costaría un poco. Que aún existían muchas cosas y mucho arroz entre nosotros, pero que acabarían pasando.

Y tanto pasó que el primer domingo él golpeó la puerta de mi cuarto y encendió la luz.

—¿Quieres ir a la misa del alba?

—Sí, quiero.

—Entonces apresúrate, que tenemos quince minutos para llegar a la Catedral.

Volé. Bajé y abrí la puerta de doña Maneca para que saliera el "Market", el automóvil más lindo de Natal.

Era de noche. Las luces aún estaban encendidas.
El me habló.

—No necesitas comulgar si no quieres.

Lo miré de soslayo. El miraba al frente, como si no lo notara.

—No puedo, porque no me confesé.

—Está bien.

Continuó manejando en silencio. Adán me confesó.

—¿Sabes, Zezé, que él empieza a gustarme? Finalmente...

—Ya sé, somos dos tontos.

* * *

En los primeros momentos, la cosa fue medio difícil. Pero tenía que aprender.

Mira bien, Tulu. No tengas miedo.

Arriba del muro, el perrito quería intentarlo, pero estaba todo tembloroso. Traté de calmarlo.

—No tengas miedo que no te caerás. Esto es más propio del gato, pero con un poco de habilidad también tú caminarás.

La roja lengua de Tulu colgaba fuera de la boca de éste, y sus ojos se dirigían temerosamente hacia mí.

—No seas tonto. ¿No ves que debajo solo hay arena blanda? Nadie se golpea si cae. Ven.

Me senté en la pared, a un metro de distancia.

—Ven, perrito querido. ¡Vamos!

Abrí los brazos para ampararlo. El gimió bajito y se quedó parado.

—Ven, con calma. No sirve de nada correr, porque así no aprenderás. Uno, dos; uno, dos.

Obedeció, pero temblaba tanto que yo estaba preparado para sujetar sus patitas, si llegaban a fallarle sobre el muro. El vino, y yo lo recibí con cariño.

—Eso, así es, Tulu. Eres el perrito más valiente del mundo. Vamos a intentarlo otra vez.

Arrastré mi cuerpo sentado, apartándome más de dos metros. Tulu lo observaba todo.

—¡Ahora! Repite lo que ya hiciste. Despacito y con calma.

Solo el primer momento lo asustaba. Pero le bastaba erguir el cuerpo, y el deseo de acercarse a mí lo impulsaba.

—Vamos a colocarnos más lejos uno de otro.

Me alejé más de tres metros.

129

—Uno, dos; uno, dos.

Esta vez fue mucho más fácil. En menos de dos horas, el perrito ya estaba ducho, y ni siquiera era necesario que me quedara sentado llamándolo. Caminaba de pie frente a él, lentamente. Me volvía, y Tulu ya se encontraba oliéndome los talones.

Dadada, que había llegado silenciosamente, observaba mis enseñanzas.

—¡Dónde se ha visto una cosa igual, que un perro camine sobre una pared!

Reí y salté al suelo, tomando a Tulu en mis brazos.

—Ahora descansa un poco, y luego practicaremos nuevamente.

Aliviado, él corría por el fondo y fue a regar un maracuyá que se enroscaba en una planta de cajú.

—En seguidita vas a correr en la pared. Al comienzo me desanimé un poco, porque él temblaba mucho. Como se quebró la columna, pensé que nunca más mantendría el equilibrio.

Dadada me miraba sonriendo.

—Realmente estás loco. Solo en tu cabeza cabe hacer que un perro camine sobre una pared, como un gato.

Me senté sobre un montón de tejas.

—Dadada, ¿quién es el vecino de la izquierda?

—Es un matrimonio solo. Dicen que tienen una hija que estudia en Río y que va a venir en las otras vacaciones.

—¿Y la mujer que vive del otro lado?

—¡Uf! ¡Esa es una inglesa con un carácter...! Se llama doña Sevéruba.

—¿Cómo?

—Es un nombre muy difícil, y como la mucama no sabe pronunciarlo bien la llama Sevéruba.

Lancé una carcajada.

—¡Ese no es nombre de gente, pero es muy divertido!

Dadada me avisó:

—No vayas para el lado de ella, porque ni siquiera deja que su empleada coma aunque sea una fruta de su huerta. ¡Es más egoísta!

Sonreí y pregunté de improviso:

—¿Te gustan las guayabas, Dadada? ¿Las guayabas rojas como la sangre?

—Son las que más me gustan.

—Entonces espera.

Levanté unas tejas y le mostré media docena de guayabas.

—Prueba una, son muy sabrosas.

Le pegó una dentellada, encantada.

—¿Cómo las conseguiste? Aquí en la quinta no hay de éstas.

—En la casa de doña Sevéruba.

—¿Te las dio ella?

Agrandó los ojos al preguntarlo.

—¡Qué va a dar! Mira, todas ellas tienen un agujerito.

Dadada examinó dos, marcadas ambas, efectivamente, con un agujero.

—¿Están hechos por algún bicho?

—No, son agujeros de un clavo.

Como cada vez entendía menos, le expliqué.

—Tomé una vara muy larga, de aquellas que hay en la sala del pozo. Clavé en una de las puntas un clavo bien afilado, subí a la pared y derribé al suelo las guayabas. Después las ensarté en el clavo y las fui subiendo con cuidado. ¡No falla ni una!

Isaura, con la boca llena, comentaba:

—No dije... ¡si tienes una cabecita! ...

—Cuando quieras guayabas, lo único que tienes que hacer es pedírmelas. O busca en este escondite. Pero ya sabes: ¡secreto!

Era una recomendación innecesaria. Dadada se alejó, todavía encantada con las frutas, y llamé a Tulu para continuar las lecciones.

—Aprende en seguida, tonto. Serás como un perro amaestrado de circo.

Circo. Circo. Circo. Los circos me fascinaban. Ya había preparado dos trapecios en el galpón. Allí hacía de todo. Tulu me acompañaba. Después de haberse trasformado en equilibrista en aquella pared, no sé si no pasaba también por su cabecita la idea de ser trapecista.

Subía en una mesa y me arrojaba al aire. Quedaba cabeza abajo. Me colgaba de la punta de los pies. Quedaba prendido por las rodillas, soltaba el cuerpo y caía plantado de puntillas. La primera vez que ejecuté aquello quedé helado. Miraba los ladrillos limpios, abajo y temblaba. Si llegaba a fallar me reventaría la cabeza contra ellos. Pero necesitaba intentarlo. Si todos los trapecistas de circo lo hacían, ¿por qué no había de poder hacerlo yo? Después fue facilísimo. Solamente estaba algo dolorido por el roce de las cuerdas. Hasta que me acostumbré anduve lleno de moretones.

El trapecio era un sueño. Subía encima de la mesa, vestido con una malla bien ajustada, y saludaba al público. Oía al domador que, debajo, hablando con la bocina en la boca, anunciaba mi número:

—Ahora, señoras y señores, Caldeu, el hombre más fuerte del mundo, ejecutará su arriesgadísimo número.

Lanzaba mi cuerpo al espacio y veía aproximarse el techo del circo, a un lado y a otro, según el balanceo del trapecio. Los aplausos estallaban. Descendía de hacer mi número y me encontraba de nuevo a Tulu, sentadito y observándolo todo.

Lamía el sudor de mi rostro y yo lo acariciaba.

—¡Qué pena que no puedas hacer esto, Tulu! Pero si es difícil para mí, ¡cuánto más para un perrito que ya tuvo la columna rota por un automóvil! No importa; cuando estés bien seguro vamos a caminar por toda la quinta y por todas las paredes. Andar por el suelo es cosa para la gente común, pero no para los artistas.

Solamente cuando estaba bien descansado escuchaba las protestas de Adán.

—Estoy todo revuelto.

—¡Qué exageración, Adán!

—Sí, eso porque no estás en tu corazón. Cuando haces una de esas evoluciones, el ambiente se pone caliente y denso. Un día vas a matarme sin darte cuenta.

—¡Caramba, Adán! Siempre dijiste que querías que yo fuera valiente, y ahora el miedoso eres tú.

—Claro que quiero que venzas todos los miedos, pero no necesitas exagerar tanto, ¿no?

Me daba una pena tremenda y abría mi camisa para que me penetrara el aire y Adán mejorara en seguida.

* * *

Si algún día desistía de viajar a la selva, de ganar todos los campeonatos mundiales de natación como Johnny Weissmuller, de volver Caldeu, "el mejor trapecista del mundo", bien que podría abrazar otra profesión: el espionaje. Daba la vida por eso. Ahora mismo, mi víctima constante se había encarnado en doña Sevéruba. Conocía todos sus pasos, todos sus horarios. Desde que recorría el jardín, mojando las flores con la manguera, hasta que venía a contar los frutos que maduraban.

Me montaba en una rama muy hojosa de doña Gustava, y me quedaba quietito, sin hacer ni un movimiento. Con sus ojos muy azules y el rostro rayado como un mapa orográfico, doña Sevéruba fruncía las cejas y observaba cierto mamón que crecía de manera inquietante. Debía de contar con los dedos para cuándo estaría maduro el fruto. Y yo también. Salía satisfecha, siempre seguida por un perrazo de policía, dejando flotar unas batas trasparentes y amarillentas, y a veces apretando en un rodete mezquino, arriba de la cabeza, sus estirados cabellos que tanto podían ser rubios como rojizos. Decían que el perro era muy bravo, y por los ladridos que lanzaba a la noche aquello parecía confirmarse. Pero a mí me gustaba. Si hubiese sido mío lo habría llamado Rin-Tin-Tin, y no León. Muchas veces me había descubierto encaramado en la pared; entonces yo lo llamaba bajito, le daba pedazos de pan o de pastel y nos hacíamos amigos.

Pasaron tres días y yo me mantenía en las ramas de doña Gustava, León iba tras los talones de doña Sevéruba, y ésta seguía con el ojo puesto en el mamón que comenzaba a amarillear en su enorme cáscara verde.

—Hoy lo va a arrancar.

Pero no fue así. Esperé el otro día, con impaciencia.

—No puede pasar de hoy sin que ella lo corte.

Pero no lo hizo.

—Si pasa de mañana, se va a arrepentir.

Doña Sevéruba miró el lindo fruto. Calculó. Analizó y se quedó convencida de que aguantaría un día más. No sabía la pobre que dos ojos salvajes medían todos sus pasos, que Tarzán de los Monos, implacable en la selva, observaba todos sus movimientos.

Después de cenar no quise acompañar a los otros a dar una vuelta por la balaustrada, en el paseo que raramente hacían. Me disculpé diciendo que leería un poco y después me iría a dormir.

Me encerré en el dormitorio y me puse a escuchar todos los movimientos de la casa. Tardaban en volver. Y al regresar utilizaron el baño durante mucho tiempo. Contaba cada vez que se abría la puerta y se cerraba. Después calculaba cómo las luces irían apagándose en cada cuarto. Ahora había que escuchar el ruido de la puerta de Dadada, cerca del garaje. ¡Cómo demoraba! Seguramente estaría conversando con la mucama de doña Sevéruba. ¡Dios, mi excursión a la selva no iba a ser posible hasta las once! Me quedé dando vueltas en la cama, tan excitado que ni temía dormirme. Hoy, no. Urgía actuar porque aquélla era la última noche del mamón en su planta, de cualquier forma que fuese.

Hasta que todo el mundo se durmió.

—¿Me acompañas hoy, Tarzán?

—No. Hoy la tarea es muy difícil y te cedo el lugar.

Agradecí y busqué mi taparrabos en el fondo del cajón. Me saqué el cinturón y con éste sujeté el hermoso taparrabos, blanco y minúsculo, que cubría solo un poquito la parte de delante. La parte trasera se exponía totalmente libre, al aire.

Podía hacer todo aquello sin encender la luz, pues mi vista estaba habituada a la oscuridad.

—¿Y el cuchillo?

Revolví la mesa de luz, y allí estaba él, en el fondo, reluciente. Me lo coloqué en la cintura, asegurándome de que quedaba bien sujeto.

—Ahora, Zezé, a contener la respiración y abrir la ventana sin hacer ruido.

Ya salía a mi expedición cuando recordé una cosa. Volví hasta la puerta de mi cuarto, la entreabrí y acaricié a Tulu que dormía en su alfombrita.

—No hagas ruido por nada de este mundo. Voy a salir.

Volví a acariciar su pelo y, en medio de su sueño, meneó el rabo. El estaba dispuesto a todo durante el día, pero era tan comodón que de noche...

Tomada aquella precaución volví a la ventana. La cerradura, bien aceitada, giró sin hacer ruido.

Me deslicé hacia el patio y volví a apoyarme en la ventana. La noche sin viento, tibia y agradable, no ofrecía peligro. Miré hacia el cielo, tan negro que se trasformaba en un árbol inmenso, en una mangueira donde todas las ramas sostenían brillantes estrellas.

Me deslicé suavemente hacia el galpón. Los trapecios dormían un profundo sueño. Contenía la respiración y recomendaba a Adán que no se sobresaltara, porque no existía peligro alguno.

Erguí mi cuerpo, en busca de una rama de doña Gustava que sobrepasaba el muro. Quedé algún tiempo a la escucha, comprobando la seguridad existente. Quizá León sintiera mi olor y apareciese. Quién sabe. Pero nada... Solo el silencio de la noche que dormía. Descendí por el muro. Me senté y resbalé hacia la quinta vecina. Pasar desde allí hasta el pie del mamón fue cosa de un segundo. Era bastante difícil subir a ese árbol, peor que a un cocotero. Exigía un cuidado extremo, porque cualquier arañazo dejaba correr una leche que quemaba. ¡Listo! Fui retorciendo el mamón con cuidado. Era mayor de lo que yo pensara. Tendría que desprenderlo y sujetarlo. Si llegaba a caer al suelo haría un barullo infernal. Arranqué el fruto y, con esfuerzo, descendí forzando un poco más las piernas y amparándome con una sola mano en el árbol.

Ya en terreno seguro, mi corazón latió fuertemente. No de miedo sino de alegría. Bastaba colocar el mamón en equilibrio sobre el muro, erguir el cuerpo y saltar al terreno de mi casa. Todo hecho. Aseguré el tierno mamón contra el pecho y descendí hacia el lado del garaje. Salté el muro del gran huerto y busqué el lado que ofrecía más sombra. Arrojé el mamón en la arena blanda, bien al fondo, me agarré de una rama del cajueiro y salté.

El viejo gallinero, lleno de cajones inútiles y de cuantas cosas ya no se usaban más, resguardaría mi tesoro. Aquélla era mi mina de Mano-de-Hierro, más distante y menos peligrosa. La mina de Winnetou se componía de tejas viejas. Allí se tornaría arriesgada una exploración. Mejor era caminar por toda aquella selva y por aquel desierto, y tener una mayor garantía.

Me senté sobre una caja grande y, retirando de mi cintura el cuchillo, sonreí. Aquel cuchillo había sido hurtado del pabellón en cuyos estantes desparramó mi padre la biblioteca médica. Era un cuchillo formidable, que estaba orgulloso de haber abandonado la profesión de abridor de libros. Cuando mi padre advirtió su falta lo revolvió todo.

—Debe de haberse perdido en la mudanza.

Desistieron de encontrarlo y ahora me pertenecía. Aún no lo había afilado bastante, pero servía para cortar un mamón.

Terminada la acción, lo escondí dentro de unos cajones, cubriéndolo con viejas hojas de cocotero que tenía allí para cualquier emergencia.

Antes de retirarme conversé con el mamón:

—No tengas miedo. Con el calor del día vas a ponerte maduro y todas las noches vendré a comer un pedazo. Ahora, hasta luego.

Rehíce la caminata, que se tornó más breve, pues la misión había terminado con sorprendente éxito. Volví a la cama de mi cuarto y al abrigo de mi lecho. Tulu arañó la puerta suavecito, para demostrar que estaba sabiendo de mi llegada. Me quedé desnudo algún tiempo para refrescar el cuerpo. Necesitaba ir al baño y lavarme los pies, pero no era posible: no quería dejar ninguna pista, ninguna sospecha.

Al día siguiente, a la hora del espionaje, ya estaba yo agazapado en mi escondite. ¡Mi Jesús del Divino Cordero! Doña Severuba parecía un dibujo de Júpiter lanzando rayos. Estaba furiosa. Rompió en gritos, llamó a las mucamas y señaló la vacía planta de mamón. Sentí deseos de lanzar una carcajada. ¡Bien hecho! ¿Quién le había mandado demorar tanto? Como decía siempre el Hermano Ambrosio: "De la cuchara a la boca se pierde la sopa." El mamón estaba en mis manos. ¡Qué maravillosa iba a ser la noche!

De noche, con mi ropa de Tarzán de los Monos, comencé a devorar el mamón. Dulce como la miel. Quedé tan repleto, que Adán me recriminó. No era solamente por el sabor de la fruta, sino por lo inédito de la aventura. Por el recuerdo de la cara de doña Severuba. Guardé más de la mitad para las noches siguientes. Arrojaría afuera las cáscaras; pero cuando me dispuse a hacerlo, una voz extraña me aconsejó:

—Si fuese tú, las guardaba.

—¿Para qué?

—Guárdalas y verás.

¡Qué gracioso! Iba a guardarlas cuando Adán me aconsejó:

—Tíralas afuera, Zezé. Eso no sirve para nada.

—Pero pueden servir.

Junté las cáscaras y las escondí también en el cajón.

Los días siguientes, doña Séveruba los pasó rondando el árbol para obtener una pista, para descubrir un indicio. Seguramente ella misma se convenció de que el mamón había sido robado por manos criminales.

Las noches siguientes me fui a banquetear con el mamón.

—Ha sido el mamón más sabroso que comí en mi vida.

Las últimas cáscaras se balanceaban vacías en mis manos.

—Y ahora, Vocecita, ¿qué hago con las cáscaras?

Adán interceptó la respuesta.

—Arrójalo todo afuera, Zezé.

Pero no le obedecí. La Vocecita insistía:

—Júntalas todas.

Obedecí.

—¿Y ahora?

—Ahora ¿no quieres morir de alegría?

—Sí, quiero.

—Entonces toma las cáscaras y llévalas allá. Colócalas bien visibles al pie del mamón y mañana verás qué escándalo se arma.

—¡Cierto, no había pensado en eso! Gracias, Vocecita.

¡Qué idea maravillosa! De nada servía que Adán protestara. Nadie en el mundo me haría cambiar de idea.

Con las cáscaras en la mano subí a las ramas de doña Gustava. Esa vez la noche tenía un leve vientecito. Me arrojé de la pared y descendí hasta el huerto de la vecina. Me puse de rodillas, a organizar una pirámide de cáscaras, todas muy bien dispuestas.

Entonces me llevé un susto tan grande que hasta mis cabellos se erizaron. León había sentido mi olor, llevado por el viento, y venía aproximándose con los pelos del pescuezo de punta.

—¡Mi san Francisco de Asís, ayúdame! ¡Nuestra Señora de Lourdes, acude en mi socorro! Prometo rezar tres rosarios si él no ladra. Almas del Purgatorio, rezaré por ustedes todo lo que quieran, pero hagan que el perro me reconozca.

León se hallaba petrificado como si fuese a dar un salto. Estaba perdido. Bien que Adán me avisó: ¿por qué aquella maldad? Ya había robado el mamón, ya lo había comido. ¿Entonces...? Aquella Vocecita era la tentación del diablo.

Mi corazón latía tanto que esa vez no me extrañaba que Adán pudiera sentir náuseas.

Mi cuerpo estaba mojado de transpiración, de un sudor frío y pegajoso.

—¡Nuestra Señora de Lourdes, por favor! ¡Protégeme, san Francisco de Asís!

Intentaba erguir mi cuerpo, y mis piernas no querían obedecer. Las rodillas castañeteaban una contra otra.

Conseguí apoyarme en la pared. Mis ojos se clavaban en el enorme perro de policía cuyos pelos comenzaban a bajarse.

—¡León! ¡Leoncito!... Oye...

Mi voz había salido tan anémica como la de un viejo grillo jubilado.

—¡Soy yo, Leoncito! Yo, ¿no me recuerdas? Mañana te traeré pastel. Ven aquí, Leoncito... Ven... Ven...

El movió la cola, al reconocerme. Se fue acercando y me lamió las manos. Acaricié su pelo suavemente, porque si cambiaba de idea y me agarraba estallaría el escándalo. ¡El hijo del médico, casi desnudo, robando mamones ajenos!

Me tranquilicé. Mis santos me habían ayudado. Juraba no cometer otro robo como ése. El perrazo también debía de haber entendido lo del pastel.

Fingí más valor y acaricié su lomo. A él le gustó y movió la cola. Como quien no quería nada caminé hacia la parte de la pared desde la que había saltado. Y el perro siempre pegado a mis talones.

—Ahora, León, voy a subir. En cualquier momento te doy lo prometido.

Rápidamente trepé el muro. León dio un salto para agarrarme, pero sentí que no me quería atacar sino jugar conmigo.

Me senté en la mesa del galpón con el alma hecha pedazos. Parecía un picadillo de carne. Me costó recomponerme. Adán no decía nada. Debía de haberse llevado un susto mayor que el mío. La muy pícara y malvada doña Séverba seguramente había dejado suelto el perro a propósito.

Lo que he comido de mamón todas estas noches lo pagaré rezando rosarios y novenas. No importa. El sábado me voy a confesar con el Padre Monte y a pedir que reduzca mi penitencia. Pero ¿y si él la aumenta, en vez de reducirla? Lo dudaba. El Padre Monte era tan buenito...

Un poco más tranquilo volví a mi ventana y salté al interior del dormitorio. La cerré y nuevamente quedé todo tembloroso. ¡Había un bulto sobre mi cama! Solamente podía ser mi padre. Cuando se encendió la luz del velador vi que Maurice estaba acostado en mi lecho.

El comenzó a reír de mi ropaje. Y yo temblaba de pies a cabeza, a pesar de mi cuchillo en la cintura.

—¿Qué vestimenta es ésa, *Monpti?*

Las lágrimas descendieron de mis ojos, a borbotones. Sudado y sucio me arrojé en sus brazos. Solo poco a poco me fui calmando.

Eran muchas cosas para un único Tarzán. ¡Dos sustos de semejante tamaño!

—Cuéntame todo.

Pero cambió de idea.

—Primero ve al baño a lavarte, y luego a beber un poco de agua con azúcar. Después regresa y cuéntame todo.

Obedecí sin hacer ruido, con miedo de despertar a los otros.

Después, de un tirón, le conté lo ocurrido.

Maurice se reía, balanceando todo el cuerpo.

—Cuidado, Maurice, puedes despertar a alguien.

—No hay peligro. Pero ¡qué aventura! ¿eh, *Monpti?*

Casi no podía dejar de reír, aunque yo no le veía la gracia. Cuando por fin se calmó, me miró bien, analizando mi reacción.

—¿Y mañana vas a mirar el resultado de lo de las cáscaras?

—¡Dios me libre!

Maurice pasó su mano por sobre mi cabeza:

—¡Mi loquito absoluto!

* * *

Mi madre comentó a la hora del almuerzo:

—Esa vecina está loca.

—¿Cuál, la de la izquierda o la de la derecha?

—La de la derecha; la otra parece un cucú: cada hora saca la cabeza por la ventana. Estoy hablando de esa gringa vieja. Ya hasta estábamos mirándonos con cierta simpatía, y cuando hoy fui a saludarla ¿sabes lo que hizo?

Nos miró a todos, antes de proseguir:

—Me sacó la lengua, como si estuviera enojada, y me volvió la espalda.

138

Capítulo Segundo

EL BOSQUE DE MANUEL MACHADO

Silbé y Tulu corrió presuroso, adivinando algo.

—Vamos a dar un paseo. A esta hora, si caminamos hasta el final de la balaustrada, por los alrededores del Hospital Juvino Barreto, es una maravilla.

Bastaba hablar para que él ya se adelantara, corriendo, a esperarme en el portón.

Atravesamos las vías del tranvía y fuimos caminando sin prisa alguna, porque la tarde descendía agradablemente, trayendo la brisa del mar. El viento golpeaba mi rostro y deshilaba mi rubia cabellera.

Se podía ver en la playa el arribo de las jangadas. Las velas eran enrolladas y arrojadas luego en la blanca arena. La gente se acercaba a comprar pescado fresco.

En los arrecifes negros, los pescadores aprovechaban la baja de la marea y empuñaban sus cañas. Allá a lo lejos se divisaba el fuerte de los Reyes Magos, con los calabozos donde habían estado aprisionados los héroes nacionales. Los pobres quedaban casi enterrados y, cuando la marea crecía, el agua les llegaba hasta el cuello. Así decían, y debía de ser cierto, porque la historia nunca miente.

Me senté en la balaustrada y Tulu se paró sobre las patitas. Eso me hizo sonreír.

—Estás hecho un vicioso. No puedes ver una pared que ya quieres trepar a ella. ¿No te dije que te convertirías en el mayor escalador de muros del mundo?

Me incliné y lo suspendí sobre la pared.

Por detrás del hospital estaba lo más bonito. Al final de unas dunas abandonadas aparecía el barrio de las Rocas. Allí se encontraba el Canto do Mangue, donde también a esa hora retornarían de la pesca. Los grandes barcos con sus velas aún mayores, arriadas sin prisa para que también ellas durmieran la noche.

Mis ojos se dirigieron al frente. Allí comenzaba el descenso de la línea del tranvía amarillo de Petrópolis. Pero lo que ahora me atraía no era el tranvía, sino el gran bosque verde, aquel bosque denso de Manuel Machado, tan al gusto de Tarzán de los Monos.

La Vocecita me recomendó:

—¡Bien podrías dar una vueltita por allá!

—Se está haciendo tarde.

—Todavía demorará en atardecer. ¿Acaso no vives imaginando que eres Tarzán?

Adán, preocupado, distrajo mi atención.

—¿Viste, Zezé, como te estás volviendo importante?

—¿En qué sentido?

—Todo el mundo se preocupa por ti.

Adán se refería a la visita que hiciera al Hermano Feliciano, recién llegado de Recife y de sus vacaciones en la playa. Aparecía más colorado que nunca y su cutis se estaba pelando.

Después del abrazo ya lo volví a ver con las arrugas de preocupación de la frente todas contraídas.

—¡Chuch! ¡Chuch!...

Ya venía su dedo, apuntando hacia mí para exigir algo.

—Ya sabes de lo que quiero hablar contigo.

—Lo adivino.

Fayolle estaba enterado de mi último entusiasmo: el circo. Ya no me gustaba ir al cine. Mi sueño se prendía de todas las carpas circulares y de los mástiles de los circos. ¡Lástima que las funciones durasen solamente dos horas! Dino, el malabarista de la motocicleta, revolviendo los nervios de la gente... Los tres hermanos trapecistas, que en seguida uno dudaba que fueran parientes. Su cuerpo revestido de mallas brillantes. La danza en el aire. El hombre que dominaba la ferocidad del león cansado, acostumbrado a fingir enojo. La muchachita que, yendo y viniendo sobre el alambre, atravesaba el circo con una sombrilla, mientras ejecutaba los pasos nerviosos de una rítmica danza. Y yo, soñando dormir en aquellos carromatos y viajar lentamente por los caminos del mundo. El circo Stevanovitch. El circo Olimecha. Y tantos otros... Y yo en aquella fiesta rodante. También podría probar que estaba capacitado para ser trapecista. Mostraría mis pequeñas habilidades. Y si en un ambiente reducido como mi galpón hago tantas cosas, ¿qué sería entonces en un lugar enorme, lleno de espacio para crecer, estudiar y mejorar?

Fayolle me traía a la realidad:

—Eso prueba que significas algo para él. De lo contrario no me vendría a visitar para pedirme que te hablara.

—Está bien. Pero uno no puede ser en la vida lo que le gusta.

—¿Por qué dices eso, Chuch?

—Porque una vez le conté mi entusiasmo por la astronomía y lo que el Padre Monte me había enseñado. Mostré deseos de aprender eso, ¿y sabes lo que escuché? "Desiste, la astronomía es una carrera para gente rica, y tú necesitas graduarte en algo más práctico, para comenzar en seguida a ayudar a tu familia." Y ahora lo del circo...

—Pero realmente ¿te gustaría ser trapecista?

—¡Ni qué decirlo! Mira mis manos...

Exhibí mis manos marcadas por el ejercicio del trapecio.

—Sí, están bastante golpeadas, arruinadas...

Dio un golpecito en ellas y sonrió.

—Ese entusiasmo pasará pronto, Chuch. No hay futuro alguno en seguir a esa gente. Conversa con ellos y verás que desearían abandonar su peligrosa profesión, a cambio de poder tener una casa y una vida más tranquila. ¿Qué diría Maurice de esto?

—Nada. Ya se lo conté. Dijo que estaba volviéndome loco, que no hablaría más conmigo si pensaba en tal despropósito.

—¿Y Adán?

—Peor aún. Si se pone a vomitar cada vez que me balanceo en la mangueira, imagina lo que le pasaría si yo diera saltos mortales, volando hasta las proximidades del techo, pasando y repasando con el trapecio, para saltar de éste, finalmente, e intercambiarlo en el aire con el de otro trapecista. El también, el muy tonto, me amenazó con irse definitivamente.

—Entonces, Chuch, todos tus mejores amigos, y ahora yo mismo, estamos disconformes con tu idea... Porque notaste mi desaprobación ¿no?

—¿Cómo iba a saberlo si es la primera vez que hablamos de esto? Viajaste a Recife y no tuve oportunidad de contarte mi descubrimiento.

—¿Vas a desistir?

—¿Qué otro remedio me queda? ¿Cómo podría viajar con ellos?

—Me gusta oír tu decisión. Incluso porque no creo que te fuera a gustar dejar la natación...

—¿Qué tiene que ver una cosa con la otra?

—Sí que tiene. En el circo no te quedaría tiempo para nada.

Durante el día ellos ensayan doce horas sin parar. Solo suspenden el ensayo de la tarde cuando dan el espectáculo en la *matinée*. De noche tienen función. Muchas veces, en las ciudades grandes, dan dos funciones por noche. Viven en esos carromatos inmundos y cuando se bañan solamente pueden usar una regadera.

Miré espantado a Fayolle.

—¿Cómo sabes todas esas cosas?

—Conversé en mi vida con mucha gente de circo.

—Si de veras no voy a poder nadar, renuncio.

Fayolle respiró, aliviado.

—¡Qué bueno que lo hayas decidido por propia voluntad! Hubiera sido imposible huir con un circo. Aparte de no tener edad...

—¿Qué más?

—Tu padre tomó las debidas precauciones. Y tú harías lo mismo si estuvieras en su lugar...

—¿Qué precauciones?

—¿Conoces al doctor Francisco Veras, que es jefe de policía?

—Sí.

—El y tu padre son muy amigos. De ahí que...

El viento jugueteó de nuevo con mi pelo, y yo volvía a ver la balaustrada y a escuchar el ruido del tranvía que llegaba y aturdió mis oídos.

La Vocecita me secreteó:

—Todavía estás a tiempo.

—Después se pone oscuro.

—Oscuro por oscuro, ¿acaso no andas de noche en tus aventuras?

—Es otra cosa.

—Porque no viste lo maravilloso que es aquel bosque. Digno de una selva amazónica, de una floresta virgen del Africa. Y no necesitas disculparte de que es tarde. Con calma todavía tendremos una buena media hora hasta que se enciendan las luces.

—¿Vamos, Tulu?

Ni quise oír los sabios consejos de Adán. Intenté calmarlo garantizándole que a esa hora, después de haberme bañado, no iba a ir a ensuciarme subiendo a cualquier árbol.

El bosque de Manuel Machado me atraía como un imán. Crucé el arenal, pasando cerca de varios ranchos. Aquella gente lavaba ropa y dejaba las piezas al sereno durante toda la noche. Ya las había visto balanceándose al viento, semejantes a una bandada de fantasmas jugando a la procesión. Me dieron ganas de cortar la cuerda, como ya hiciera de pequeñito ganándome una tremenda paliza de mis hermanas. Ahora no. Solo sentí la tentación de hacerlo. Aquello era el ganapan de esa gente pobrísima, y no tenía deseo alguno de cometer tamaña maldad.

El olor de la noche ya se esparcía desde el corazón de los árboles. Tulu, nervioso, se había puesto rígido cuando incliné el cuerpo, y pasé por debajo del alambre.

—Ven, tonto, no hay ningún peligro.

El obedeció, al ver que yo penetraba. Fui buscando las sendas. Las hojas estallaban bajo mis pies. Allí dentro ya casi había oscurecido. Primero fui trasponiendo una serie seguida de árboles de *paus-ferros*, muy delgados. Después vinieron unos árboles de los que ni conocía el nombre, con grandes ramas y una copa muy tupida. Imaginé lo delicioso que sería subir a todas esas ramas, quedar mirando el agradable mundo de aquellas copas.

La Vocecita entraba en mi encantamiento.

—¡Eso, muchacho, sí que es lo que se llama una gran aventura!

Seguía las picadas sobre el terreno. Picadas anchas. Mucha gente tenía permiso para juntar leña y ramas secas durante el día.

La Vocecita me excitaba más.

—De noche vagan por aquí las almas solitarias, los duendes, los *sacis* [1] y las *caaporas* [2]. También hay *mapinguaris* [3] y *urutáus* [4].

—Estás exagerando. Estudié todo eso y sé que solo se encuentran en el Amazonas o en otras selvas del Brasil.

Ella quedó medio confundida y disimuló.

—Bueno, no puedo decir que existan en gran cantidad, pero alguno que otro aparece. Cuando vienen traen a su alrededor faros de luciérnagas, para alumbrar la oscuridad.

Me hallaba totalmente encantado con la belleza de la descripción.

—¿Eres escritora?

—No. Pero me gusta ver la vida desde ese ángulo.

—Entonces ¿puedo poner en mis composiciones literarias todo eso que dijiste? Al Hermano Ambrosio le gusta que uno descubra cosas muy lindas.

—Claro que puedes. Y aún no viste nada. Cuando te decidas a

---

[1] Negrito de una sola pierna que persigue a los viajantes y les tiende celadas en la noche. (*N. de la T.*)

[2] Hombre de la selva, ente fantástico, como el anterior. (*N. de la T.*)

[3] Gigante legendario del folklore del Amazonas, que usa una armadura hecha con trozos del caparazón de la tortuga. (*N. de la T.*)

[4] Ave nocturna de rapiña. (*N. de la T.*)

conocer el bosque en la oscuridad, que es el momento en que las estrellas se adhieren a la red de la noche, o en que la luna hace *cafuné** en el cabello de los árboles, entonces sí que descubrirás muchas cosas lindas para poner en tus composiciones.

—Gracias. Voy a pensar en el asunto. Ahora tengo que irme. Ya deben estar poniendo la mesa en casa.

Salí corriendo al lado de Tulu, hacia fuera del bosque. Pero mi corazón estallaba de alegría y belleza.

* * *

Condenado miedo... Fue necesario que Tarzán me empujara adelante, las primeras veces. Lo habíamos jurado. Habíamos hecho un pacto de sangre de que nunca jamás conocería nadie lo de nuestra excursión. O expediciones, porque fueron varias.

Anteriormente ya me había arriesgado a visitar hasta las proximidades de la casa de las lavanderas y otros rincones. Pero penetrar en el bosque por la noche fue una hazaña extraordinaria. Cada noche concertaba una cita con Tarzán allí donde empezaba el bosque; eso al comienzo, porque tan pronto como él supiera que yo estaba ducho en mis caminatas dejaría de acompañarme. Su mundo africano de gorilas, leones y panteras necesitaba mucho de su auxilio.

Bastaba concluir la cena y esperar a que cada uno de los miembros de la familia cumpliera con su ritual: hora del Brasil**, paseo por la balaustrada, un poco de conversación, y cama. Después las luces se apagaban. La pausa de la espera del silencio total. Ponerme el taparrabo, sujetar el cuchillo en la cintura; ¡y a la aventura de la noche! Ni siquiera me preocupaba en pensar que, a lo mejor, alguna vez mi padre necesitaba hablar conmigo y al ir a buscarme encontraría mi cama vacía. No quería ni pensarlo porque, por más que inventara, no habría mentira suficiente que pudiera explicar aquella ausencia.

* * *

—¿Es hoy, Zezé?

La voz de Adán parecía dar saltitos de angustia.

—Hoy mismo. Ya está decidido.

---

* Acto cariñoso de rascar levemente la cabeza con las uñas, para adormecer a una persona. (*N. de la T.*)

** Programa trasmitido por la radio. (*N. de la T.*)

—¿Te parece que se podrá...?

—Estoy preparadísimo. ¿Crees que Tarzán me dejaría hacer esto solo, si yo no estuviera bien "afilado"?

Adán tiró de mi corazón.

—Quédate tranquilo que no sucederá nada.

—Ya dijiste eso muchas veces en el caso del mamón de doña Severuba.

— En el bosque es diferente. No habrá nadie. La gente tiene miedo de entrar allá; nadie se atreve a juntar leña o troncos durante la noche.

—Si estuviera en tu lugar desistiría de la idea.

—Pero como no lo estás, sigo adelante con ella. Iré allá hasta que me acostumbre a andar por el bosque como si fuese de día.

Adán soltó un gemido kilométrico y rezongó:

—Menos mal que ya está llegando mi hora.

—Hora ¿de qué?

—De irme, de ir a ocuparme de mi propia vida. Porque miedo es lo que ya no tienes.

Reí.

—¡Esto sí que es bueno! Viniste para enseñarme a perder el miedo y ahora estás temblando como una vara verde.

Luego me dio pena, porque poca gente tendría amigo mejor que ése.

—Quédate tranquilo que todo saldrá bien.

Pasé el día sin ninguna preocupación, ni siquiera un vago síntoma de inquietud. Fui a tomar un baño de mar y por la tarde estuve haciendo gimnasia con doña Celeste, endureciendo y aumentando los músculos para que Maurice no se burlara de mí. Más tarde, con Tulu al lado, hice un reconocimiento de todos los muros que necesitaría usar esa noche. Todo estaba perfecto. Pasaría por la pared de varias quintas, comenzando por la de la vecina que no hablaba con nadie. En la tercera quinta bajaría y caminaría por el patio, porque allí había un perro de muy mal carácter. Siempre buscaría las sombras, evitando la proximidad de cualquier rancho situado en esa parte. Todo como lo había hecho con Tarzán, escondiéndome cuando escuchara cualquier ruido sospechoso. Me ocultaría en una madriguera de *capim**, para ver si venía alguien. Correría como si fuese una flecha hasta la mata cerrada de plantas de carrapateiras. Desde allí, con los sentidos alerta, examinaría todos los lados de la calle. No habría peligro de tropezarme con algún tranvía, ya que el último pasaba a las diez horas. Cruzaría la calle rápido

---

* Nombre común a varias especies de gramíneas. (*N. de la T.*)

como un pensamiento, hasta encontrar la sombra de otras carrapateiras. Sí, alcanzar el bosque era pan comido.

* * *

—¿Viste cómo todo salió bien, Adán?
—Por ahora sí.
—Así va a ser. Ahora podemos bajar para cruzar el alambre. La mata va a ser completamente nuestra, ya conocemos todos los caminos.
—¿Pensaste, Zezé?
—¿Qué cosa?
—En dos cosas. Primero, que estás lejos de tu casa, a casi dos kilómetros.
—¿Y qué?
—¿En lo que pasaría si te encontraran con esa ropa? ¿Qué dirían de ti, con la "cola" al aire y un cuchillo en la cintura?
—¿Y por qué me van a encontrar? No hay ni un alma viva. Nadie va a pasar por este bosque.
—Hablaste de alma, ¿no es cierto?
—Sí. Las almas no existen, y si existen no es para asustar a nadie, tonto. Si la gente viva no hace daño, menos podrá hacerlo un alma. Vamos a aprovechar la noche. ¿Sientes el olor de la floresta? Viene de todas partes. ¡Qué delicia! Del suelo, de las cáscaras, de las hojas. Dentro de poco vamos a trepar por ese árbol grandote.
—Zezé, ¿me prometes que no vas a esperar allí la medianoche?
—Te lo prometo. Estaré sentado allí arriba solamente quince minutos. Si tengo suerte vamos a ver todos los bichos de la noche. Los sacis, los mapinguaris... los cometas de luciérnagas. Vamos.
Busqué el árbol que más me gustaba y fui trepando sin hacer el menor ruido. Si subir a un árbol de día ya era una maravilla, de noche aún lo era más. Uno habituaba la vista a la oscuridad y dejaba el oído alerta ante cualquier ruido. Un sapo cantaba a lo lejos.
—¿Conoces a esos sapos, Adán?
—No. Mi raza es especial, no es de la que canta.
Adán hablaba tan bajito que casi no se podía distinguir lo que decía. Los grillos se escuchaban por todas partes. ¡Debía de haber un batallón de ellos! Las ratas, enormes, corrían bajo las hojas secas y amontonadas. Allá en las alturas, apoyé el cuerpo contra el tronco y estiré las piernas sobre una rama fuerte. Con la mano derecha me

sujetaba de una horquilla, y aunque no fuese a aparecer nada, la sensación no podía ser más agradable. Tanto como nadar en el mar caliente. La libertad debía de ser eso o algo muy parecido.

Adán lloriqueó.

—Zezé...

—¿Qué pasa?

—¿No es casi medianoche?

—Según mis cálculos falta bastante.

—¿No pensaste en una cosa?

—¿En qué?

—En el día que es hoy.

—Qué sé yo... cinco o seis.

—Digo el día de la semana.

—Viernes.

Sonreí.

—Ya sé que estás pensando que el viernes es el día de las almas del otro mundo, ¿no?

—Así es.

—Pero Adán, eso es una tontería. Tanto podía ser viernes como miércoles, jueves o lunes. La gente inventó eso del viernes como día de las almas en pena, pero todo es una tontería. No tengas miedo, que no existen almas del otro mundo.

—¡No existen porque tú no lo quieres!

Me sujeté a la horquilla con las dos manos.

—¿Oíste eso, Adán?

—Sí, y estoy todo tembloroso.

—¿No reconoces mi voz?

Suspiré con alivio. Casi me había asustado. Era la Vocecita.

—¿Qué estás haciendo aquí?

—Vine a traerte inspiraciones, ¿no las quieres?

—Depende de lo que sea.

La Vocecita me habló bien al oído, tocando mi amor propio.

—¿Por qué no te vuelves un alma del otro mundo?

—¿Yo?

Adán, allá dentro de mi corazón, dio un salto.

—¡Tápate los oídos, Zezé, no escuches!

Sin embargo, yo estaba interesadísimo.

—¿Cómo puedo trasformarme en alma del otro mundo?

—Caramba, Zezé..., tú que siempre eres tan sagaz...

—Sí, pero en el cine vi que quien se vuelve lobizón después

encuentra difícil cambiar de estado. Es necesario que termine la luna llena.

—Pero no tienes necesidad de trasformarte en ninguna cosa. Basta con imitar.

Comencé a comprender y a sentirme atraído por la proposición.

—¿Acaso hoy no es viernes? Y la gente ¿no tiene un miedo loco a este día?

—Sí, creo que todo el mundo lo teme.

—Bueno, entonces tú pegas un alarido, das unos quejidos capaces de desgarrar el corazón, y todo el mundo estará seguro de que aquí hay un alma del otro mundo.

—¡Eso es una maravilla!

—¿Qué esperas, pues?

—Es que nunca imité...

—Prueba.

A esa altura, Adán ya se había resignado. Ni me aconsejaba más. Quedé de pie sobre una rama, me apoyé bien sobre la mano derecha y llevé la izquierda hasta la boca. Lancé un ¡ay! entrecortado, que repercutió en la mata y se fue a perder allá lejos.

—¿Estuvo bien?

—Para ser el primero, regular. Pero necesitas poner mayor emoción. Más dolor. Como si te estuvieran serruchando por la mitad.

—¿Como si estuviera siendo destrozado por un tiburón?

—Más o menos.

—Entonces ya sé.

Di el gemido más doloroso del mundo, un gemido mezclado de sollozos. Con pequeñas pausas, para luego recomenzar.

—Ese estuvo bien. Debes hacerlo otras dos veces. Las almas del otro mundo no se pasan gimiendo la noche entera.

Obedecí. Me cansé un poco y me senté de nuevo en la rama.

—Ahora, escucha.

Agucé bien mis oídos. Un perro había despertado a todo el mundo.

—¿Viste como hizo efecto?

Siguieron ladrando durante diez minutos, y luego fueron calmándose poco a poco.

—Ahora, una sola vez más. Y basta por hoy.

Corté la soledad de la noche con el gemido más torturado del mundo. El perrerío ladró de nuevo, esta vez más excitado.

—Cuando ellos se callen debes irte. Ya lo escuchó mucha gente.

—¿Cuánto debo repetir todo esto?

—Cada tres días, y después solamente los viernes. Parecerá más real.

La Vocecita bostezó.

—Tengo sueño, voy a dormir. Buenas noches.

Miré alrededor; la noche volvía a la calma de antes. Allá arriba, millares de estrellas exploraban la noche.

—Vamos a volver, Adán. ¿Viste qué formidable resulta? Es el juego más maravilloso que hice jamás. Voy a dormir como un ángel.

* * *

No tuve que esperar ni quince días, cuando todo empezó.

—Hay un alma en pena gimiendo en el bosque de Manuel Machado.

—Ya la escuché. Se me pusieron los pelos de punta y recé tres avemarías a las almas de los ahorcados. ¡Cruz diablo!

Cada comentario aumentaba más mi orgullo y mi deseo de retornar al bosque a cumplir mi misión.

El rumor fue tan grande que llegó hasta nuestra mesa del desayuno.

—Isaura me lo contó. Las lavanderas están muertas de miedo. Hay un alma gimiendo en el bosque de Manuel Machado, con un gemido tan triste que parte el corazón...

—Eso es invento de la gente. Los pobres tienen la manía de imaginar cosas.

Isaura, que servía el café en silencio, rompió su mutismo.

—Es verdad, doctor. Laurinda, que vive cerca, dice que hay noches en que casi muere de agonía. El alma en pena solo se tranquiliza cuando pasa la medianoche y alguien enciende una vela.

Mi padre dejó de leer el periódico "La República" y se interesó más por la conversación.

—Entonces hay que mandar rezar una misa por las almas del Purgatorio.

Se colocó los anteojos de nuevo y volvió a su periódico.

Aquella conversación me encantaba. ¡Era tan buen artista haciendo de alma del otro mundo, que ya toda la gente comenzaba a hablar! Pero me desconcertaba un poco el sentir algo de miedo por todo aquello...

Una tarde, Fayolle me vino a buscar durante el recreo. Me dio una golosina cualquiera y me abordó directamente.

—Chuch, ¿oíste hablar de un alma en pena en el bosque de Manuel Machado?

Tragué saliva antes de responder, con la mayor tranquilidad del mundo.

—La sirvienta de casa habló de eso.

—¿Y tú lo crees? ¿Que un alma venga del Purgatorio para asustar a la pobre gente?

—Creo que sí. Y hasta voy a rezar por ellas.

—Pues yo no lo creo.

Desvié la conversación:

—¿Acaso el Catecismo no enseña que uno tiene cuerpo y alma?

—Eso es otra cosa.

Se quedó mirando mis ojos, bien adentro, mientras yo hacía una fuerza enorme para no traicionarme.

—Tengo la impresión de que sabes algo más del asunto. No sé. Esos fantasmas aparecieron de un tiempo a esta parte, en seguida que ustedes se mudaron por esos lugares.

—¿Estás pensando que ando metido en eso, Fayolle?

—¡Quién sabe! ... Es una cosa muy de tu tipo... ¡Quién sabe si no andas colaborando con algún grupo de chicos traviesos!...

Con la mayor calma, y fingiendo también la mayor inocencia, respondí:

—¡Y nada menos que yo, que tengo un miedo atroz a las almas en pena! No quiero ni pensar en una cosa de ésas.

Se convenciera o no, lo cierto es que me dejó y yo volví medio confundido al recreo. ¡Caramba con este Fayolle! Daba justo en el blanco. No me gustaba mentirle, pero tampoco podía romper el pacto de sangre hecho con Tarzán.

Lo que yo no esperaba era el volumen que aquello iba adquiriendo. La noticia había invadido el barrio de las Rocas y hasta era comentada en la feria de Alecrim. Comencé a asustarme.

Los comentarios volvían a la mesa del desayuno.

—Están pensando en traer el viernes a Monseñor Ladim para bendecir ese bosque.

—Piensan hacer una procesión de velas el viernes, en plena noche.

—Dicen que es el alma de un ahorcado, un viejo ciego que se ahorcó de una rama.

Me iba sin decir nada. Si me descubrían en casa serían capaces de ponerme en el hospicio del que mi padre era director.

Adán me recriminaba:

—¿Has visto lo que inventaste?

150

—En todo caso, fue bueno para las almas. Hay mucha gente que reza ahora por ellas.

—¿Vas a terminar con esto?

—Iré hoy, haré una pausa y, cuando estén bien olvidados, empezaré de nuevo.

—Pero ¿para qué, Zezé?

—No sé, pero de todo lo que hice hasta hoy es lo que más me gustó. Uno hasta parece que es el dueño del mundo.

* * *

—Ya voy.

—Por amor de Dios, Zezé, desiste de esto.

—Hoy solamente, Adán. Después lo dejo por un tiempo.

—Debes tener mucho cuidado. Puede haber hasta gente armada con un fusil.

—¡Qué va! La gente de por ahí solo usa el cuchillo de cortar pescado.

Lo hicimos todo y, como siempre que se hace algo por última vez, salió más perfecto que nunca. Gemí y sollocé hasta partir el corazón. Pausadamente, como me aconsejara la Vocecita, que estaba allí, más caprichosa que nunca.

La noche oscura ocultaba mi figura que, de retorno, corría por las paredes. Faltaba poco para alcanzar la huerta de mi casa. Di un salto y caí cerca de la mina "Mano de Hierro".

Lo que vi hizo que mi corazón diera un tremendo salto y que un sudor frío mojara todo mi cuerpo en pocos segundos. El susto fue tan grande que me hice "pipí" en el taparrabo.

Un bulto en cuclillas, embozado en una frazada, se alzó frente a mí. Me apoyé en el muro para no caer.

—Grandísimo diablo, ¿qué estás haciendo?

Era Dadada. Calmé mi pecho, casi no podía hablar.

—¡Caramba, Dadada, pensé que eras un alma del otro mundo!

Ella estaba furiosa.

—Entonces eras tú, bestiecita... ¡ya me parecía! Eras tú el alma del otro mundo que gemía en el bosque de Manuel Machado.

Comencé a temblar; por poco lloraba.

—Por favor, Dadada, no se lo digas a nadie.

—Lo que debería hacer es llevarte de la oreja y despertar a toda la casa. ¡Qué escándalo!

—No hagas eso, Dadada. Te prometo que no lo haré más. Si lo cuentas iré a parar al hospicio, o preso a la cárcel.

—Y sería el menor castigo que merecerías.

—Si me guardas el secreto, te juro que nunca más lo haré.

—No debiera callarme. Pero mira bien que si esto vuelve a suceder, si alguna vez alguien oye hablar del alma en pena del bosque de Manuel Machado, voy corriendo y lo cuento todo.

—Nunca más iré por allí.

—¿Lo juras?

—Por lo que tú quieras.

Ella pensó un poco y vio que no serviría de nada que jurara por mi padre o por alguien de la casa.

—Jura por el Hermano Feliciano que no volverás a hacer eso.

—LO JURO POR EL HERMANO FELICIANO.

Entonces se calmó. Y de pronto, ella sintió frío en el alma:

—¿Te imaginas si alguien te pega un tiro? ¿O los hombres de por allá se reúnen en un grupo y te cosen a cuchilladas?

Pero luego comenzó a reír. Reía como loca al descubrir que yo estaba vestido con el trasero al aire. Reía tanto que sacudía la pared.

—Basta, Dadada. Alguien puede oírte.

Ella, todavía riéndose, señaló con el dedo:

—Ve a dormir, loquito. ¡Loco y medio! Pero no te olvides de una cosa: si vuelves a hacerlo, ya lo sabes.

Salí corriendo para mi cuarto. Aún tenía el cuerpo bañado en traspiración. Necesitaba acostarme y rezar bastante. Reanudar un nuevo rosario por las pobres almas del Purgatorio. Y si por ventura aquella Vocecita se me volvía a aparecer, le rompería la cara.

Y desde aquella noche en adelante nunca más se oyó hablar del alma en pena del bosque de Manuel Machado.

Capítulo Tercero

MI CORAZON SE LLAMABA ADAN

Aquella noche, algo muy extraño y pesadamente triste se constreñía en mí. Después de la comida me puse al lado de la radio a escuchar la hora del Brasil, que era una manía en mi casa. A pesar del execrado aviso a los navegantes, no hay información para ellos, y no deja de ser un programa muy apreciado. Sobre todo, las noticias procedentes de Río de Janeiro.

Rodé por la terraza. Miré las estrellas del cielo, muy negro. No tenía deseos de dar una vuelta por la balaustrada; ni siquiera de mirar algún barco todo iluminado, en espera de la marea alta para entrar en el río Potengi. Bostecé largamente y me desperecé de pies a cabeza. Todo indicaba que en una situación así el mejor refugio sería la cama.

En cinco minutos me limpié los dientes y me puse el pijama. Hacía algo de calor. Empujé la ventana y la dejé medio abierta, para sentir un vientecito que llegaba de lejos, del otro lado del mar.

El comienzo del sueño se manifestaba tan fuertemente que hasta renuncié a rezar. Mejor era apagar la luz antes de caer dormido del todo. Con gran esfuerzo obedecí a mi voluntad. Nuevamente la cama tibia agradable...

El pensamiento agonizaba lentamente. Pequeñas cosas, pequeños pedazos de recuerdos.

Lejos, bien lejos, una minúscula nostalgia de Maurice. Ultimamente, él había desaparecido un poco. Seguramente descubrió que el tiempo pasaba y que yo iba logrando una mayor confianza en mí mismo. Además, el pobre era acaparado por contratos y más contratos. Unas películas detrás de otras. Le quedaba tan poco tiempo para su vida particular que yo no tenía la seguridad de cuándo vendría nuevamente.

¡Ah! Maurice era una persona realmente maravillosa. Y maravillosas también eran las clases de literatura del Hermano Ambrosio. Él nos enseñaba y nos estimulaba para que escribiéramos composiciones literarias, con aquel tic nervioso suyo, consistente en apretar los ojos cuando le satisfacía un trabajo nuestro...

Bostecé más fuerte. El sueño no me dejaba esa noche ninguna perspectiva de ser Tarzán. Los muros dormirían en paz. Los árboles de cajú y su mundo de fantasmas se perdían en la distancia, allá al comienzo del infinito.

No podía asegurar si había dormido mucho, cuando mis ojos se abrieron por efecto de la luz encendida en mi dormitorio. Me los restregué, rezongando:

—¡Caramba! Tengo absoluta certeza de que apagué la luz antes de acostarme.

Se oyó una voz, como salida de abajo de la cama:

—Y yo tengo la plena seguridad de que acabo de encenderla.

Me volví hacia un extremo de la cama y traté de averiguar de dónde venía aquella voz. Me recordaba un poco la de Adán. Pero en los últimos años éste había adquirido una voz más grave, más tranquila, y sobre todo más velada.

Le pregunté:

—Adán, ¿estás oyendo esa voz?

Mi pecho se mantenía mudo. ¡Ninguna respuesta de mi corazón! Me sentí muy preocupado.

—¡Adán! ¡Adán! ¿Me oyes? ¿Estás ahí?

—Ahí no. Me encuentro exactamente debajo de tu cama.

Me desperté del todo. Una extraña sorpresa me dominaba:

—¿Por qué no estás en mi corazón? ¿Qué haces debajo de mi cama?

—Mira, descúbrelo por ti mismo.

Estiré el cuerpo e incliné mi rostro en aquella dirección. Con un esfuerzo enorme, mi sapo-cururu cargaba una pequeña valija hacia fuera de la cama.

—¿Quieres que te ayude?

—No es necesario. Ya voy a arreglarme solo.

Hacía tiempo que no me sentía tan asustado. Decidí observar un poco, antes de hacer nuevas preguntas.

Adán sopló el polvo de su valijita y probó la cerradura un poco oxidada, hasta que con un pequeño ruido logró hacerla funcionar. Todo estaba ordenado en su interior, al contrario que los cajones de mi ropero donde los calzoncillos se mezclaban con las medias y con otros objetos.

154

Adán tomó un sombrerito negro, de alas cortas, y se lo colocó en la cabeza. Me miró sonriendo.

—¿Me queda bien?

—Extraordinariamente bien.

Se encogió de hombros, con cierta indiferencia.

—No soy ningún Maurice Chevalier, pero también tengo derecho a usar sombrero.

El miedo crecía en mí. ¿Acaso Adán, después de tanto tiempo, sentía amargura o celos de Maurice? No podía ser. Siempre había manifestado profunda simpatía por Maurice. Lo admiraba, lo elogiaba. Entonces, ¿por qué aquella pregunta y aquella observación medio sarcástica?

Se quitó el sombrero y lo depositó al lado de la valija.

—No me gusta usar sombrero dentro de la casa. Da mala suerte.

De inmediato desenrolló una bufanda y se la puso cuidadosamente en el cuello.

—Puede ser que haga frío allá. No quiero irritar mi garganta.

—¿"Allá" dónde, Adán?

—Ya te lo explicaré.

—Es mejor. Existen muchas cosas que deberías explicarme. Por ejemplo, qué estás haciendo fuera de mi corazón.

—¿Acaso no puedo?

—Como poder... sí, puedes. De lo contrario no estarías ahí. ¿Qué es lo que me estás preparando, Adán?

—Poca cosa. Cosa de poca monta y menor importancia.

—¿Poca importancia? No pediste permiso para salir de mi corazón.

—¿Qué diferencia hay?

—Sí que la hay. Cuando viniste a vivir conmigo, hasta me adulaste para entrar en él.

—De eso hace ya mucho tiempo. Las cosas cambiaron.

—No sé en qué cambiaron. No en mí.

—Puede ser que eso haya sucedido conmigo.

—Aunque sucediera eso no necesitabas hablarme así, de esa manera tan dura, tan ácida. Después de todo, siempre fuimos buenos amigos.

—Y aún lo somos.

Tomé una actitud algo violenta. Lo arrastré cerca de la cama y cuidadosamente lo senté en ella.

—Ahora mismo me vas a contar lo que realmente está pasando.

Bajó sus ojitos muy azules para no enfrentarse con los míos. Trago su emoción, con un tremendo esfuerzo, como si prefiriera morir antes que hablar.

—Vamos, di.

Lágrimas muy finas se deslizaron por su rostro. Y aquella debilidad de tonto, aquello de no poder ver llorar a nadie sin sentirme lastimado, comenzó a bullir dentro de mí. Cambié la rudeza de mi voz.

—Ahora ¿qué es eso, Adán? No debe suceder nada malo entre nosotros dos. Cuenta en seguida lo que te aflige; después de todo, soy tu amigo número uno.

Levantó sus ojitos húmedos.

—Me voy, Zezé.

—¡Estás loco! ¿Cómo vas a irte así, sin más ni menos?

—Muchas veces te avisé que un día tendría que irme.

La desesperación iba tomando cuerpo en mí.

—Pero ¿por qué no me avisaste que saldrías de mi corazón?

—Era difícil. ¿Piensas que no me costó? Por eso te hice dormir profundamente, para retirarme despacito.

—¿Y pretendías partir sin despedirte de mí?

—Casi. Por lo menos que me vieras así, ya decidido a partir.

Me envolvió una inmensa dulzura.

—Pero ¿por qué? ¿Por qué todo esto, Adán?

—Es el tiempo. O nosotros mismos: porque el tiempo no existe, nosotros somos los que pasamos. Y como pasamos, me llegó la hora de partir. Mi misión ya está cumplida.

—¿Es que fallé en algo? Te puedo pedir disculpas...

Sonrió tristemente.

—¡Caramba, Zezé! ¿Por qué todo esto? Llegó la hora, simplemente. Es necesario partir. Ya no me necesitas. Te has convertido en un niño decidido y sin miedos. Aprendiste a defenderte. Exactamente tal como lo que yo más deseaba en la vida, querido amigo.

—¿Es por causa de los sobresaltos que te causé últimamente?

—En parte, pero una parte sin importancia. ¡Mírame bien! Acércate más. Mira mis arrugas: aumentaron alrededor de mis ojos azules. ¿Viste cómo mis cejas se emblanquecieron? También mis ojos se gastaron. Quizá voy a necesitar anteojos de ahora en adelante, en la nueva vida que pretendo seguir.

El remordimiento me asaltó duramente. ¡Pobrecito Adán! El miedo que le había causado con la historia del tiburón, con mis excursiones por el bosque de Manuel Machado... Le hablé de todo aquello.

Rió, sin querer acusarme.

—Confieso que a veces sentía mucho miedo. Pero en lo íntimo me enorgullecía de todo eso, porque te estabas convirtiendo en un muchachito valiente y decidido.

Suspiró largamente.

—Fue una bellísima época de mi vida. Feliz el que puede ser útil a alguien y construir alguna cosa. Si sientes que hice algo por tu futuro, eso me llena de satisfacción.

—Lo fuiste casi todo en mi vida, Adán. Si no fuera por Fayolle, Maurice y tú...

—Y Tarzán.

—Sí. Y Tarzán... ¿Qué habrían sido mis días pasados?

El guardó silencio.

—¿Sabes, Adán?... Algo extraño me está sucediendo: hasta el propio Maurice, poco a poco, se va alejando de mí. Sus visitas comienzan a espaciarse. Incluso me dijo un día que alguna vez se alejará de mí. ¿Por qué tiene que ser así?

—Muy simple, Zezé, porque estás creciendo y penetrando lentamente en la realidad de los hechos.

Callamos, pero no me conformaba. ¿Cómo soportar en mi pecho el vacío de Adán? ¿Cómo no conversar con él? ¿Cómo tener que hablar solo conmigo mismo, si ya me había habituado a sus consejos, a sus reprimendas y sus aplausos?

—¿Te vas de verdad, Adán?

—No hay otra alternativa. Cuando un sapo-cururu tiene por destino entrar en un pecho amigo, lo hace una sola vez. Aunque yo decidiera volver a tu corazón no tendría el poder mágico de hacerlo. No es mi deseo lo que se realiza; son las órdenes que vienen de lejos las que me lo prohíben ahora.

Tosió con una tosecita de sapo emocionado, y prosiguió.

—He pensado mucho, Zezé. Allí donde esté, lejos o cerca, nunca te olvidaré en mi nostalgia.

Solté un "¡ni yo!", muy desalentado. Me apoyé en la pared, devorado por una pequeña depresión. ¡Quién sabe si no habría otro milagro de Adán, para que nos reconciliáramos y para que él volviera al interior de mi pecho!

—¿Y nuestros sueños?

—De ahora en adelante estarán divididos. Tus sueños serán, por lo tanto, siempre los tuyos. Y los míos... bueno, comenzaré a soñarlos también solo.

Adán se aproximó a mí y me tomó una mano. El contacto de su palma era frío como el sudor de la muerte. Sentía que el momento se tornaba tan doloroso para él como para mí.

—Zezé amigo, Zezé querido. Por favor, escucha lo que voy a decirte.

Casi imploraba.

—No protesto por ninguno de los momentos que viví a la sombra de tu corazón, tanto en los buenos momentos como en los malos, que en verdad fueron bien pocos y fáciles de olvidar. ¿Entiendes? Pues bien, ahora llegó la hora de realizarme como sapo; antes de que mi cuerpo se torne más lerdo y más gordo, y que mis ojos se vuelvan menos lúcidos y más opacos, quiero ver la belleza de la vida. Vivir a la orilla de un lindo río. Escuchar las historias de las aguas caminadoras. Tener un rinconcito entre el follaje, en la ribera, para dormir, sestear y cazar mis mosquitos. Huir del barullo de las ciudades y escuchar el canto de la paz de Dios. Mojar mi cuerpo con las gotas de la lluvia y calentar al sol mis pequeños dolores y reumatismos. Ver la luz del sol penetrando en el agua, dorando los pequeños guijarros y los arbustos ensombrecidos. Y, al oscurecer, escuchar el canto de la brisa trayendo la música de la noche a mis oídos; escuchar el *cri-cri* de los grillos serruchando las hojas de las trepadoras salvajes. En las noches de luna llena, acostarme en su disco de plata en medio del río y cantar mis humildes canciones de sapo. Y cuando el cielo sea muy negro, enroscar mis ojos viejos en el collar brillante de las estrellas. Todo tan limpio, tan tranquilo, ¿no te parece, Zezé?

No podía responder. Mis ojos se llenaban de lágrimas.

—Comprendo, Adán. Un mundo mucho más bello que el interior de un corazón de niño.

—No, Zezé. No se trata de eso. No debemos culpar al destino de las cosas y de los seres. Voy a sentir mucho tu falta, una falta que tendré que sustituir por la belleza de la vida. Porque justamente la belleza va a intentar llenar una laguna: una simple cosa llamada ternura. La ternura de tu corazón de niño. Eso nadie lo encuentra ni en la belleza de las estrellas ni en el brillo de la luz. Toda esa belleza se borrará, poco a poco, y calmará en la nostalgia de mi alma la falta que sentiré de tu ternura.

Suspiré casi tiernamente y murmuré:

—Acabas de probarme una cosa: la gente-bicho es mucho mejor y más noble que la gente-hombre.

Adán rompió el hielo del desaliento que me atacaba.

—Además, Zezé, durante todos estos años que viví en tu pecho nunca demostraste ser un niño egoísta. Una de tus características fue siempre la generosidad. Y si lo pensamos bien, yo fui quien más abusó de tu bondad. Viví en ti sin pagarte nunca un alquiler por nada. Me cargaste siempre sin quejarte jamás de cansancio o protestar por mi peso, ¿no es así?

—Nunca me pesaste, Adán. Y no me importaría, así pesaras treinta kilos, con tal de que volvieras a mí.

—Ahora es imposible. Por eso muchas veces estuve a punto de salir sin que me vieras. Hasta quizás lo hubieras preferido así, ¿no?

—No. Nunca. Habría pensado que eras un ingrato, o que me odiabas hasta el punto de partir sin decirme adiós.

—Gracias, querido. Pero no hagas ese gesto de llanto y no te pongas con los ojos llenos de lágrimas en este momento. Tengo que cumplir la realidad de mi vida de sapo. Todo resultó muy lindo mientras pude estar contigo; fue mucho más allá del límite de mis sueños. No todos los sapos-cururu tienen la oportunidad de hacer madurar el corazón de un niño, de vivir entre los sueños de la infancia.

—Cierto. No voy a llorar. Cuando te vayas vas a dejar un gran vacío en mi corazón. Y en ese lugar voy a desearte todo lo más lindo de la vida.

—Eso es, Zezé. Sabía que podría contar con tu comprensión.

Rió y saltó nuevamente al suelo. Mi corazón dio un brinco de miedo y de frío. El sapo se pondría ahora los anteojos, la bufanda, el sombrerito elegante... Pero aún no había decidido eso. Intentaba hablarme y sonreír.

—Estoy volviéndome un sapo viejo, ¿no?

—Nunca, Adán. Eres el sapo más lindo y de ojos más azules que haya existido en la vida. Nunca habrá nadie igual a ti.

—Gracias, pero no me ilusiono. Estoy viejito. Ya ni pienso conseguir una sapita-cururu de largas trenzas rubias y toquita de encaje en la cabeza. Ese tiempo ya pasó. O mejor, yo ya pasé, porque el tiempo está detenido. Algún día comprenderás eso. Cuando sepas que encontré mi río y estoy viviendo pacíficamente, sé que te alegrarás, Zezé.

—¿Por qué no vas a la laguna de Bonfim? Ese es un mundo enorme, de aguas profundas, tan hondas que su azul se vuelve casi violeta. Si yo fuese sapo iría a vivir allí.

—Debo ir a un lugar que no conozcas, un lugar en el que nunca puedas hallarme. Un lugar solamente encontrado por tu nostalgia o por la mía. ¿Sabes, Zezé?, ya sondeé mucho. Hasta pensé en la laguna de Bonfim. Pero es un lugar siempre lleno de visitas y de "picnics". Tengo miedo de que los niños me encuentren y me martiricen, me arrojen piedras o me peguen con palos.

—¿Por qué iban a hacer eso? Yo nunca te maltraté con piedras o palos.

—Porque tú... eres tú. Y si tu corazón no fuese bueno nunca me habrían enviado a ti. Ahora me voy. Si quieres cerrar los ojos no me importa.

No obedecí su sugerencia. Prefería verlo todo hasta el final.

Adán se acercó a su valijita. Se colocó los anteojos, la bufanda y el sombrerito, tal como yo imaginara. Volvióse de espaldas para cerrar la valijita con esfuerzo, porque la cerradura se encontraba bastante herrumbrosa, y al fin dio por terminada la maniobra.

Se fue caminando a saltos breves, haciendo ruido solamente en mi tristeza, en mi corazón, que ahora comenzaba a sentir más aquel hueco inútil.

Detúvose junto a la puerta, para volverse:

—¿Dejo la puerta entreabierta?

Hice que sí con la cabeza, porque la voz me había desaparecido.

—¿Apago la luz?

—Puedes dejarla encendida.

Suspendió su manita enguantada y el relojito brilló a la luz.

—Adiós, Zezé querido.

Y desapareció en la oscuridad del corredor.

Entonces desperté. Tenía el cuerpo bañado en sudor y sentía un malestar que me envolvía por completo. ¡Había pasado por una horrible pesadilla! Pero mis ojos se sorprendieron ante la luz encendida. Tenía la seguridad de haberla apagado antes de acostarme.

—¡Adán!

Ninguna respuesta. Insistí.

—Adán, ¿me estás escuchando?

En mi pecho reinaba un silencio quieto y mudo.

Me incliné, angustiado, para mirar debajo de la cama. Solamente encontré la ausencia de su valijita y un rastro de polvillo blanco.

Salté hasta la puerta entreabierta. ¡Dios mío, podría garantizar que la había cerrado antes de acostarme! Entonces, se había ido. En busca de su río y de su paz.

Volví a la cama, desanimado, y permanecí allí, con las manos entre las piernas.

De pronto se oyó una voz amiga. La puerta se abrió de par en par y Maurice, desde allí, me sonreía.

—¿No me esperabas, *Monpti*?

Quería sonreír y la sonrisa forzada apareció entre mis lágrimas. Apenas sentí el rostro de Maurice, pegado al mío, y su pañuelo, muy blanco, que enjugaba mi llanto.

—¿Qué fué? ¿Qué pasó?

Sollozando, me abracé a su pecho.

160

—Maurice, sucedió una desgracia. ¡Adán se fue!

—¡Cálmate, cálmate, y cuéntame todo bien clarito!

Tragué mi emoción y le conté todos los detalles.

—Es triste, *Monpti*, pero yo estoy aquí. Maurice todavía está cerca de ti, a tu lado.

Imploré desesperadamente:

—¿Tú también has venido a despedirte? Por favor, Maurice.

—No, aún demoraré algo. Solo me iré cuando descubras el amor. El amor, que es lo más bello que existe en la vida. Y eso todavía tardará algún tiempo, querido mío.

Nos estábamos mirando. Pero no me conformaba con la partida de Adán.

—Maurice, él se fue de mi corazón.

Maurice sonrió.

—¿O fuiste tú quien partió de su corazón?

Carraspeé y dije, desanimado:

—Creo que fueron las dos cosas.

Capítulo Cuarto

AMOR

Rondaba por la cocina y Dadada me recriminó.

—¿No sabes que la cocina no es lugar para hombres?

—Solamente quería saber unas cositas, Dadada.

Ella me señaló la puerta.

—Afuera, y ahora mismo. No quiero más complicaciones en mi vida. ¿Ya te olvidaste de la historia de la gatita?

—No hay nadie en casa y tú lo sabes todo.

Dadada, sentándose en el taburete, se puso a reír. Me miraba de arriba abajo, como analizando mi persona.

—Caramba, Dadada, pensé que eras mi amiga.

Ella dejó de analizarme.

—¿Qué edad tienes ahora?

—Casi quince años. Este año termino el bachillerato y me voy a Río.

Dadada silbó.

—¡Cómo pasa este condenado tiempo! ¡Ya estás hecho un hombre! Y parece que fue ayer cuando llegaste, un mocoso flaquito y medio derrengado. Y ya estás con pantalones largos. Dentro de poco tendrás bigote y barba.

—Y me casaré.

—¡Ya sales con una de las tuyas! Ni se te engrosó esa voz de gallo enano y ya estás diciendo tonterías.

—¿Cómo apareció esa muchachita?

—Mejor es que te vayas, que yo estoy muy ocupada.

—Ella es linda, Dadada.

—No reparé bien.

—¿No reparaste, después de conversar con ella tanto tiempo, allá en el muro?

—La pared no me dejaba ver bien.

—Dolores, ¿no es así como se llama, Dolores?

—¿Cómo lo sabes?

—No soy sordo y oí a mi madre llamándola: Dolores. Es linda.

—No tanto.

—Sí, es linda, muy blanca, de ojos castaños bien claros. Un rostro que parece una rosa. Una diosa. Divina. La mujer más linda del mundo.

—Basta de exageraciones. Es una chica linda, solamente.

—Tú no entiendes de eso. ¿Cómo apareció? Nunca la había visto antes.

—Ni podrías haberla visto. Es hija única de ese matrimonio que no quiere tener relaciones con nadie.

—¿Y dónde estuvo escondida todo este tiempo?

—Terminando sus estudios, interna en un colegio de Río. Llegó de vacaciones; ya hablamos de eso una vez.

—¿Sabes si se va a quedar mucho tiempo?

—Parece que unos días más. El padre de ella es del Banco del Brasil y ya pidió traslado a Fortaleza*.

Sentí una puntada de dolor en el corazón.

—¡Qué injusta es la vida! ¡Precisamente ahora que estoy locamente enamorado!

—¡Qué apasionado, muchacho! ¿Qué sabes tú de esas cosas? ¿Qué estás diciendo? Ni siquiera hablaste con la muchacha. Ni siquiera sabes si le gustas...

—No le gusto, pero me va a querer. ¡Vaya si va a quererme! Huiremos a la selva y allá nos casaremos, en la misión de Fray Damián, en Currais Novos**.

—Deja de decir tonterías y vete. Si la "Piraña" escucha esta conversación va derechita a enredar a tu madre, y tú acabas interno de nuevo en el colegio de los Maristas. Ahora ¡fuera! Déjame en paz, que tengo mucha ropa que planchar.

—¿Por qué no planchas en el garaje? Allá hay más espacio y más aire.

Dadada me miró, espantada.

—Y ahora, ¿por qué ese interés?

—Estoy pensando en tu bien, Dadada. Y después, cuando estés

---

* Capital del estado de Ceará. (*N. de la T.*)

** Corrales Nuevos. (*N. de la T.*)

planchando en el garaje, te quedas mirando si mamá viene, para avisarme.

—¿Qué diablo estás inventando?

—Algo muy simple. Cuando esté "noviando" con mi divina Dolores en el rincón de aquella pared, desde la ventana tú me avisas de todo.

Dadada tomó la escoba y me amenazó:

—¡Te vas en seguida de aquí! Si no, el palo va a comer tupido.

Lancé una carcajada porque sabía que Dadada nunca haría nada en contra de mí.

Y, satisfecha una parte de mi curiosidad, escapé de la cocina.

* * *

Era la cosa más sin sentido del mundo, pero mi corazón daba saltos de seiscientos metros de amor. Quería mirar bien adentro de sus ojos... y ¿dónde estaba el coraje? Me ponía rojo como la cara del Padre Calasans. Cuando nuestras miradas tropezaban, bajábamos de prisa del muro, completamente avergonzados. Quería demostrar todo mi afecto y el resultado era ése.

—¿Te gusta la playa?

—Sí, pero papá no me deja ir. El sol de aquí es muy fuerte y yo soy muy blanca.

Disimuladamente deslizaba mi mirada hacia sus manos elegantes y bien hechas. ¡Ah, si yo pudiese acercarlas a mis labios y...!

—¿Tocas el piano?

—No tengo ninguna habilidad para la música. Siempre fui una negación.

—Yo no. Estudié un montón de años.

Lástima que yo no supiera hacer como Maurice en sus películas. Era mirar a la chica, sonreír, y...

—Te vi patinando en la vereda. Patinas muy bien.

—En el colegio uno puede patinar en los recreos. Es cuestión de práctica, solamente.

Nos quedamos en silencio, y yo con el oído pegado al garaje donde Dadada planchaba. Si ésta comenzaba a cantar era porque debíamos parar el flirteo y huir. Pero nada venía de ese sector; todo era paz y armonía.

Miraba como quien no quiere la cosa sus cabellos ensortijados, tan rubios, casi blancos. Seguro que Maurice habría deslizado los dedos por ellos, acariciándolos. Cuando él viniera tendría que enseñarme una porción de cosas. Seguramente me diría: "Esas cosas no se enseñan, se aprenden solas." O: "*Monpti,* no creas en todo lo que me veas hacer. Esas son cosas del cine."

—¿Te gusta Tarzán? Mi sobrenombre en el colegio era ése, Tarzán.

—Ni me gusta ni deja de gustarme. Creo que no tengo mucho en común con Jane. Mi tipo es Clark Gable. ¿Te gusta?

—Mucho. Es un buen artista.

Aquello me desanimaba. Clark Gable era moreno, un monstruo de fuerte, y yo era flacote, desarrollado a medias, con el pecho sobresaliendo de tanto nadar y hacer ejercicio en "doña Celeste", mi bomba de inflar los neumáticos. Era doloroso, pero seguramente mi cabello rubio no le gustaba, ya que los de Clark eran negros y lacios, siempre caídos sobre la frente. Resolví vengarme. Busqué una artista bien morena y de pelo negro:

—Yo adoro a Kay Francis.

—¡Caramba, una vieja así! Un caballote de palo, que hasta de rostro se pasa. Claro que es elegante, eso sí, pero vieja, muy vieja.

Desviamos la conversación, que se estaba tornando desagradable. Dolores, estirando las piernas, se había sentado totalmente en la pared. Sus medias eran muy blancas y sus zapatos de charol brillaban exageradamente. Debía de estar usando los zapatos del uniforme del colegio. Imaginaba que Dolores, con malla, habría de lucir un cuerpo espléndido. Su cintura era fina y delgada. Linda. Divina. Una diosa. En su indiferencia, parecía desconocer todo el amor que me consumía.

—Dentro de poco debo irme. Antes de que mamá desconfíe algo.

¡Cielo santo! Mi corazón ya sentía la partida, la ausencia, el enfriamiento de mis ansias amorosas. ¡Oh vida cruel!

—¿Ya?

—Es necesario.

Nos despedíamos. Las manos apenas se rozaban en un tenue adiós. Dolores descendía de la pared y desaparecía en dirección a la huerta. Ni se volvía para decirme adiós. Mis ojos la acompañaban y hasta la punta de mi corazón le ofrecía una señal. ¡Es increíble qué iguales son todas las mujeres!

* * *

Después, la hora de cenar. Luego, la hora del Brasil. Y cuando ya la santa calma reinaba en la familia, uno se dirigía al mirador del frente. Cada cual tomaba su rosario y, en la penumbra del gran mirador encristalado, contemplando el mar perdido en la negrura de la noche, orábamos juntos.

Aun ese momento no era desagradable. A veces, un barco totalmente iluminado pasaba a lo lejos, o se encaminaba hacia la entrada del río en busca del puerto del Potengi.

Lo desagradable era la conversación que se entablaba antes de iniciar la oración. El tema siempre se refería a cosas de la Iglesia, a meditaciones.

Mi corazón estaba herido de amor. Porque bajando y subiendo la ladera, Dolores llenaba de música la noche: la música de las ruedas de sus patines.

¡Qué linda era, qué divina, qué elegante! Parecía el retrato de la bailarina Ana Pavlova, muriendo como el cisne, en la revista llegada de Río.

Pero no pensaba así la piraña de mi hermana.

—Allá está ella exhibiéndose de nuevo. Todas las noches lo mismo.

Mi padre la contradijo, ¡y cómo lo amé entonces!

—La chica no está haciendo nada malo y patina con mucha elegancia. Además, no molesta a nadie.

El veneno "pirañeó" en su alma:

—Para mí, en realidad... no, no se está exhibiendo. Es un mamarracho de piernas flaquitas y con cara de cucaracha pelada.

Bramé por dentro:

—¡Burra vieja! ¡Anémica! ¡*Miss* Hueso! ¡Sifilítica! ¡Con olor a vela de iglesia! ¡Dibujo descolorido de jabón Eucalol! ¡Bruja!

Ojalá fuera ella tan linda como Dolores. Todo era envidia, por culpa de su físico de tabla de planchar parada.

Mi padre se sentó en su silla de costumbre. Mi madre y nosotros quedamos de pie, mirando la noche de afuera. Antes de que el rosario entrase en funcionamiento se abordó algún tema de religión. Pero mis ojos estaban en otro lugar. Mi corazón patinaba con Dolores, que iba y venía en una danza vaporosa y sutil. ¡Oh, mi lindo amor! ¡Diosa de mis sueños!

Y en seguida, en medio de mi éxtasis, surgió aquella conversación, a cuyo comienzo no presté atención alguna. Fui despertado por una pregunta imprevista:

—¿Qué es lo que tú harías?

¡Diablos! ¿Hacer qué? ¿De qué estaban hablando?

—Del martirio de los cristianos.

¡Dios del cielo! ¡Y ahora salían con ese tema! ¿Qué tenía yo que ver con el martirio de los cristianos? Una cosa pasada hacía tanto tiempo... Pero mi padre insistía:

—¿Darías tu vida por esa causa? ¿Te convertirías en un mártir?

Quedé sin responder, por un momento.

—Aquí todos aceptan la corona del martirio y se dejarían matar por amor a la religión. ¿Y tú? Di lo que harías.

—Yo..., yo...

Dudaba, pero no podía mentir.

—Sí, tú, ¿qué?

—Yo creo que me pasaba para el otro bando.

Fue un disgusto general. Un "hum" unísono repercutió por el mirador encristalado.

Nadie comentó nada más. Solamente mi resignado padre tuvo un momento de dolor incontenido.

—Estamos criando una víbora. Vamos a rezar y a pedir perdón a Dios por tanta herejía. Creo en Dios Padre...

Y Dolores girando en su danza. Y todos con el rosario deslizándose por entre los dedos. Cuando venía el tranvía, que pasaba cada veinte minutos e iluminaba a la familia reunida, llegaba el aviso de la Piraña:

—¡Miren el tranvía!

Todos escondían el rosario, bajando las manos para no hacer ostentación de aquella hora de recogimiento y de paz. El tranvía doblaba en su gemir reumático, sobre los viejos rieles, y todos levantábamos el rosario. Después el tranvía desaparecía y Dolores retornaba a sus zigzags sobre la vereda. Cada gesto suyo era de una completa belleza. Cucaracha pelada... Aquello era pura envidia. Ave María llena de gracia ¿Cómo podría yo convertirme en mártir? ¿A los quince años? Con tantas ganas de nadar y de vivir... De vivir y de amar. Maurice me había prometido eso en el futuro y aseguraba que el amor me salvaría por toda la vida. Solamente un tonto, sintiendo tan gran amor por Dolores, se iría a arrojar gratuitamente a las fauces de un lustroso león o de un tigre bien rayado. A los quince años, ¿iba yo a pensar en ser crucificado cabeza abajo? ¿Entregar mi cuello joven al látigo de un esclavo, para que después me decapitara? Gloria al Padre, al Hijo y al Espíritu Santo. No podía terminar así; ese asunto del martirio era para los mayores, para los que ya vivieron mucho. Y, además, había sido en otra época, en un tiempo en que ser santo era algo fácil. Allá venía el tranvía. Y el tranvía pasó. En su lugar, Dolores continuaba con sus piruetas maravillosas. Ni siquiera se podían llamar piruetas, porque en realidad ella solo iba y venía subiendo y bajando por la vereda de la ladera. ¡Linda! ¡Divina! Maurice, debes visitarme para conocer la novedad. Maurice, tu *Monpti* está enamorado, locamente enamorado. ¡Una pasión que va a durar siglos!

—Miren el tranvía que regresa.

El mirador iluminado y todos interrumpiendo las oraciones. ¿Qué diría el conductor al cobrador, al ver a esas personas allí arriba, paralizadas como estatuas? Santa María, Madre de Dios, ruega por nosotros pecadores. Los otros, porque no veo pecado alguno en mi corazón de quince años que ama de esa manera tan agradable y hasta dolorida. ¡La noche era tan larga! Y sin embargo, en ella no viviría ninguna aventura de Tarzán. Iba a dormir, a abrazar mi almohada como si se tratara de Dolores, reclinada sobre mi pecho. Lástima que a ella no le gustaran mucho Tarzán y la selva. Pero con el tiempo le gustarían. Se habituaría. Cuando yo luchara con gorilas y cocodrilos. Mejor aún, con yacarés y tigres, porque en el Brasil no existían aquellas otras especies.

El rosario estaba llegando al final. Quizá no pasara ningún otro tranvía. ¿Era herejía querer vivir una vida que Dios nos dio para vivir? Si él quería que yo muriera en las fauces de los tigres y los leones, habría dejado que el tiburón me comiera en el río Potengi. Hasta ahora esa idea me aterrorizaba. Si cerraba los ojos vendría una cerbatana plateada a pasar junto a mi rostro. Y no quería nada de eso. Lo que deseaba era ver a Dolores. Esperar que la noche pasara rápidamente. Que el sol saliera. Poder aprovechar la mañana en la playa. Y que a la tardecita ella volviera a la pared con sus zapatos de charol y su cabello rubio ondulado, que cualquier golpe de brisa ponía en movimiento como una cascada dorada. Salve Regina. Estábamos terminando, y seguramente que mi padre ni me daría la bendición esa noche. Iría a dormir con el corazón dolorido. Una persona de su casa con el corazón lleno de apostasía. Y yo, loco por vivir. Dolores se detuvo. Parecía haber combinado sus evoluciones con la duración del rosario. La mucama llegó al portal y le dijo que su madre la llamaba. Sin el sonido de sus lindos patines, la noche de la vereda había muerto. ¡Oh, vida cruel! Amén. Voy a cepillar mis dientes. Mi corazón deseaba tanto encontrarse con Maurice... Maurice, que cada día se distanciaba más en sus visitas. Nunca lo apretaría tanto en mis brazos como esta vez. Besaría su rostro como hacía tiempo que no besaba. Oiría de sus labios aquella observación:

—¿Qué es eso, *Monpti?* ¿Perdiste la vergüenza de estar trasformándote en hombre? Besándome así, ¿eh?

Yo, entonces, miraría sus ojos claros y le contaría toda mi verdad:

—¡Maurice! ¡Maurice! Tenías toda la razón. El amor es la cosa más linda del mundo. Y yo estoy amando. Estoy locamente enamorado. ¿Sabes cómo se llama ella?

—No. Dime, *Monpti.*

—Simplemente Dolores.

Capítulo Quinto

PIRAÑA DEL AMOR DIVINO

—¡Chuch!

Fayolle abrió los brazos para estrecharme en ellos.

—Agáchate un poco. Deja de crecer, muchacho, o no podré abrazarte más.

Había ido a la misa del colegio, sin encontrar a ningún alumno. Los corredores desiertos eran impresionantes, las aulas estaban mudas, y el olor del silencio tornaba mucho mayor el colegio, mucho más triste. Nada de pisadas, de rumores ni de gritos. Parecía que el viejo colegio estuviera dormitando, ansiando que las vacaciones acabaran pronto. La propia iglesia parecía dividida en dos. La parte del frente, ocupada por el Padre Monte y los Hermanos; el vacío en medio, donde se instalaban los alumnos, y después la gente. Todo marchito y abandonado. También los santos deberían de sentirlo así.

—Pensé que ya habrías viajado a Recife.

—Este año nuestro retiro va a ser más tarde. ¿Entonces...?

Hizo que yo diera media vuelta, para examinarme mejor.

—¿Traje nuevo?

—Lo estrené hoy.

—Fuiste a la playa. Estás bien oscurito.

—Y con la nariz pelada. Ahora tengo permiso para permanecer un poco más en la playa. ¿Te gusta mi ropa nueva? Quise que la vieras antes que Dolores.

Puso cara de asombro.

—¿Dolores? ¿Y esa novedad?

—¡Ah, Fayolle, ni te cuento! Me parece que es el gran amor de mi vida.

Lanzó una carcajada.

—¿A los quince años?

—Ahora es diferente, completamente diferente.

—Entonces, después me cuentas. Te invito a tomar café en el refectorio de los Hermanos.

—Está bien, acepto.

Traspusimos los largos corredores. Las aulas, con algunas ventanas abiertas para que entrara el aire, mostraban los pupitres desnudos y brillantes. El gran refectorio de los alumnos internos, con los bancos apoyados en las mesas, parecía haber crecido mucho.

Me senté cerca del Hermano Ambrosio y de Fayolle. Mi presencia parecía alegrar a todos y se repetían los mismos comentarios sobre mi crecimiento.

El Hermano Luis me preguntó:

—¿No notas la falta de alguien, Zeca?

Miré a los Hermanos, uno por uno. Faltaban tres rostros conocidos; pero pensé que podrían haberse ido más temprano al gran retiro espiritual.

—¿El Hermano Gonzalo?

—Se marchó.

—¿A Recife?

El Hermano Ambrosio mostró cierta tristeza.

—No. Para siempre.

—¿El Hermano Antonio?

—Siguió el camino del Hermano Gonzalo. Porque no todos, muchacho, terminan el sendero emprendido. ¿No falta nadie más?

Claro que notaba una ausencia, y hacía fuerza para recordar. Un Hermano imitó la "risa de gallina". Y entonces mi corazón tuvo un temblor dolorido.

—El Hermano Manuel. El no puede...

—Así es. Fue trasladado a Maceió.

—¿Precisamente él?

—Amigo mío, nosotros hacemos votos de obediencia, pobreza y castidad.

Felizmente Fayolle estaba allí. Terminaría mi quinto año del secundario sin que él fuera trasladado. Era una gracia concedida por el buen Dios.

El Hermano Ambrosio indagó:

—¿Y el ambiente en casa?

—Mejoró. No sé si porque crecí o porque tenía que ser, lo cierto es que mi casa se trasformó.

—Eres tú, cabrito, el que cambió. Si había alguien con un geniecito difícil eras tú. Y si en el colegio hacías esas cosas imagino lo que harías en tu casa.

—De acuerdo.

El Hermano Ambrosio apoyó la mano en el bolsillo exterior de mi chaqueta.

—¿Y esto, señorito?

Me puse rojo como un pimentón.

—¿Ya lo saben en tu casa?

—No. De ninguna manera. Creo que ni sospechan.

Saqué el paquete de cigarrillos.

—Lo compré hace un momento, en lo de don Arturo.

—Muy bien. Entonces estamos haciéndonos hombres, verdaderamente.

Fue una risa general. Guardé de nuevo los cigarrillos y también yo acabé riendo.

Salimos de tomar el café y acompañé a Fayolle hasta la secretaría. Nos sentamos como antiguamente. Solo que el silencio del colegio adormecido me incomodaba un tanto.

—¿Y bien? Quiero saberlo todo.

—Simplemente... Dolores. Una linda chica. Estoy loco por ella, Fayolle.

—¿Y aquella María de Lourdes?

—Esas eran tonterías de chico. Solamente nos cambiábamos cartitas, y ella era tan flaquita que daba pena.

—¿Y aquella otra? ¿Cómo se llamaba?

—Valdivia. Pero ni puede comparársele. Una gorducha llena de "no me toques", revolviendo los ojos a toda hora. Y además la madre la obligaba a ir a la *matinée* con un moño de cintas...

—Eso lo dices ahora, Chuch. Pero "en aquel tiempo" no había en el mundo nada más lindo para ti.

—Ahora no, Fayolle. Dolores es maravillosa.

Le conté todo. Nada le escondí. Incluso porque no había nada que ocultar en nuestro flirteo.

El rió.

—Chuch, vas a cumplir quince años pero tienes el mismo corazón de niño. Gracias a Dios. Y eso será por toda la vida. Ahora cuéntame el resto.

—¿Qué resto, Fayolle?

—¿Tu sapo-cururu admite ese amorío?

Sentí un arañazo por dentro. ¿Por qué crecía uno?

—Adán se fue. Dijo que me había convertido en un chico fuerte y valiente, que él necesitaba organizar su vida. Tomó su valijita, los anteojos, se colocó el sombrerito y la bufanda, y desapareció de mi ternura. En verdad, él siempre me ayudó mucho.

—¿Y Maurice, Chuch?

¡Fayolle me miraba con un cariño tan acogedor! Se interesaba por todo lo que se relacionara con mi vida y mis sueños.

—Vas a pensar que estoy loco, pero todavía aparece.

—Me decepcionaría mucho que así no fuera.

Una vez, Maurice me dijo que se iría cuando yo descubriera el amor. Me parece que también él está empezando a irse. Pocas veces viene, muy de tarde en tarde.

Como descubriera que me ponía triste, Fayolle cambió de conversación.

—Ahora, Chuch, cuéntame una historia. Pero sin mentir ni disimular. ¿Prometido?

—Sin duda.

—¿Y aquella historia de las almas en pena del bosque de Manuel Machado?

Sonreí alegremente.

—Se acabó, ¿no? Nadie más oyó hablar de eso.

—Ya lo sé, Chuch, la gente terminó por olvidarlo todo. Pero tu dedo estaba allí, ¿no?

—¿Cómo lo sospechaste?

—Porque era algo que llevaba tu marca. Y porque todo comenzó cuando tu familia se mudó a Petrópolis.

—No podía contarte la verdad, Fayolle. Cuando me preguntaste por primera vez había hecho un juramento de sangre con Tarzán... Tú sabes, esas cosas de muchacho soñador.

—¡Chuch, Chuch! ... ¡Qué peligro corriste! ¿Y si te hubieran pegado un tiro alguna de esas noches? Menos mal que todo acabó bien.

Me levanté.

—Debo irme, Fayolle. Me están esperando en casa.

Mi corazón se desnubló cuando él me habló alegremente.

—Aprovecha la vida, Chuch. Cuando tengas sueños en el corazón procura conservarlos. Yo regresaré de Recife y te veré terminar el curso. ¿Sabes una cosa? Después del retiro, los Hermanos van a pasar un mes en la playa.

—Hasta luego, Fayolle.

Me dio un golpecito en la espalda.

—Cuídate bien, hijo.

Dadada planchaba en la paz del garaje y nosotros flirteábamos.

—¿Qué hiciste el domingo?

—Bien poca cosa, ¿y tú?

—Fui a la misa de los Maristas. Tomé café con ellos. ¿Qué más? Déjame ver... Bueno, tres Hermanos se fueron, y por uno de ellos sentí mucha pena. Ahora, cuando se reanuden las clases, aparecerán caras nuevas. Y será bueno comenzar a hacer amistad con ellos.

—¿Te gustan los Padres de tu colegio?

—No son Padres, son Hermanos. Me gustan mucho.

—Pues cuando yo salga del colegio no quiero ver la cara de una sola monja. Me basta con lo que pené con ellas.

—¿Ni una de ellas se salva?

—Ninguna. No cambiaría una por otra.

Callábamos por un instante. Yo no sabía si el noviazgo de los demás era diferente del nuestro. Si conversaban de otras cosas. Solo sé que me sentía el hombre más feliz del mundo al lado de Dolores. La felicidad debía de ser eso: hablar de tonterías agradables. Ese asunto del noviazgo se volvía muy extraño, porque solamente yo era el novio. A veces, Dolores me pinchaba de dolor recordando que en breve partiría hacia Ceará.

—¿Solo faltan catorce días?

—Sí.

—¿Me vas a escribir?

—¿Cómo?

—Es verdad, tus padres te vigilan mucho.

Me invadía una ola de ternura.

—De noche mira las estrellas, pues te estaré enviando por ellas mi nostalgia.

—¿Y si llueve?

Quedaba sin responder, porque seguramente la lluvia mojaría las nostalgias, tornándolas pesadas y retrasando su viaje.

—¿Fuiste el domingo a la playa?

—Sí, fui.

—¿Muchas chicas?

—Fui para tomar sol y nadar. No pienso en otra más que en ti.

Dolores colocó mi mano bajo la suya. Aquello me inundó de felicidad. Antes nunca había hecho eso. Su mano estaba perfumada de agua de Colonia. De noche dormiría con la mano colgando fuera de la cama, para soñar que la rozaba el perfume de la mano de Dolores.

Dadada cantó la canción de alerta, y Dolores se deslizó muro abajo, mientras que yo saltaba hacia el lado de las tejas viejas. Hice como que estaba amontonando las mejores.

Mi hermana asomó su facha por la ventana. Fingí que no la veía.

—Hace una eternidad que estás arreglando ahí esas tejas.

Levanté la mirada con desprecio.

—Eso no te importa, so...

Retiró la cabeza, como un cuco. La muy bruja desconfiaba, y no cabía duda de que cuando estuviera segura haría un enredo de los mil diablos. El corazón me avisaba que me fuera preparando.

* * *

—Dadada, ¿te parece horrible Dolores?

—Creo que no. Es linda y bien educada.

—¿Tiene patitas de cigüeña?

—No sé por qué.

—¿Es un mamarracho de piernas flacas?

—No.

—¿Y tiene cara de cucaracha pelada?

—¿A qué vienen todas esas preguntas?

—Porque ella, la piraña, vive encontrándole defectos a Dolores. Dice que ella es pelada y granujienta.

—No hagas caso, tonto. Es la envidia. Y la envidia, cuando no mata, aleja... Dolores tiene algún granito en la cara porque todas las chicas los tienen a esa edad.

—¿Pero tú crees que es pelada?

—Al contrario. Su frente es ancha, pero sus cabellos son un sueño. Mucha gente querría tener un cabello así de lindo.

La rebelión me venía corroyendo por dentro.

—Piraña. Piraña. Piraña del amor divino. Vive golpeándose el pecho seco, vomitando jaculatorias, colgada del rosario y convirtiendo en un infierno la vida de los demás. ¿Crees que se casará algún día?

—Casamiento o mortaja en el cielo se talla. ¿Quién sabe?

Dadada remedó la voz de mi hermana.

—Con el doctor Fulano yo no me caso porque es un farrista. Con el doctor Mengano tampoco porque es espiritista. Con el doctor Zutano no puedo porque no es católico. Solamente me casaré con un hombre que tenga mi misma religión...

Solté una sonora carcajada.

—La imitas igualito, Dadada.

—También, con el tiempo que hace que estoy en esta casa, solamente una burra no lo aprendería en seguida todo.

Dio una cuidadosa pasada a una camisa. Después detuvo la plancha y concluyó:

—Conozco a muchas que son así. Eligen y eligen tanto, que el tiempo pasa, y cuando ellas descubren que se hacen viejas les entra la desesperación, y no se casan con un garrapato únicamente porque no distinguen bien el macho de la hembra.

Reanudó el trabajo y ordenó, sin levantar la vista:

—Ahora vete a tus cosas. Busca a tu novia o algo que hacer. Y cuidado, que la cosa está negra: el yacaré ya entró a desconfiar. En cualquier momento vas a parar como interno al colegio de los Maristas.

—Ahora no se puede. El colegio está cerrado y todos los Hermanos se encuentran en Recife.

—Entonces, no sé. Lo único que sé es que me pongo frenética cuando quiero pensar en mi trabajo y una persona me hace perder la paciencia.

Miré el rostro mestizo de Isaura.

—¿Nunca te quisiste casar, Dadada?

—Los pobres no tienen tiempo para esas cosas.

—Oí decir a tu prima Rosa que fuiste novia de Lampeão*, cuando él atacó Mossoró.

Ella levantó la plancha en dirección a mí, amenazadora:

—¡Vete ya, o te caliento la panadería!

Desaparecí del garaje lo más rápidamente posible.

---

* Famoso bandido del Nordeste, especie de héroe de fábula y folklore, que vivió hace muchos años. (*N. de la T.*)

Capítulo Sexto

LA ESTRELLA, EL BARCO Y LA NOSTALGIA

Faltaban tres días para la partida de Dolores cuando estalló la tragedia. Vivía contando los días que pasaban, con gran agonía. Ignoraba si mi corazón podría resistir tanto dolor y por eso aprovechábamos todos los momentos para flirtear. Y casi siempre el tema huía; entonces guardábamos silencio y nos consolábamos con la mutua presencia. Ahora era yo el que tomaba sus manos entre las mías y me quedaba una eternidad acariciando sus largos dedos. ¿Para qué hablar? Eramos demasiado jóvenes para hacer planes con respecto al futuro. Nuestra juventud prohibía cualquier sueño, cualquier posibilidad...

—¿Y si huyéramos?

Dolores, más realista, contestaba:

—¿Huir, adónde? No iríamos muy lejos. La policía nos prendería antes de llegar a Paraíba. Sin dinero no puede hacerse nada. Mejor es dar tiempo al tiempo y, más tarde, volver a encontrarnos.

—¿Y tú me esperarás?

—Toda la vida. ¿Y tú a mí?

—Toda la eternidad.

En los últimos días pude comprobar que también ella se había "puesto de novia", que había adquirido mis propios sentimientos.

Con la uña trazó en el muro dos corazones entrelazados por una flecha incendiada de amor. No estaban muy bien hechos, eso sí, porque Dolores siempre había confesado ser una negación en dibujo. Pero ¿qué importaba que los corazones fuesen medio torcidos y gordinflones? Lo que valía era la sublime intención.

De repente, Isaura cantó su canción de aviso, a todo pulmón. Seguramente que se oiría hasta en la playa de Areia Preta.

Dolores se deslizó hacia abajo y yo salté a ordenar las tejas viejas. Dadada se había enredado en una discusión infernal con la piraña del amor divino.

Trepé a la ventana del garaje, a tiempo de ver que mi hermana se retiraba indignada, exclamando: "¡Es una inmoralidad!"

Quedé blanco. ¿Nos habría descubierto? ¿Habría visto algo?

—¿Qué fue, Dadada?

Dadada estaba furiosa y descargó toda la culpa sobre mí.

—¿Viste lo que se gana con servir de niñera de los amores de dos mocosos?

Tuve que oír lo que nunca había escuchado en mi vida.

—Calma, Dadada. Cuenta qué pasó.

Ella respiró hondo, intentando concentrarse. Su rostro se había vuelto rojo de rabia.

—Cuando ella llegaba comencé a cantar bajito, para que ustedes se fueran. Al ver que iba directamente a la ventana canté una canción "fuerte", para desviar su atención.

Repitió la canción y casi estallé de risa:

"Baila el padre, baila la madre, baila la hija,
baila toda la familia,
que yo también quiero bailar...
Doña Chiquinha, ¿por qué llora esa criatura?
Llora por tener la barriga llena,
con muchas ganas de c..."

—Cuando escuchó el final me dijo de todo. Que ésta es una casa de familia y que lo que yo cantaba era una indecencia, una inmoralidad. Que iría a contarlo todo adentro. Y lo peor es que dijo que yo, ahora, me pasaba la vida escondida en el garaje, que estaba ocultando alguna cosa sucia y llena de pecado.

—Eso no significa nada. Si se lo cuenta a mi padre o a mi madre, se van a reír mucho.

—Espera una cosa: me parece que vio algo entre ustedes.

—Si vio no debe de haber sido demasiado. Nunca hicimos nada que hiriese la moralidad.

Dadada estaba disconforme.

—Me parece que ya me demoré mucho en esta casa. En cualquier momento arreglo mis cosas y tomo nuevo rumbo.

—Tonterías, Dadada. Eso pasará.

Pero salí de allí medio receloso.

Revivía la escena en mi cama, en plena rebelión. ¿Qué mal habíamos hecho? ¿Y lo que me habían dicho? Que no sabía respetar la honra de las hijas ajenas. Todo aquello era algo muy feo. ¿Agarraditos? ¿Rostro contra rostro? ¿Dónde estaban mis principios de moral? Aquella idea de huir era una locura, ¿no lo estaba viendo? Avisarían a la policía y todos irían en nuestra persecución. ¿O qué pensaba yo de la vida? ¿Que podía casarme antes de cumplir los quince años? Locura mayúscula...

Quedaba reflexionando acerca de cómo habían podido deducir todo aquello. Porque ni Isaura sabía el contenido completo de nuestras conversaciones. Y si lo hubiera sabido tampoco habría dicho nada. ¡Qué humanidad tan sucia! ¡Qué gente tan llena de malos pensamientos y condenaciones! ¿Y el resultado de todo? Bien, no podría ir al huerto hasta que la chica partiera. Dejarían que fuera a la playa porque allí estaría más lejos de las tentaciones. Por la tarde podría dar una vueltas hasta la hora de comer. Después de cenar no sacaría ni un pie de casa, ni siquiera para dar un paseo por la vereda. Esto en lo que se refería a mí. ¿Y Dolores? Ella fue castigada duramente. Dadada me contó que había llevado algunas bofetadas y otras cosas más duras. Que hasta la partida quedaría recluida en la habitación; saldría solamente para las comidas y las supuestas idas al baño. Incluso a las sirvientas de una y otra casa se les prohibió que hablaran entre sí.

Lo que más dolía era saber que, dos horas antes de dormir, Dolores tenía que quedarse arrodillada con una silla en la cabeza.

¿Cómo había sabido todo eso Isaura, si tenía prohibido conversar con la sirvienta de la otra casa? Un misterio.

Apenas acababa de comer penetraba en mi cuarto, sin saber qué pasaba en el mundo ni desear conversar con nadie. Solo con mi dolor mordiéndome por dentro. Con los ojos llenos de lágrimas pensaba en Dolores, que en ese momento estaría pagando su castigo. Si por lo menos pudiera compartir su dolor, estar a su lado con una silla en la cabeza. No me habría importado que fuese una silla, un sofá o un juego entero de muebles. Lo que hacía sangrar mi corazón era no poder verla y no participar de su desventura. Porque, de tener alguna culpa, debíamos pagarla de igual manera, dividir entre los dos nuestro gran pecado.

Daba vueltas, con el cuerpo empapado de sudor y con agonía. El corazón se me había encogido tanto que, de haber tenido que alojar a Adán, no habría quedado lugar para él. No cabía nada, ni siquiera una deslucida ranita de charco.

Lejos de mí la idea de vestir mi taparrabos, mi camisa de gimnasia y tomar el cuchillo de abrir papeles. No tenía deseos de volver a ser Tarzán. Era mejor que él se mantuviera aparte, pues en aquella hora me debatía entre el desánimo y la furia. Que Tarzán se quedara en su selva, con sus monas piojosas y llenas de pulgas.

Contra el único que no protestaba era contra Maurice. Con ése no me metía. Pero —cosa extraña— no sentía deseos de verlo, ni de contarle la enormidad de mi infortunio.

No vi más a Dolores. Su castigo era feroz. Creo que ella, pensando que yo podía verla, dirigió una vez la luz de la linterna eléctrica hacia el lado de la cocina. Con aquel rápido centelleo quería decir que me amaba y que nunca en la vida me olvidaría.

* * *

Todo terminado. Todo muerto. Corazón ¿para qué? No servía de nada decir cualquier cosa. Dolores había partido y ni siquiera la pude ver cuando tomó el automóvil y se fue hacia el muelle. Habían hecho un misterio de su partida y del barco que tomarían. ¿Y yo? Allí estaba. Solito como naciera. Vacío por dentro, esperando que un viento enorme soplara sobre mi cuerpo y me llevase hacia un rincón del mar desde donde viera pasar el barco de Dolores.

Era el sino de su propio nombre: Dolor, Dolores...

Desde la playa descubrí que la creciente vendría cerca de las ocho, y con ella el barco de Dolores saldría del puerto, y entraría en alta mar, hacia el lado del Norte.

Ahora me dejaban que saliera, que paseara por la vereda entre las luces de la balaustrada. Sabían que yo procuraría bajar a la playa para sentarme en el malecón y ver cómo el barco desaparecía poco a poco.

Y eso fue lo que hice. Sentado sobre mi soledad quedé aguardando el barco iluminado que cruzaría las aguas del río Potengi. Sin pensar en las consecuencias, saqué un cigarrillo del bolsillo. Arrojaba al aire las bocanadas de humo y sentía que algo mío acompañaba aquella partida.

Comencé a cantar una canción que era mía y de Dolores.

"Mira hacia el cielo
y contempla qué linda está la Luna.
Parece que las estrellas estén bailando

alrededor de la Luna, que se refleja
allá en el mar."

No había Luna. El cielo era un avispero de estrellas, que hacían dibujos de todo. Hasta la constelación del Navío parecía querer recordar mi dolor. Sirio estaba allá. Canopo también. El buen Padre Monte me había enseñado a mirar un poco el cielo. Continuaba mi canción, con los ojos casi llenos de lágrimas.

"También en el cielo de mi vida
tú eres la estrella que más brilló.
Y en una noche linda te fuiste
para no volver nunca más..."

Ella, Dolores, ¿volvería? Era muy difícil. Todo parecía tan imposible y lejano... Y una nostalgia infinita venía a corroer mis recuerdos. Sus manos de dedos largos. Al final había desistido de amar a Clark Gable para quererme a mí. ¿Podía haber mayor prueba de amor? Ni siquiera podría escribirle. Partió sin dejarme una dirección. Y si me escribía, seguramente la carta sería interceptada y jamás llegaría a mis manos.

"A veces me pongo a pensar,
viendo a la Luna que se pone en el cielo a brillar...
Y la Luna viene bajito
a decir con cariño
que tú has de regresar..."

Los ojos fijos en la entrada del puerto. Las diminutas luces de las casas de los pescadores brillando como estrellas menores. Un ruido me conmovió fibra a fibra. El barco hacía sonar la sirena en el muelle. Venía majestuoso, con todas sus luces encendidas. Debía pitar para despedirse del práctico o decir adiós a las aguas del río.

Se me hizo un nudo en la garganta, mientras seguía su indiferente navegar. El se llevaba la mitad de mi vida. La mitad, no: toda mi vida, todo mi corazón. Toda mi angustia helada.

El vapor seguía en línea recta, durante algún tiempo, hasta alcanzar el mar abierto. Después enfiló hacia el Norte. ¿Y Dolores? ¿Dejarían que ella quedara sobre cubierta, mirando la ciudad hasta perderse de vista? ¿Mirando el collarcito de luces que formaban la balaustrada de Petrópolis? Pensando en la vereda donde tantas evoluciones diera con sus patines.

"Es un mamarracho de piernas flacas. Una cucaracha pelada..."

¿Por qué existía gente tan mala? Todo podría haber terminado sin maldad. Faltaban solamente tres días. ¿Era necesaria semejante ruindad? El barco desaparecía entre las estrellas reflejadas en el mar.

Esta vez mis ojos estaban llenos de lágrimas. Lloraba por mi desesperación y abandono. Por ser tan pequeño y frágil y no poder hacer nada.

> "Y la Luna viene bajito
> a decir con cariño
> que tú has de regresar..."

No me hacía ilusión alguna. Dolores no regresaría. El corazón me afirmaba esa realidad. En lugar del barco solamente existía la noche oscura, llena de estrellas, y el mar negro y mudo. Sirio dominaba en el cielo. Canopo también. ¿Para qué la Luna? No hacía falta. Solo nostalgia.

Y si hubiera Luna, ella no vendría a hablarme de aquello. Hablar de cariño ¿para qué? Cariño, algo que yo conocía muy poco en la vida.

Capítulo Séptimo

PARTIR

Mi quinto año de colegio secundario se inició casi al mismo tiempo en que yo cumplía quince años. Y con quince años ya me sentía casi un hombre. La libertad de salir por la noche hasta las nueve, quedarme en la playa el tiempo que quisiera, ostentar un cigarrillo en los dedos atrevidos del comienzo de la adolescencia. Recibir de regalo un estuche de afeitar para rasurarme con orgullo por primera vez; hablar ruidosamente para demostrar que mi voz se había hecho más recia. Frecuentar los salones de billar y jugar una partida a la hora en que debía encontrarme en clase. Flirtear finamente con las niñas del colegio de la Concepción. En fin, un mundo inmenso que abría sus puertas no solo a mi curiosidad, sino también a la búsqueda de una afirmación.

¿Dolores? Bueno, aquello había sido muy lindo mientras duró. Una pequeña ilusión del final de mi infancia. Lo importante ahora era frecuentar las sesiones de cine de los miércoles, sesiones de la juventud, en las que proliferaban las mujeres más lindas del mundo. Todos iban a flirtear, a buscar nuevas sensaciones románticas. Y yo en medio de todos, para seguir el movimiento de la moda. Lo más efectista era quedarse a la puerta del cine con un cigarrillo en los labios, sonriendo indiferentemente a las colegialas, casi siempre acompañadas por una tía que hacía de guardiana o por una madre inoportuna.

Con todo aquello mis estudios se aflojaron un poco. Dejé de ser el primer alumno para conseguir con dificultades el segundo lugar.

Los libros que leía habían hecho evolucionar mucho mi gusto. Cascudinho continuaba prestándole libros a mi padre; pero, como quien no quiere la cosa, dejaba que yo eligiera los libros a placer. Así me hice íntimo de un monstruo maravilloso llamado Dostoievski. Las cosas serias fueron ocupando el lugar, abierto por las aventuras de mis héroes favoritos, como Tarzán o el Hombre-león.

El deporte se había convertido en mi segundo reinado. Nadar, hinchar el pecho a lo largo de distancias enormes y sentir deslizarse el cuerpo leve, impulsado por los fuertes brazos que no se cansaban nunca. Hacer que durante todo el tiempo el cuerpo se fuera bronceando. Absorber el aire marino y reposar, con taparrabos minúsculos, en las blancas arenas.

Por la noche, la ronda para buscar lindas chicas, pero sin idea alguna de maldad.

Fayolle me observaba y continuaba siendo dueño de todas mis confidencias. Sin embargo, algo le preocupaba mucho: mi indiferencia sobre el futuro. Tarcisio había optado por estudiar abogacía, todos planeaban algo, y solamente yo seguía sin definirme.

—¿Ni medicina, Chuch?

—¿Qué cosa, Fayolle? No...

—¿Por qué no? Seguirías la carrera de tu padre.

Me rascaba la cabeza.

—¡Quién sabe! A lo mejor, algún día...

—¿Pensaste en hacerte abogado? Seguirías los pasos de Tarcisio, tu amigo.

—Sería bueno.

—¿Y la carrera militar? Con semejante físico te adaptarías bien a un uniforme.

Me vi como oficial del ejército, o con el uniforme de la marina, pero no sentía ningún entusiasmo. Si existiese la carrera de nadador profesional, quizá. Pero ni siquiera eso me entusiasmaba mucho. Lo que yo quería era andar, andar sin pensar en nada, sin asumir compromisos. Como si la vida fuera un bajar del tren, caminar por las carreteras, tomar barcos y no detenerse nunca. No sabía explicarme. Solamente sentía el deseo de ir cada vez más lejos, a una lejanía de donde la gente nunca regresara. En la cual la gente caminara siempre...

Y la vida pasó, tan ligera que ni yo la sentía. También la vida caminaba sin detenerse, sobre mi cuerpo.

Entonces comencé a descubrir una cosa, algo que Maurice siempre me dijo que habría de suceder. Comencé a ser amigo de mi padre y a gustar de mi casa. Me ponía a analizar fríamente lo difícil que resultaba criar una criatura, en especial cuando no era hijo y poseía una precocidad desorientadora. Eso, a pesar de existir siempre un muro entre los dos. Un muro creado naturalmente por mí.

Con el correr de los días, muchas veces, ese pensamiento

angustioso me perseguía. El año ya había pasado de la mitad y en seguida vendrían las terceras pruebas y, por fin, las cuartas y últimas. Estaría graduado. Necesitaba corresponder al esfuerzo que habían hecho por mí. ¿Y el miedo? Un miedo que ni una decena de saposcururus aliviarían. Terminando el curso, tendría que partir. Volvería a Río. ¿Cómo sería mi vida con mis hermanos? Nos habíamos separado bastante. ¿Con qué ojos me verían? Naturalmente, con alegría. Pero yo era otro, un niño con educación y estudios. Un niño o un muchacho con las valijas llenas de ropa y buen calzado, con los dientes bien cuidados. ¿Y ellos? La vida de las fábricas. Los agotadores viajes en los trenes, para ir a trabajar en la ciudad. Levantarse de madrugada y volver de noche. Lluvia y calor en aquellos trenes tan pronto sofocantes como helados. A veces sin almorzar, porque en algunas ocasiones las marmitas agriaban la comida. Sin posibilidades, o con poca oportunidad en la vida, por falta de mejores estudios y preparación... Todo aquello aparecería de golpe en el momento en que desembarcara en Río. Un mundo tan cruel y adverso como aquel en que viviera en el tiempo de mi planta de naranja-lima. Sudaba frío al pensar en todo eso, e intentaba consolarme. Buscaría alguna forma... Algo para no ver las cosas malas de la vida y adaptarme a cualquier medio. Lo peor sería cuando descubrieran que yo no quería ser nada. O que, por lo menos, no había encontrado aún mi camino en la vida. Una decepción. Quizá cualquiera de mis hermanos mereciera más la oportunidad que se me dio y que yo desperdiciaba, indiferente. Mejor olvidar. Olvidar y nadar. Romper el mar en trocitos agradables contra mi cuerpo fuerte, como si nadar fuese una manera diferente de caminar.

Me gustaba mirar cómo jugaba al fútbol Tarcisio; era el lateral derecho del primer equipo. Jugaba con impresionante elegancia, elaborando todas las jugadas, como un verdadero *crack*. Parecía que la pelota fuese atraída siempre por sus pies. Tarcisio, sí, un verdadero amigo, siempre con ese gesto callado, solo deseoso de conversar conmigo. Comprendiendo pacientemente todas las locuras que se me venían a la cabeza. Cifrando sus ideales en la ingrata carrera de la abogacía. ¿Y yo? Hablaba con el corazón, sin el consuelo de mi sapocururu: ¿Y tú, Zezé? ¡Oh, hay que dejarse de historias, algo aparecerá, no es posible! Mientras tanto vamos a andar y esperar. Pero, Zezé, ¿esperar andando? Claro, ¿qué otra cosa se podría hacer conmigo?

* * *

Me encontraba en el dormitorio, reclinado en la cama, con un libro de trigonometría y una tabla de logaritmos. No estaba estudiando, sino que analizaba conmigo mismo la inutilidad de ciertos estudios. ¿De qué me servirían en el futuro las declinaciones latinas, *rosa, rosae?* ¿Por qué torturarme con aquellos antipáticos logaritmos, si no veía correspondencia alguna entre ellos y cualquier carrera en la que pensara ingresar? ¿No era una tontería haberme roto la cabeza, bajo los gritos del Hermano José (que no había muerto para que el colegio tuviera tres días sin clase, ni había sido asesinado por mí allá en la torre del campanario, ¡adiós Legión Extranjera!), con los cálculos de la raíz cúbica?

Estaba tan preso de desconcierto que no sentí que la puerta se abría y un bulto venía a pararse frente a mí.

—¡*Monpti!*

Me llevé un susto tan grande que dejé caer los libros al suelo.

Maurice reía con ganas.

—¿Qué es eso? ¿Estás viendo a un fantasma?

Quedé callado, tembloroso, sin responder. Hacía mucho que me había acostumbrado a considerar que Maurice fue uno de los más lindos sueños de mi vida, un cofre secreto de toda mi ternura extravertida.

—Levántate, *Monpti.*

Obedecí lentamente.

—Date vuelta.

Maurice hizo restallar los dedos en el aire y comentó:

—¡Dios mío, cómo creciste! Qué fuerte estás, *Monpti*. Y todo bronceado.

Yo, fascinado, solamente miraba sus ojos, sin saber si llorar o sonreír, o si no estaba haciendo las dos cosas al mismo tiempo.

—¿No te has olvidado de algo, *Monpti?*

Claro que no me había olvidado. Sus propias palabras repitieron en mis oídos: "Aunque te conviertas en un adulto siempre tendrás que besarme como a un padre."

¿Y por qué no? ¿Acaso no fue él quien me acunó en la soledad de mi cuarto? ¿No me consoló siempre con sus palabras amigas? ¿No había entibiado mi sueño?

Abrió los brazos.

—¿Qué estás esperando?

—Nada.

Me arrojé en sus brazos y besé su rostro. Lo apreté con fuerza contra mi corazón.

—¡Ah, Maurice, hacía tanto tiempo que no venías!

Trató de sentarse y notó que algo faltaba.

—¿Dónde está Orozimba Chevalier?

—Pensaron que yo había crecido mucho, y que merecía algo mejor y más nuevo en mi dormitorio.

Empujé un sillón sin significado y sin nombre.

—Siéntate aquí. No fue bautizado, pero es muy confortable.

Se quedó mirándome un segundo, bien adentro de los ojos, y después tomó la decisión de sentarse.

—Tanto tiempo, ¿no, Maurice?

—Sí, es verdad. Pero anduve muy ocupado con tantos contratos de casino, cine, *shows*. Era algo de nunca acabar... Y como sabía una cosa...

—¿Qué cosa?

—Que avanzabas y descubrías la vida solo. Que no sentirías tanto mi falta... ¿no es verdad?

—Tal vez. Quizá mis días estuvieran muy llenos de cosas. Tal vez, e infelizmente, cuando llegaba la hora de dormir estaba tan cansado que apenas dejaba la cabeza en la almohada ya estaba durmiendo. A veces ni siquiera llegaba a rezar.

—Lo sabía. Ahora cuenta, cuéntame todo.

—¿Sobre qué?

—Caramba, tenemos mucho de que conversar. Mi vida ya la conoces, no se diferenció mucho de la de otros tiempos. Pero ¿y la tuya?

—No sé cómo comenzar. Confieso que me desacostumbré un poco a ti, mi querido Maurice.

—Entonces te ayudaré. ¿Cómo va tu vida aquí, en esta casa?

—¿Sabes que muy bien? Comencé a descubrir cosas nuevas, hechos nuevos, que me han convencido de que aquí nadie es enemigo mío.

—¿No te lo había dicho?

—Mi padre está revelándome encantos que antes nunca mostró.

—Quizá porque tú nunca le diste la oportunidad.

—Sería hasta capaz de confesarte una cosa.

—Pues dila.

—Ellos son excelentes, muy buenos. Fue una misión difícil y empeñosa la de educarme. La verdad es que no sirvo para nada.

—Estoy de acuerdo con la primera parte. Con la segunda, no. Confío mucho en ti y en la bondad de ese corazón. Quien siempre ha sido capaz de soñar cosas tan lindas, tiene una vida maravillosa por delante. ¿Te acuerdas de Adán?

—¡Claro, Maurice! Fue tan real que hasta hoy me parece estar viéndolo.

—Eso me deja contento, *Monpti,* porque en la vida siempre serás un chico grande.

—Estás repitiendo las mismas palabras amigas de Fayolle.

—¿Y él, cómo va?

—No cambia, es el mismo de siempre. Nunca tuvo una palabra áspera para mí. Siempre esperando de mí lo mejor.

Maurice se recostó en el sillón.

—¿Sabes?, hoy vine muy cansado. Pero no podía dejar de venir. Hoy, especialmente.

—¿Y por qué hoy especialmente?

—Después te lo diré.

Miró largamente el techo y, luego, sus ojos –ojos claros– buscaron los míos. Siempre me ha gustado hablar con las personas que no desvían la mirada. Eso me da una señal de seguridad y de fe.

—¿Y el corazón, *Monpti?*

—Lo descubrí, Maurice. Descubrí aquello que me enseñaste hace algún tiempo. Descubrí que el amor es la cosa más importante del mundo.

Le narré detalladamente mi amor por Dolores. Y después otras pequeñas conquistas sin mayor importancia. Cuando acabé, él sonreía.

—Si, ése es el embrión, el comienzo. Porque el día en que puedas amar verdaderamente estarás seguro de que no hay cosa ni felicidad más hermosas en este mundo.

Tuvo una actitud que antes nunca tuviera.

—¿Te molesta que fume?

—No. ¿ Por qué?

—Porque hay gente que detesta fumar en el cuarto o que se fume en él.

—Aunque no me gustara, sería el primero en ofrecerte los cigarrillos...

Agradeció y sonrió.

—Quiere decir que tú, ya...

—Medio paquete por día, y a escondidas.

—Estoy contento, *Monpti,* muy contento contigo. Mucho, porque en realidad estás convirtiéndote en un hombrecito. Ahora sí, en un hombrecito. Por eso te dije que el comienzo de hoy es un día especial.

De repente mi corazón tuvo una punzada de tristeza. ¿Sería lo que yo estaba pensando?

—Exactamente, *Monpti*. Te dije una vez que cuando descubrieras el amor ya no necesitarías de mí.

—¿Quieres decir que me dejarás como lo hizo Adán?

—Vas a descubrir que lo haré de la misma manera.

Se me hizo un nudo en la garganta.

—Pero Adán era un sapo, un sueño.

—Y yo ¿no soy la misma cosa?

—No, puedo tocarte y ver que eres tan real como siempre lo fuiste.

Para probárselo le apreté largamente la mano.

—*Monpti*, la vida es así. Uno siempre está partiendo. No es que el corazón olvide o la nostalgia muera. Esas cosas siempre permanecen en nuestra ternura. Pero uno debe partir en el momento exacto.

Mis ojos se estaban llenando de lágrimas.

—No quiero eso, *Monpti*.

Y para mi mayor espanto, Maurice sacó del bolsillo un finísimo pañuelo de hilo, con cuadritos negros y blancos. ¡Hasta él, Dios mío! Me enjugó el rostro con delicadeza.

—No quiero partir viendo tus lágrimas.

Intenté controlarme, tragando mi emoción poco a poco.

—Todo cuanto yo debía hacer era abrir en tu corazón un mundo de esperanzas y, sobre todo, de amor. Ahora, *Monpti*, debo partir.

Me abrazó largamente y acercó a mí su rostro, para que lo besara.

—¿Nunca más nos encontraremos, Maurice?

—¡Claro que sí! Un día. Cuando seamos más hombres y más maduros.

Me miró a los ojos por última vez, con toda su franqueza:

—Y oye algo más. Sea cuando fuere, el día que nos encontremos, aunque ya seas un hombre hecho y realizado, no olvides lo que me prometiste una vez.

Sabía de qué estaba hablando: que yo debería besarlo como a un padre, sin ningún recelo ni partícula alguna de vergüenza.

—¿Lo prometes?

—Te lo prometo.

—Entonces, adiós, *Monpti*.

—Adiós, Maurice.

Mi voz había enronquecido, como en un intento de sustituir aquello que mis ojos tenían prohibido hacer.

Me despertó el ruido de los libros que caían al suelo. Estaba solo, reclinado en la cama, con el cuerpo medio dolorido por aquella posición. Mis ojos humedecidos, con la presencia de la luz encendida me dolieron más.

Maurice había partido de mi vida, de la misma manera que Adán. Vino como un sueño, y como otro sueño se fue. ¿Por qué todo debía partir en la vida? Simplemente, Zezé, porque nacer es partir. Partir desde la primera hora comenzada, desde el primer momento respirado. Y no puedes luchar contra la dura realidad de la vida.

La puerta de mi cuarto se abrió lentamente. Me asusté de nuevo. ¿Habría olvidado Maurice decirme algo? En vez de él apareció el rostro moreno de mi padre, que me miraba preocupado.

—¿Te pasa algo? Fui al baño y vi encendida la luz de tu cuarto.

—No es nada. Necesitaba estudiar hasta más tarde.

—Pues es hora de parar, ya pasa de la una.

Me miró atentamente.

—Tienes los ojos muy rojos, congestionados. En el baño, en mi armario hay colirio.

—Voy a usarlo.

Me sonrió.

—Entonces a dormir. Buenas noches.

Era extraño que por primera vez viniera a mi dormitorio a darme las buenas noches. Y aquel gesto suyo hizo nacer un pequeño sol de gratitud.

Capítulo Octavo

EL VIAJE

Todo corría a borbotones. Ya había terminado las últimas pruebas del quinto año secundario, y a duras penas logré mantenerme en el segundo lugar, rompiendo así la serie de los primeros puestos obtenidos en los años anteriores. En un cerrar de ojos me encontré en la sastrería, para que prepararan mi ropa azul de graduación. Había perdido feamente en la elección del orador de mi curso, obteniendo apenas dos votos: el mío y el de otro compañero. Un fracaso total.

La fiesta se celebraría el 23 de noviembre, en el Teatro Carlos Gomes. La solemnidad siempre había sido un acontecimiento en Natal. El gobernador Rafael Fernandes asistiría a la entrega de los diplomas. Una verdadera fiesta, para la que el Hermano Luis ensayaba una pieza con indios adornados con plumas de plumero. Todo una belleza hasta el momento de comenzar. En plena marcha sonó la "melodía": estalló la revolución de 1935. Un estruendo. El propio teatro se convirtió en blanco de los ataques, con el gobernador adentro. Ametralladoras por todas partes, fustigando la pared del edificio. Todo el mundo parecía una cucaracha atontada. ¿En qué quedaba la graduación? ¿Y la fiesta? ¿Y la pieza de teatro? El *Triunfo de la Cruz* corrió aguas abajo. La gente sentada en la sala, en las sillitas en fila, comenzó a desbandarse. Los Hermanos iban y venían, pidiendo calma y orden. Indios con plumas de plumero corrían tropezando con los empleados del teatro que, a su vez, atropellaban a los alumnos graduados, cuyas familias, asomadas a los palcos, hacían señales para que saliéramos del escenario. Fue la cosa más graciosa que mis ojos de quince años habían visto hasta aquel momento.

El gobernador desapareció como por milagro. Nadie pudo imaginar cómo había logrado hacerlo, con el teatro completamente cercado y las balas cayendo por todas partes.

Fueron cinco días de pánico. Los revolucionarios comenzaron a batirse en retirada, y hasta buscaron a mi padre en casa para llevarlo a que curara a los heridos. No sabían que también él estaba en la tal solemnidad.

Por las noches llovían las balas. El cuartel de la Policía Militar quedó hecho una miseria. La gente se refugió en una casa vecina al teatro y nadie ponía el ojo en la calle. Cinco días en una casa atrancada. ¡Con el estúpido traje de casimir azul haciéndome arder de calor en la casa sofocante!

Hasta que llegó la noticia de que los rebeldes estaban huyendo al interior del Estado. Me dieron orden de salir, procurando ir por las calles más protegidas y menos peligrosas. Querían averiguar lo que hubiera podido ocurrir en nuestra casa. Me parecía formidable. Porque ya no soportaba quedar encogido en aquel refugio que caritativamente nos salvara la vida.

Al llegar a casa verifiqué que una cerradura había sido rota, lo mismo que un vidrio de la terraza. Y también me di cuenta de que hacía un día de sol bello y convidador. No titubeé. Me puse mi ropa de baño y me fui a nadar, a limpiar el calor de aquellos días opresivos, con tantas preocupaciones para todos. Nadar, sí. La marea estaba tan alta como para sentirse jinete de olas inmensas y verdes. Y el mar parecía solamente mío. Ni sombra de alma viviente. Me olvidé de la vida. Sería bueno aprovechar el mar, aquel mar que en breve abandonaría. Me arranqué la ropa y comencé a nadar libremente. Avanzaba mar adentro y retornaba hasta la playa montado en aquel mundo de olas.

Cuando me di cuenta de la hora que era me llevé un susto. El sol estaba allá arriba, indicando la proximidad del mediodía. Iba a tener que correr, subir la ladera echando los bofes por la boca. Una ducha fría, la toalla raspando el cuerpo, y salir sin siquiera pasarme el peine por los cabellos. A la calle. Pie en el suelo como si fuese un ala, porque ni los tranvías funcionaban. Llegué pasada la una, y cuando descubrieron que estaba vivo, que no había sido ametrallado y ninguna perforación aparecía en mi cuerpo... Cuando descubrieron mi cabello despeinado y mi rostro dorado por el sol, el mundo se vino abajo. Me llevé una reprimenda tan grande que hubiese sido mejor haber muerto fusilado antes.

* * *

Entonces la ciudad entró en el ritmo calmo de siempre, porque nunca una ciudad como Natal se había apresurado para ninguna cosa. Quizá solo en los días de regatas, o en las competiciones de natación. Claro que todo el mundo se detenía para hablar de lo que ocurriera o de lo que no ocurriera. Había habido muertos. La conversación se volvía tristeza; pero así tenía que ser. Una revolución sin muertos no es una revolución, escapa a sus características.

Y todo pasó. En el rostro de la ciudad quedó solamente el recuerdo de las paredes y las casas agujereadas por los proyectiles. Algunas cruces nuevas en el cementerio. El ruido de los tranvías amarillos llenando de vida las calles que estuvieran tranquilas tantos días. Cuando encontraba algún conocido cambiaba en seguida de tema. Aquello ya estaba hediendo.

Ahora tenía que orientar mis pasos hacia el colegio. Necesitaba encontrar a Fayolle antes de que partiera a su retiro anual, en Recife.

Mis pasos adquirían un nuevo significado. Sentía el peso de la nueva responsabilidad que estaba por venir. La meta de mi vida sería modificada en breve; una trasformación iba a ocurrir en los próximos días, y eso me llenaba de inquietud y miedo, ¿por qué no decirlo?

Mis ojos preocupados analizaban el paisaje con mirada de adiós. Parecían querer aprenderlo todo de memoria, para recordarlo después. Pisaba los *ficus benjamim,* esas pelotitas que siempre había sentido un inmenso placer en aplastar sobre la vereda; pero ahora experimentaba dolor al hacerlo. Allá arriba de la torre de la catedral, las banderitas que indicaban los barcos temblaban en el aire. Después, la calle del colegio. La vereda de la iglesia donde una tarde yo corriera con la toalla y vestido con un simple pantalón de pijama. El puesto de don Arturo, donde probábamos nuestro machismo con las compras de cigarrillos o con una bebida tomada sin saberlo hacer, sin gracia. La ventana que daba aquellos ruidos explosivos y divinos de mi tercer año; parecía que ahora, cerrada, me estuviera dedicando una "risa de gallina" al ver mi sufrimiento interior. La torre blanca y manchada de la iglesia, y Moisés allá arriba, todo silencio, apagamiento y negrura. Moisés, que nunca había sonado en la oscuridad para asustar a los demás, en la tranquilidad de la noche tibia.

Las escaleras de la entrada, donde nos habíamos sacado la última fotografía.

La puerta de resortes. La secretaría. FAYOLLE.

—Tenía miedo de no encontrarte.

—Por eso telefoneé a tu casa avisando mi partida.

Nos sentamos como antiguamente. Toda mi vida de niño estaba

sentada allí, frente a Fayolle. Sabía que ambos pensábamos lo mismo. Yo había crecido, y en la cabeza de Fayolle, recientemente rapada, entre las greñas medio rojizas que quedaban, crecían algunos cabellos plateados.

No sabíamos cómo quebrar el silencio. Dolía conversar sobre lo que tratábamos de decir.

—¿Entonces, Chuch?

Tragué espinas antes de responder.

—Estamos preparando mis papeles y en menos de quince días viajaré hacia el Sur, en el "Itahité".

Fayolle se revolvió, inquieto, en la silla. Estaba medio pálido, cosa bastante difícil en su rostro tan sanguíneo.

—Entonces prefiero hacer una cosa.

Tardó en confesar:

—Voy a pedir permiso para llegar más tarde al retiro y no viajaré todavía. Quiero ir a despedirte. Quiero verlo todo, Chuch.

La verdad es que la vida era cruel y ciertos momentos nos podrían ser ahorrados.

El disimuló:

—Tu vida comenzó de una manera muy complicada.

Se refería al acto de graduación. Reí sin mucha animación.

—Tal vez sea un aviso de que todo va a ser, también, muy complicado.

Fayolle fijó largamente sus ojos en los míos, como lo hacía siempre que quería obtener una confesión sin preguntar nada.

—Dime la verdad, Chuch.

—Ya sabes cuál es.

—No resolviste nada, ¿no es cierto? Todavía no has tomado ninguna decisión, ¿verdad?

Moví la cabeza, confirmando.

—No sé, no sé... realmente no lo sé, Fayolle.

—Entonces, lo que le contaste a tu padre no tenía ningún valor.

—Ninguno. Pero necesitaba inventar una cosa para que mi familia no se decepcionara más.

—Entonces, ¿no vas a seguir la carrera de aviador?

—No. Y eso duele, porque ya me están preparando unas cartas para la Escuela Militar de Realengo. Pero no quiero volar. Nunca quise. Quizá solamente en mis sueños.

Quedamos en silencio, hasta que rompí el hielo.

—No debo servir para nada, Fayolle. Justamente yo, que tengo una familia tan grande y podría ayudarla. Mi tribu Pinagé, como la llamo en la intimidad. Pero no debo ocultarte algo: siempre deseé desaparecer de aquí; esperaba mordiéndome las uñas el tiempo en que llegara ese día, y ahora siento miedo. Miedo de haber actuado como un indiecito cruel y malvado, que no aceptaba nada, que rechazaba cualquier aproximación, que no retribuía con un mínimo de buena voluntad nada de todo lo que hicieran por mí. Sí, yo no sirvo. A ti puedo decírtelo. Solamente veía enemigos frente a mí. Juzgaba que todo lo que hacían conmigo eran cosas equivocadas y sin sentido. Ahora...

—No, Chuch, no es así. Tienes buen corazón y vas a encontrar tu camino en la vida. Eso tenlo por seguro, aunque haya de gastar mis rodillas y derretir las cuentas de mi rosario. Lo que pasa es que siempre fuiste una criatura difícil y precoz. Pero sé que saltarás todos los obstáculos y acabarás descubriéndote. Dios no hubiese puesto tanta creatividad en una cabeza como la tuya solamente para no llegar a nada, para desperdiciarla, ¿no te parece?

Sus ojos crédulos y buenos me proporcionaban una pequeña dosis de esperanza. De no ser por él, ¿qué habría sido de la soledad de mis primeros años? El nunca podría ser el padre soñado por mí, ya que había renunciado a las Glorias Vanas del Mundo. Una vez, Maurice me había preguntado eso, sí. Quizás hacía dos mil años...

— Creciste mucho, Chuch. Eres casi el más alto de tus compañeros. Y estás fuerte, cada vez más fuerte, con esos hombros anchos. Todo eso va a ayudarte mucho en la vida, Chuch.

—Crecí porque me convenciste de que debía operarme de las amígdalas. Tú y Maurice.

Sonreí balanceando la cabeza. Fayolle también acompañó mi sonrisa.

—¿Y él?

Estábamos jugando a soñar de nuevo.

—Maurice partió. Partió cumpliendo lo prometido: el día en que yo descubriera el amor...

—¿Y después?

—Me dijo que otro día, más tarde, nos encontraríamos, y sus últimas palabras fueron que siempre lo besara como un hijo, tuviera la edad que tuviere.

¿Por qué hacía tanto bien soñar con cosas bellas?

—Me vas a escribir, ¿no, Chuch?

—Siempre que pueda.

—Si llegas a tener muchas dificultades económicas... todo puede suceder... quizá yo pueda, alguna que otra vez, ayudarte un poco...

Rocé su mano, agradecido.

—Gracias, Fayolle; pero si Dios quiere no será necesario.

Me levanté creando coraje y estimulando mi corazón: Vamos, vida, ya que debemos vivir.

El me abrazó y solo dijo pocas palabras. Hizo una cruz en mi pecho:

—Paz, Chuch. Ama y sé feliz.

* * *

Mis últimos días se resumieron en poca cosa. Continuaba yendo a la playa, y por la tarde, después del almuerzo, salía. Deambulaba por las calles, por las plazas, mirando el paisaje, sintiendo el tamaño y el ancho de las calles. Quería grabar cada rincón en la memoria. Por dos veces me detuve en lo alto de la iglesia del Rosario, mirando mi río Potengi. Allí quedaba una gran parte de mi vida. El río de plata, alargándose a lo lejos al alcanzar la entrada del puerto. Los botes de vela, llevando y trayendo gente de la playa. Las márgenes llenas de mangle verde cuando la marea estaba creciendo, y ese lodazal burbujeante de cangrejos y otros crustáceos, cuando el agua se secaba. Las dos veces había sentido mojarse mis ojos.

Faltando dos días para partir encontré una triste novedad en casa. Isaura, después de una agarrada mayúscula, pidió su cuenta y se había marchado. También Dadada hizo su viaje. Sentí no haber podido despedirme. ¡Esa sí que era una mestiza trabajadora y honesta! Mujer brava del sertão, que amenazaba con sacar la faca por cualquier cosa y por dentro era pura manteca derretida de ternura.

La víspera de mi partida, cuando mi equipaje se hallaba presto, me despedí de la quinta; de todos los cajueiros, de la mangueira desde la que observaba y espiaba la vida de doña Sevéruba. De los trapecios abandonados, cuyas cuerdas envejecían, y que poco a poco se irían pudriendo hasta que por fin los retiraran. Trapecios irrealizados, que dejarían en el olvido todos mis sueños de huir con un circo y correr el mundo exhibiendo la destreza y elegancia de Caldeu, el hombre más fuerte, mejor dicho, ¡uno de los hombres más fuertes del mundo!

Visité el viejo gallinero donde guardaba la fruta robada en la vecindad, para comerla en la oscuridad de la noche. Sonreí con tristeza porque allí, un día, fue bautizada la "mina de Winneton".

Después había que esperar. Que viniese la noche, que se terminara de cenar, la hora del Brasil y la del rosario. Una melancólica vuelta por la vereda que fuera el reinado de Dolores. Sentarse en el fondo de la balaustrada y ver la playa iluminada de luces débiles, allá abajo. Y cerca de sus humildes luces, el mar, batiendo contra las rocas negras, llenas de ostras y mariscos. En esas piedras, uno jugaba a correr buscando los lugares más seguros donde apoyar el pie, sin riesgo de cortarse. Desde aquellas piedras me zambullía, asustando a los bañistas, cuando la marea estaba alta. Yo y mis compañeros Armando Viana y Geraldo cruzábamos hacia Areia Preta, causando inquietud a los habitantes de la playa. Los pescadores de jangada nos advertían: "¡Chicos, cuidado con el tiburón, cuidado con el cazón!" ¡Qué va! Siempre calculábamos que si el animal llegaba cogería a otro primero. Quince años y mucha energía. Quince años y mucha pereza de ir a pie hasta Areia Preta. ¿Cuántos kilómetros de agua, de olas? ¡Qué sé yo!... Era mucha distancia, eso sí. Y uno descansaba allá en una playa tan blanca y tan tibia, para luego regresar de la misma manera... Quedaba feo y era desagradable caminar tanto.

Después, dormir el último sueño de la mocedad y esperar la hora del embarque. Un embarque diferente, porque cuando vine del Sur me había mareado durante todo el viaje, mejorando tan solo cuando el barco paraba en los puertos. Había venido como un chico panzudo y flaquito, y regresaba hecho un muchachón fuerte, pero en verdad muriéndose de miedo.

La llegada a bordo, el olor del barco por cualquier rincón por donde se pasara; la búsqueda del camarote, y mi padre diciéndome:

—Después es fácil. Te orientarás por las escaleras.

Fuimos a ver cómo era el comedor del barco. Hacía calor.

—Cuando el vapor está en marcha es una maravilla. Hasta hace frío.

Todo sofocadamente.

—Ahora vamos a tomar un refresco en el bar.

Tragamos todo sin prisa.

—Vamos, que ya está sonando la sirena para los visitantes.

Corrimos hacía la escalera de cubierta y necesité bajar a toda prisa, porque Fayolle había llegado retrasado. Estaba más rojo aún, por el esfuerzo, y se abanicaba con su sombrero negro.

El barco hizo sonar la primera señal de partida. Mi corazón se asustó. Nadie como Adán para decirme: Calma, Zezé, todo va a salir bien...

Me despedí de todos y temblando apreté a Fayolle. Era la última persona a la que deseaba decir adiós.

Subí las escaleras como si mi corazón estuviera tropezando con las rodillas.

Nuevo pitido. El muelle lleno de gente diciendo adiós. Levantaron la escalera de acceso y soltaron las amarras. El bote del práctico ya estaba listo para dirigir la marcha, y el "Itahité" se separaba del muelle.

Me apretaba en un rinconcito para decir adiós. Llorar ¿para qué? No podía. Si daba un salto todavía podría alcanzar la tierra. Sin embargo, necesitaba partir para entrar en el mundo que se abría ante mis ojos casi inocentes.

No bien el barco se alejó cien metros, mi padre, conmovido, me decía el último adiós. Con el pañuelo limpiaba el calor de su rostro y empujaba a la familia por el brazo, como si ya le pareciera suficiente el tiempo que había permanecido allí.

El muelle iba vaciándose a medida que el "Itahité" enfilaba al gran canal del río.

Cuando se vació del todo, quedó una figura de negro diciéndome adiós. Una figura que se abanicaba con el sombrero y se enjugaba el rostro con aquel pañuelo de cuadros que me perseguía por todos los lados de mi nostalgia. Después se convirtió en un punto minúsculo, perdido en la sombra de grandes guindastes. Posiblemente permanecería pegado al muelle hasta que el barco estuviera fuera de la entrada del puerto. Sería, pues, la última visión grabada en mi nostalgia.

Me quedé allí, ya sin verlo más. Seguramente saldría sin prisa, se colocaría el sombrero e intentaría una sonrisa de resignación. Esperaría el tranvía amarillo, para tornar al centro de la ciudad y al viejo caserón del colegio.

Fuera de la entrada del puerto, el barco se despedía del práctico y lanzó un último toque de sirena. La ciudad iba quedando lejos. Se veía bien la balaustrada de Petrópolis, como si fuese un juguetito de enano. La catedral, con su alta torre. La iglesia de mi colegio, San Antonio. Su torre redondeada, con un gallo en espera del rayo que nunca apareció. Con una campana llamada Moisés, callada, detenida, muda. Tan juiciosa como para no dar aquella campanada que mis travesuras de niño siempre desearan.

Ultimo Capítulo

MI SAPO-CURURU

Estaba sentado a la mesa del bar del Museo de Arte Moderno. Bebía mi *whisky* lentamente, medio desligado de la conversación, del asunto que llenaba la mesa. Casi siempre las personas, los artistas, se reunían allí para charlar informalmente, analizar cosas sin consecuencias, sin compromisos. Una manera de terminar la noche, de olvidar el día, los continuos problemas raudos, apresurados que se presentaban en una ciudad que como San Pablo, crecía tan asustadora y desordenadamente.

Dos manos se apoyaron en mi espalda y un beso amigo estalló en mi rostro. En seguida, una voz simpática me reprendió:

—¿Por dónde has andado? ¿Desapareciste?

Era María, la hija del intendente Arruda Pereira. Empujé una silla para que se sentara. En seguida se aproximó el mozo y ella pidió su *whisky* preferido. Me miró a los ojos y sonrió.

—Entonces, ¿escribiendo?

—Como siempre.

Se quitó los guantes, que arrojó displicentemente sobre la mesa.

—No puedes parar.

—Por eso mismo no me detengo.

Después de enterarse de las novedades de la gente de la mesa, anunció la suya:

—¿Saben que voy a hacer a las nueve? Dudo que lo adivinen.

—Entonces deja de crear suspenso y dilo.

—Voy a Radio Tupi.

Fue una sola carcajada. También, ¡María imaginaba cada cosa!

—¿Te volviste mona de auditorio?

—Nada de eso. Asistiremos al único espectáculo, el último de San Pablo, de Maurice Chevalier.

Dijo aquel "Maurice Chevalier" como si todas las letras fueran mayúsculas. Y en mi corazón aquellas letras despertaron ecos aún mayores. Hacía tiempo que no me sentía poseído de una incomodidad tan grande. Nadie lo notaba, pero yo me iba encogiendo, encogiendo, y me volví a ver pequeñito, conversando con él. ¡Qué diablos! ¡Después de llegar a burro viejo, dar semejante topada con la infancia!

Disimulé, tomando un largo trago de *whisky*. Nadie percibió cómo temblaba mi mano.

—Dicen que es una actuación notable.

—Por eso voy. Me lo perdí en el teatro, pero aprovecharé la oportunidad de verlo en la radio. ¿Vamos, Zé? Me sobra una entrada.

—¿Qué?

Sin querer había dado un salto en la silla, tornándome totalmente rojo.

María rió.

—No necesitas asustarte tanto. Todo el mundo asiste a un espectáculo en una emisora de radio; basta con que exista un auditorio.

—No es eso. Pasa que...

—Caramba, no me vengas a decir que tienes un compromiso hoy.

Me rasqué la cabeza, medio confuso.

—¿Vamos?

No podía resistirme a su invitación. Pero el corazón parecía pedir, asustado, que no fuera.

—No es posible que no te guste Chevalier. ¿Nunca viste sus películas?

—Muchas.

—¿Y no te gustó?

—Mucho más de lo que piensas.

—¿Entonces...?

Sentía el alma toda aplastada cuando acepté.

* * *

La verdad es que el auditorio no se encontraba totalmente lleno. Antes presentaron un *show* con artistas brasileños, y entre ellos había una 'morenita de cabellos negros y ondulados, muy graciosa, que cantaba una animada samba.

—¿Quién es?

—Hebe Camargo.

—¿Excelente, no?

Mi voz áspera ardía en las paredes de la garganta. Quería decir algo para disfrazar mi expectativa, mi agonía.

Cuando lo anunciaron, el corazón me dolió. Un verdadero dolor. Mentira lo que dicen algunas personas: que el corazón no duele. Tenía miedo de mirar adentro de mí y encontrarme con mi pijamita a rayas. De mover las manos, para no percibir que ellas habían disminuido, encogido.

Aplaudían, pero me negaba a acompañar el entusiasmo de los otros. Solo Dios podía acompañar la tremenda tristeza que se arrastraba por dentro de mi pecho. Era él, Maurice. Igual, igualito a mis sueños de niño. Quizá un poco más alto, quizá con los cabellos blancos en las sienes. La misma sonrisa contagiosa, la misma elegancia. ¿Por qué había ido? ¿Por qué enfrentarme con una magia antigua? Y, sobre todo, ¿para qué?

Cuando finalizó el *show*, los aplausos fueron tantos que lo obligaron a cantar dos números más. Después dio las gracias y se retiró.

Todos se levantaban, encaminándose hacia la salida. Mis piernas temblaban. No tenía ánimo para levantarme. María me dio la mano.

—¿Vamos?

Con las luces del auditorio encendidas ella vio la palidez de mi rostro.

—Miren, Zé está con los ojos llenos de lágrimas.

Disimulé y me puse en pie, todo desarticulado.

—¿Tanto te emocionaste?

—No sé por qué; pero sí, ¡me emocioné mucho!

—Entonces te vas a emocionar mucho más, porque ahora tengo que ir a saludarlo.

—Yo no voy.

—Sí que vienes.

No soltaba mi mano y me empujaba como si fuera un niño.

Atravesamos unos corredores y ahora estábamos frente a su camarín. Habían pedido que aguardáramos un poco, y no tardó mucho en abrirse la puerta. Era él, Maurice. Más alto, sí. Con los mismos ojos claros; la luz del camarín no permitía distinguir bien si eran azules o de color castaño claro. También los cabellos estaban más blancos. Y, en el rostro bien rosado, él tenía una especie de marca, quizás una cicatriz. Mostraba cierto cansancio, pero sonreía siempre con aquella sonrisa que me encantara la vida.

Primero lo saludaron las mujeres. Después, medio muerto, medio niño, extendí mi mano fría para recibir la suya.

—*Bon soir, monsieur* Chevalier.

Ni sé cómo me salió la voz.

—*Enchanté, monsieur.*

Intenté demorar mi mano en la suya, idiotizado. Miré bien adentro de sus ojos, aguardando que su boca se abriese para que me llamara, como antiguamente, *Monpti*. Pero él abandonó mi mano sonriendo, como sonreía a cualquier persona que lo saludara. Aquel hombre ni sabía que había sido "mi padre".

Salí presuroso del camarín, para adelantarme y poder limpiar mis ojos humedecidos.

Finalmente, Adán querido, como me decías antiguamente: "Vamos a calentar el sol." Sí, necesitamos calentar el sol.

* * *

—¿Me pueden dejar en la Avenida Paulista?

—¿Por qué? ¿No vienes a comer con nosotros?

—Ya es muy tarde para que yo cene.

María me habló sin enojo:

—¡Qué hombre raro eres! Asistes a un espectáculo tan alegre y sales así, tan deprimido.

Disimulé.

—No fue el espectáculo. Ya me encontraba algo deprimido antes; caminando un poco me pasará.

—¿Con esta garúa?

—Me gusta. Y hoy, con todos esos edificios agujereando el cielo de San Pablo, es tan raro ver una garúa... Necesitamos aprovecharla un poco.

Se detuvieron para que yo descendiera. Besé el rostro de María.

—¿Me llamarás por teléfono?

—Sí, te telefonearé, chau.

El automóvil desapareció entre los otros, y yo comencé a caminar por la avenida. Todo se trasformaba. Los bellos caserones tradicionales disminuían en el paisaje. Iban siendo derribados para dar lugar a otros nuevos rascacielos que vendrían, a su vez, a ahuyentar las últimas garúas.

Las veredas estaban casi libres de transeúntes. Eso era bueno porque servía para que yo hablara solo con mi confusión. Dialogar con mi pequeño dolor.

—Así es, Adán. ¿Cuántos años hace? Veintiuno o veintidós, quizá un poco más.

Ni necesitaba cerrar los ojos para ver a Adán partiendo con su valijita. Iba para lejos, hacia la patria de la nostalgia. ¿Habrás sido feliz, querido? ¿Y qué era ser feliz? ¿Quién lo sabe? La felicidad es como el tiempo: se detiene y la gente pasa. Va pasando. Va pasando. Tú querías una noche llena de estrellas, Adán; dormir en el disco reflejado en el río. Y mi noche no tiene nada de eso, ¿no es cierto? Solamente esta garúa fina que hiere la nariz y empapa el pelo.

¿Quién sabe si a lo mejor encontraste una sapita de tu edad? De trencitas rubias y toquita blanca en la cabeza.

Caminé solo por la vereda. Mi corazón se sobresaltaba escuchando algunos pasos, raros pasos que se deslizaban apresurados, a mi lado. A lo mejor aparecería Maurice también y, tomándome del brazo, diría:

—¿Sabes, *Monpti?*, yo no podía reconocerte frente a otras personas...

¡Tonterías! ¿No es cierto, Adán? Somos dos hombres sin sueños. El más viejo, y yo con cuarenta años casi. ¡Qué tontería! El propio Maurice fue quien dijo que partiría tan pronto como yo descubriera el amor. Pero, ¿qué es el amor, Adán? Amor, muchos amores que pasaron. El amor de Paula, que envejece y no se conforma con eso...

—Vamos a caminar un poco más, Zezé.

Soy yo quien me llamo Zezé. También tú me avisaste que no volverías nunca más. Quedaría solamente la nostalgia. Pero yo sé que no te enojarás si intento conversar contigo en mi soledad.

—*Bon soir, monsieur* Chevalier.

—*Enchanté, monsieur.*

De nuevo soy un niño. El mismo niño de mis sueños. Un niño solitario. ¿Por qué crecer? Yo no quiero, nunca lo quise. Pero el tiempo se detuvo y yo continué. En verdad, nadie puede saber el tamaño de nuestro dolor, doliendo dentro de nosotros. Solo el propio corazón. ¿Y de qué sirve?

Viene una voz no sé de dónde, intentando calmar mi angustia.

—Chuch... Chuch...

—¡Ah, ya sé! Eres tú, Paul Louis Fayolle.

Paso la mano por mi rostro para no ver de nuevo el bulto que se pierde, todo de negro en su sotana, haciéndome señas con un pañuelo de cuadros. Y el barco alejándose, buscando la entrada del puerto para alcanzar el mar.

Pero no es el barco el que pita, Adán. Todavía me he hecho más pequeño. Es un tren, un tren asesino que mató a mi Portugués, que cortó las ilusiones de mi planta de naranja-lima. Después, de mayor, viajé muchas veces en ese tren, Adán. Nadie sabía que sus ruedas, siempre, masticaban mi tristeza y la ausencia de los ausentes. No contaba mis secretos a mis hermanos, como no lo hago nunca. Necesito tragarlos para mi desesperación.

—Chuch... Chuch...

Hace poco tiempo estuve en el Norte, en Natal, Adán. Fui a visitar a mi familia. Desde allá le escribí una carta a Fayolle. El me respondió cuatro líneas, diciendo que estaba enfermo, en Fortaleza. No titubeé Adán. Hice un viaje horrible, en ómnibus. Lo encontré todavía coloradote pero sus cabellos habían perdido aquel color de fuego y estaban casi blancos. Hablaba con dificultad, siempre entrecortadamente. ¿Sabes cómo Adán? Como una vela que llega al final, moviendo la llama para aquí y para allá al menor soplo de la brisa.

—¡Qué carta tan corta, Fayolle!

—¡Ah, Chuch, si supieras cómo me cansó escribirla!

Solamente me miraba. Yo no había crecido. Todavía era Chuch. ¿Por qué no dejarlo con su ilusión?

En cualquier momento recibiré la noticia de que también él partió Adán. Hoy, ya mayor, creo piadosamente que él volará al cielo con sus alas de ángel. De ángel volador, batiendo las alas como los pájaros, como las mariposas.

Mas ¿para qué sirve todo esto, Adán? ¿Me estás escuchando? Habla, Adán. Enséñame nuevamente a calentar el sol. A conformarme con que debo proseguir, caminar, pasar. Es difícil caminar y calentar el sol, ¿no, querido?

Por favor, por última vez te lo pido, respóndeme, ¿cómo puede la gente mayor calentar el sol? Solamente esta vez.

Como no oyera la respuesta me puse a silbar, y después comencé a cantarle a la garúa:

"Sapo-cururu,
a la orilla del río.
Cuando el sapo canta, hermanita,
dice que está con frío..."

—Está bien, Adán. La gente mayor no sabe calentar el sol. Entonces puede ser que la bondad de Dios, mañana, haga que el sol se encienda por sí mismo. Como lo hace por toda la eternidad detenida.

No tiene importancia, yo voy a continuar cantando para ti, porque felizmente todavía sé lo que significa la nostalgia:

"Sapo-cururu,
a la orilla del río.
Cuando el sapo canta, hermanita,
dice que está con frío...
Dice que está con frío...
Dice que está con frío...
Dice que está con frío..."

Muchisimos